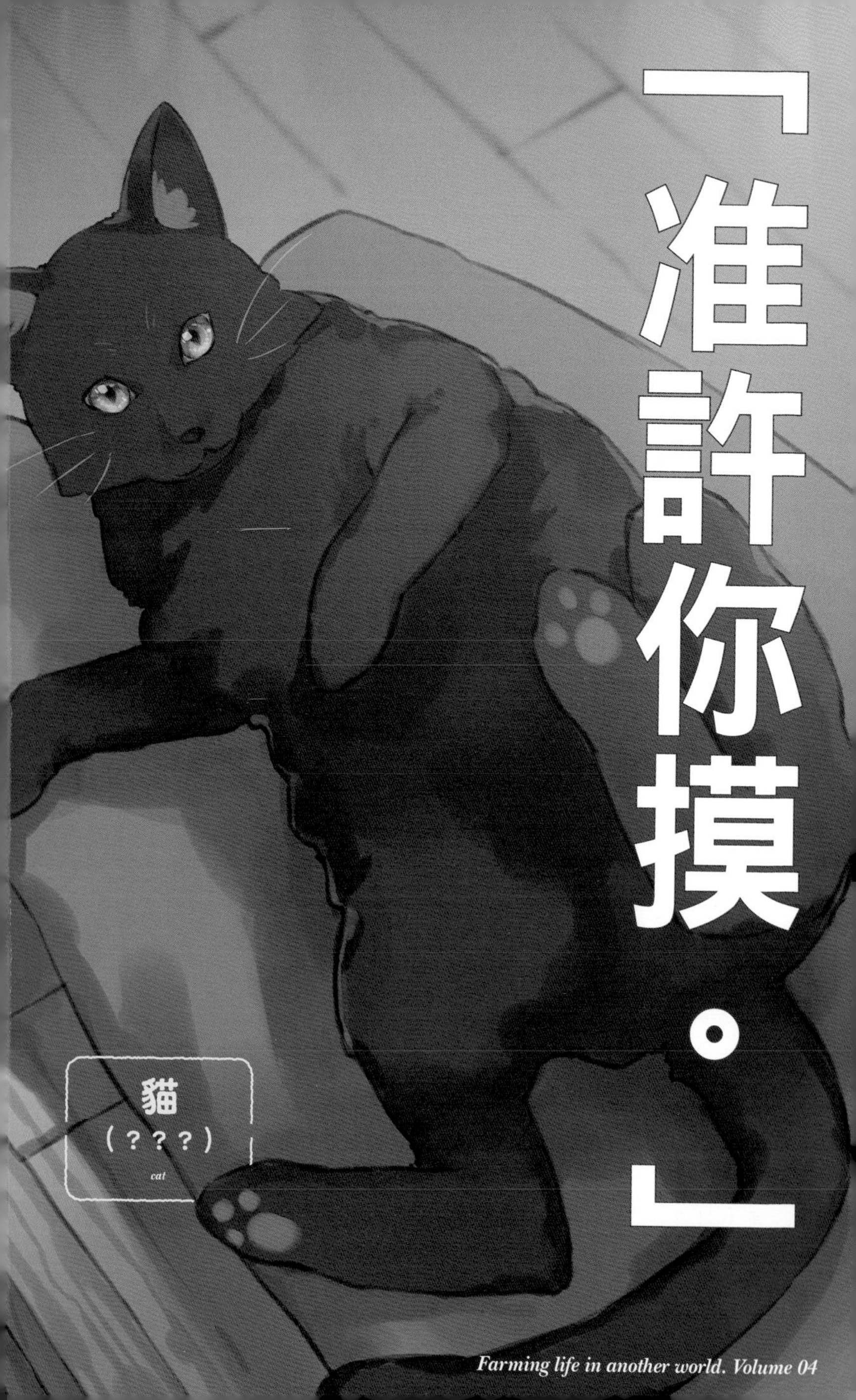

「准許你摸。」

貓
(???)
cat

荷・雷格
（魔族）
Hou-leg / Magic Human

「呵呵呵，好酒還真多啊。」

「全彈命中。」
Farming life in another world. Volume 04

蘇爾琉
（天使族）
Suaruriu / Angel
Farming life in another world. Volume 04

「秋天的恩惠。」

古拉兒
（龍族）
Guraru / Hi Ancient Dragon

蘇爾蔻
（天使族）
Suarukou / Angel

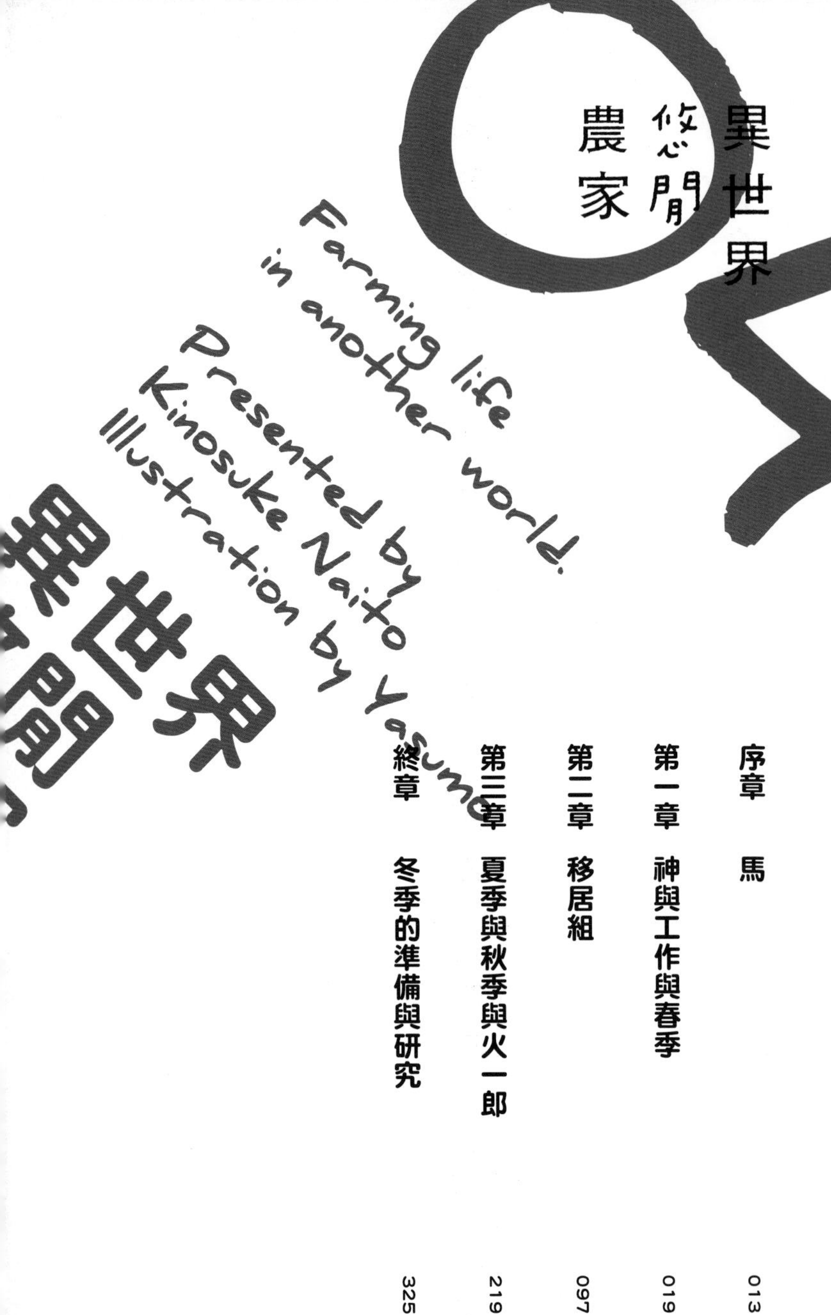
異世界
悠閒
農家
Farming life
in another world.
Presented by
Kinosuke Naito
Illustration by Yasumo
異世界悠閒

内藤騎之介
插畫やすも

Farming life
in another world.

Kadokawa Fantastic Novels

我……沒有名字。

我是一匹誕生於普通牧場的普通馬。

不是我自誇，他們將我當成那一年最值得期待的馬培育。為了回應這份期待，我非常努力。主要是吃、運動和睡眠。我變得十分強壯，漸漸有來什麼貨物都載得動的自信。

某天有了轉變。

一個讓囂張牧場主人畢恭畢敬的大商人來訪，買下了我。他看起來很有錢，而且充滿威嚴。應該不會被賣去什麼糟糕的地方吧——我作好心理準備。

他一併買了母馬。既然是在知道我的性別之後，特地買的……該不會是我的繁殖對象……？真的假的。雖然我之前就認為那匹母馬不錯……

不不不，不能慌。還沒確定她就是繁殖對象。呃，可是……不、不能太期待。

我被綁在龍身上，在空中飛。

…………

這樣啊，原來我是龍的飼料嗎……帶回家的土產對吧。哈哈哈，短暫的馬生。

正當我這麼想時，卻被扔在某個村子裡看似牧場的地方。

……軟硬適中的地面。從有柵欄看來，地方不能說寬敞，但也不算狹窄。地上長的草很美味。

馬廄是新蓋的。山羊們也在同一個地方，但是彼此的體格差距讓牠們不會隨便靠近，所以我並不在意。換句話說，環境不壞。不，很好。是個好地方。這麼說來，旁邊的母馬……就是我的繁殖對象。太好啦！

唉呀，不能高興得太露骨。要冷靜。沒錯，必須冷靜地應對才行。第一次接觸很重要。如果這時候失敗，日後會有很多麻煩。所以，要三思而後行……我向她搭話。

「妳想要幾個小孩？」

…………

太快啦啊啊啊啊啊啊！慢、慢、慢著，剛剛的不算！

她和我保持距離了。嗚嗚嗚……

就在我思考有沒有辦法打好關係時，這裡的主人來了。是個人類。

想騎本大爺？哼，好吧。你就享受一下騎在我身上有多舒適吧。

…………感覺非常糟糕。看來他沒騎過馬。指示的方法也不對。我想他大概沒有騎馬的才能。

結論，這個主人以騎手來說不及格。還有，帶來的狼很恐怖。拜託別嚇我。

偶爾，會有主人以外的人來騎我。一個是耳朵很長的女孩子，一個是耳朵像獸類的女孩子。
兩人駕馭馬匹的技術都比主人好，跑起來很舒服。
所以主人啊，拜託別用帶有怨氣的眼神看我。

某天，史萊姆來騎我。
喂喂喂，史萊姆居然想騎本大爺……不，不能有成見。好吧，就讓你騎騎看。
哦哦，技術不錯嘛。感覺像背上什麼都沒載一樣。
…………
史萊姆摔下馬了。抱歉，下次我會跑慢一點。
咦？剛剛那樣很好，所以再一次？我是沒差啦……
我陪著史萊姆一直跑下去。史萊姆是個很努力的男子漢——雖然我不曉得史萊姆有沒有性別之分。
史萊姆騎著狼。真是大受打擊！狼比我還要好嗎？
我躺下來吃草。現在什麼都不想做了。

史萊姆來騎我。
嗯？狼不是比我還要快嗎～

…………

這……既、既然說到這種地步，真、真拿你沒辦法呢。只能騎一下喔。哼哼，說什麼我坐起來比狼還要優雅，這種事不用講也知道……

勁敵登場。那些叫做半人馬的傢伙。

唔，居然載著主人跑。他可是我的主人喔。

主人、主人，你是不是也該騎我了啊？在這種時候，就算技術爛一點我也會忍耐。騎手的不足，就由我來彌補。

…………

超出我能彌補的程度可就頭痛了。但是，不能輸給什麼半人馬。總覺得輸給那些傢伙就完蛋了。

喂——！半人馬小鬼！不准勾引我老婆！

以為是小孩就大意了。雖然還是小孩，不過公的就是公的。

咦？妳問自己何時變成我老婆的？喂喂喂，甜心，怎麼到現在還說這種話呢？

回想一下敗給發情期的春天吧。鼓起來的肚子，差不多要生了。

雖然村裡似乎因為人口增加變得很忙，不過長耳女孩和獸耳女孩來幫忙照料老婆了。拜託囉。

兒子誕生。

哦哦……感動。你很快就會長大囉～

老婆也辛苦了。

我的名字叫貝爾福德。

主人原本替我取了個某地名馬的名字，但我總覺得哪裡不對勁。或許是因為當時我正在煩惱如何拿捏和老婆之間的距離。

貝爾福德是獸耳女孩為我取的名字，不過很適合。或許是因為當時我和老婆已經變親密了。

總而言之，身為這個村子裡最快的馬，我今後也會繼續努力。

兒子啊，看清楚我的英姿吧。

今天是和那些半人馬賽跑的日子。為了這一天，我甚至好好練習了一番。

不能太介意比賽的結果。

嗯，凡事都要看當下的運氣。

不可以拘泥勝敗喔。

雖然爸爸今天不太高興，要去睡覺了。

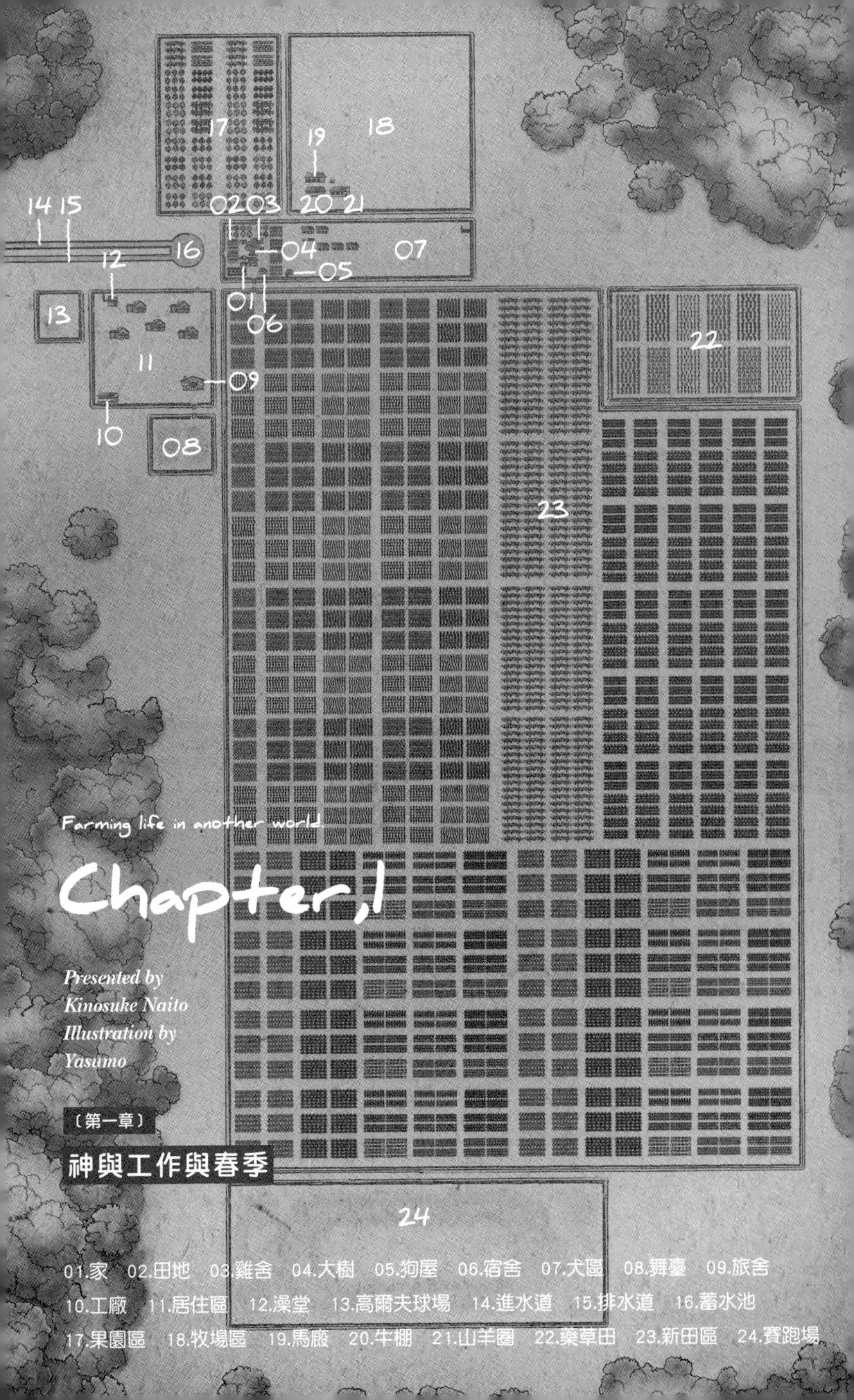

Farming life in another world.

Chapter,1

Presented by
Kinosuke Naito
Illustration by
Yasumo

〔第一章〕

神與工作與春季

1 創造神話

創造神遵從偉大意志，必須打造世界。

首先，祂做出時間之神。由於成品實在太美，於是創造神娶她為妻。成為創造神之妻的時間之神，生下太陽神、月神與大地神。月神是雙胞胎。因此，夜空中有兩個月亮。創造神和時間之神及四名子女合作，創造了世界。

「這就是世界的起源。」

始祖大人在講臺上娓娓道來。

我想，這應該是個非常寶貴的經驗……不過幾乎沒人在聽。

大家都顧著吃吃喝喝。

我也沒專心，所以只聽了個大概。

太陽神造出光神與火神。月神們生出闇神與水神。大地神連連失敗，卻捨不得拋棄這些創造物而選擇留下來。這些創造物，便是如今在大地上生活的物種。大概就像這樣……

這樣啊～我們是失敗作啊～我原本這麼以為，卻又聽到「其實只是太陽神創造我們時沒能讓我們成為神，大地神則是教導我們何謂成長」還什麼的……
下次認真聽好了。
始祖大人他們負責挖掘與尋找黑色大岩石，我則負責加工。我們每天處理一個，就這樣持續了差不多五天。
舉行宴會的理由很簡單。消除不滿。
也就是說，黑色大岩石的配置的確是正七邊形。不，該讚賞始祖大人的測量技術吧？
總而言之，最大的受害者是……遭到始祖大人動員的露、芙蘿拉、蒂雅和格蘭瑪莉亞。
一行人要在堅硬的大地上頭鑽個兩百公尺。當然，不是徒手而是靠魔法，不過這麼做好像會很累。
這種事連續做了五天。
最後一天，露已經在思考該怎麼做才能收拾掉始祖大人，芙蘿拉則是看著藥瓶露出詭異的微笑。蒂雅目光呆滯，格蘭瑪莉亞不發一語地磨著很像騎士槍的武器。四人曾經聯手襲擊，不過似乎沒用。
我原本覺得不用那麼急……可是一看見那些黑色大岩石就會感到不安，所以默默地照做。
雕出神像後，岩石就會由黑轉白，所以會有種漂白汙點，或者說把髒東西清理掉的感覺，令人心情舒暢。
而且，第五處——從創造神像算起是第七處——作業結束後，那種爽快感——
心曠神怡。讓人不禁大喊：「我撐過去啦！」

另外四人則是疲憊不堪。始祖大人明明也幹了一樣的活，看上去卻沒什麼事。

…………

之前和哈克蓮一起行動時，為什麼會那麼疲憊啊？當時比較累嗎？總而言之，為了慰勞四人，我安排了宴會。

會場在宅邸大廳。當然，其他村民也一起拖下水。否則就要一直聽她們詛咒始祖大人了。

「龍呢，是創造神出軌的時候，妻子時間之神造出的神獸。所以龍就算面對神明，也無所畏懼。」

「哦～」

始祖大人正在解答聽眾對於神話的疑問。

提問者是獸人族女孩們。

「因為在好林村沒人會教那些事嘛。」

格魯夫看在眼裡，輕聲說道。

「有類似教會的地方吧？」

「我之前沒提過好林村會搬遷嗎？只有一開始的地點有教會。」

「婚禮怎麼辦？」

這種儀式不是要在教會辦嗎？

「村裡自己搞定。」

「原來如此。」

「『魔王國』和教會雖然不是敵對關係，但教會在魔王國境內的勢力並不強……頂多是有就利用一下的程度吧。」

比傑爾從旁插嘴。

你在這裡待滿久了，沒關係嗎？魔王不會生氣吧？

會場角落，葛拉茲與蘿娜娜你儂我儂，兩人感情相當好。

四天王有兩個在這裡，真的沒關係嗎？

「沒關係啦。畢竟來這裡之前才搞定一件重要的工作嘛。」

「重要的工作？」

「嗯。『魔王國』也不是上下一心，有很多派系。其中一派突然痛改前非啦。」

「咦？」

「他們就像回過神一樣，把至今所做的壞事全部招出來……之前大家都沒注意到這一派，所以造成不小的騷動。暗殺魔王大人、將四天王全部換掉、捧公主當傀儡、侵略福爾哈魯特王國……計畫的規模很大，不過還在準備階段。我將整件事弄清楚，並且把參與的人抓起來……冬天之所以能悠閒度過，就是忙這些事的獎勵。」

「喔………」

以時間來說，似乎就是我組織溫泉調查隊出外那陣子。其他地方也會發生別的事件呢。

「葛拉茲也是？」

「那些傢伙似乎也把手伸進軍方內部……葛拉茲表示要負起責任退休，不過沒獲准。他宣稱不能退休就要暫時在家反省，然後跑來這裡。」

「這樣行嗎？」

「因為冬季不會有什麼比較大的紛爭。」

這樣啊。我和比傑爾、格魯夫找了個理由乾杯喝酒。

我還在想會場怎麼變得有點吵，原來是拉絲蒂回來了。

「看樣子……不是我的歡迎會呢。」

「好久不見。沒出什麼問題吧？」

「嗯。」

布兒佳和史蒂芬諾跟在拉絲蒂背後。

「回老家的感覺怎麼樣？」

聽到我這麼一問，三人的臉色都不太好看。

詢問怎麼回事之後……

「很慘。」

似乎是這樣。

首先是拉絲蒂。

德斯是龍族領袖，但還是有不服從的龍——以暗黑龍基拉爾為首那一族。

他們突然低頭道歉，讓德斯不知該如何應對。

「之前真抱歉。以後我們好好相處吧。」

「嗯，我知道了～」

能這樣和好自然沒問題，不過長大到某種程度後就有面子問題，所以辦不到。

德斯起先甚至以為是基拉爾攻來，因此向萊美蓮求援。

在那之後，雙方經過一番商談，德斯與基拉爾和解，然後基拉爾送了人質……或者該說是龍質到德斯那裡。

本來事情到此結束就好，但不知為何話題扯到我這裡。

「聽說你引以為傲的女兒嫁到人類那裡？他是怎樣的人？厲害嗎？」

雖然已經和好，但德斯多少還是有些提防，所以沒帶基拉爾來村裡。

然後，他似乎是為了讓基拉爾聽聽我的事，於是把哈克蓮和拉絲蒂叫了回去。要是發生最糟糕的狀況，還能增加戰力。

「提到暗黑龍基拉爾，大家都說他是爺爺永遠的勁敵。然而實際見了面之後，卻是個普通的酒醉老人家……」

拉絲蒂似乎被迫一直陪他聊天。

順帶一提，他喝的酒產自「大樹村」，還託拉絲蒂傳話希望能交易。我們家的酒能讓他看上倒是好事一樁。

「妳說暗黑龍基拉爾，那不是神話裡登場過的龍嗎？」

「剛才露小姐的爺爺提到過喔，說是咬過創造神的腳。」

「基拉爾這個名字是繼承來的，所以不是神話裡的當事者啦。他好像是第七代。」

在旁聆聽的獸人族女孩們表示疑惑，拉絲蒂如此回答。

光是「神話登場人物的孩子」就夠厲害了吧？

總而言之，拉絲蒂就這麼參加宴會了。

布兒佳與史蒂芬諾也和拉絲蒂一樣疲憊。

「回老家時碰到了大騷動。」

據說是老家的有力派系之一突然鬧事。她們正好在事發期間抵達，於是協助鎮壓。

「一問之下，說是聽不到神的聲音了……真是莫名其妙啊。」

似乎是回老家的期間被迫善後，沒得休息。

「真是慘啊。」

再加上，帶回去當土產的東西也造成問題。

好像是太受歡迎而引發衝突。受歡迎很好，但是起衝突就尷尬了。想要再補送一些過去？這倒是無妨，不過運輸手段是個問題啊……

算了，之後再想吧。

我要布兒佳和史蒂芬諾也參加宴會，先放鬆一下。

雖然發生很多事，不過熟面孔都到齊令人開心。

「琪亞比特如果能待久一點就好了……」

琪亞比特在溫泉調查隊解散之後，就回加雷特王國了。

當時我請始祖大人送她一程，似乎讓她很惶恐呢。

始祖大人來到我身旁。

「這次真的很抱歉。」

「哪裡，畢竟我也感受到不好的氣息嘛。能早點解決真是太好了。」

這是實話。

「也對。話說回來……我從剛剛就有點在意，你腿上那是什麼呀？」

「貓。」

「我知道是貓，不過牠之前在這裡嗎？」

之前不在。

我剛剛才認識這隻貓。就在宴會開始前。

大樹旁的神社前，有隻一身黑的貓顯得飽受驚嚇，一臉不知道為什麼會身在此地的表情。不過，牠漸漸認清現狀，看到我之後還思索了一下，最後一臉認命地仰天而躺。

隨你高興吧。

牠以全身這麼表示。所以，我讓牠成為村裡的一分子。貓是農家的伙伴。因為牠們是會抓老鼠的動物嘛。

不過嘛……這隻貓應該沒辦法對付地鼠就是了。哈哈哈。

中意那副認命表情也是原因之一，大概是所謂的同理心吧。就讓我們好好相處吧。

正當我想到這裡時，貓從我腿上站了起來，鑽進了桌子底下。隨性正是貓討人喜歡之處。

始祖大人也離開了。哈哈哈。

那麼……

附近有四個人的氣息。露、芙蘿拉、蒂雅與格蘭瑪莉亞。嗯，不止四人。芙勞、安與莉亞她們也在後面。啊～還有哈克蓮和拉絲蒂？

能弄清楚這些真不簡單呢。我簡直像個高手。

……

貓在桌子底下以非常認命的表情看著我。

現在的我，臉上的表情大概就和貓一樣吧。

春天即將到來。

儘管有這種感覺，天氣依然很冷。

貓睡在暖桌裡。雖然一開始十分見外，不過現在已經能和小黑們一起窩著了。

牠很中意宅邸天花板設置的蜘蛛通道。會和沒冬眠的座布團孩子們爭奪位置。

不，與其說是爭奪，不如說是相讓吧？我原本還擔心會不會吵架，不過沒問題。座布團的孩子們很聰明這點我知道，不過貓也相當聰明。

上廁所教一次就會，吃飯也願意等。

真要說有什麼失敗……大概是某次掉進酒桶裡差點溺酒吧。把牠救出來後，腳步還搖搖晃晃的呢。

順帶一提，酒史萊姆嘗過當時那桶酒。

之後，酒史萊姆似乎會刻意將貓引向酒桶那邊……不過貓巧妙地避開了。

這代表牠已經混熟了吧。話說回來，貓是公的。是不是該去哪邊要隻母貓來呢？

我今天的工作，是處理擺在宅邸作業區的大型馬車。

馬車。

裝有車輪，由馬拖行的車輛。

雖然會先想到西部開拓時代的篷車，不過眼前這輛是箱型的。

這輛車看起來是貴族用的，各個部位的裝飾都相當豪華。

內部裝有一組相對而坐的沙發，可分別讓兩人舒舒服服地坐著。

外面是能坐兩名車伕的設計，合計六人座。根據芙勞的說法，這輛馬車似乎相當高級。

若問它為什麼會擺在我家的作業區……

「這種機關要用在什麼地方啊？」

山精靈們對我做的懸吊系統很感興趣，說明完用途之後，她們便從麥可先生那裡搶……咳，借來這輛馬車。

之所以製作懸吊系統，則是因為做出了彈簧。

這是之前委託好林村的東西，他們用小型飛龍通知我已經完成了。

我原本想裝在床鋪或沙發上，不過很遺憾，領到的彈簧比預期來得更大更硬。

據他們表示，先做出鐵棒再弄彎會有強度問題，所以製作彈簧時要先讓鐵塊有某種程度的彎曲……不過以現在的技術來說，這樣已經是極限。

我收到東西，認為既然都讓人家做出來了，就要找個辦法好好運用，於是想到懸吊系統。

因為彈簧的尺寸大小，就和車子的懸吊系統差不多。

我回想車子模型，試著把東西做了出來。

避震器……放進彈簧裡的活塞部分用木頭製作。雖然強度令人擔心，不過畢竟是試做嘛。活塞裡的油就從村裡拿現成的用。

雖然油是貴重物品，但我還是用了。儘管要避免油漏出來得費點工夫……不過勉強算是搞定。

於是便完成了。

做是做了……不過這東西該怎麼辦啊？正當我這麼想時，山精靈來了。

找好林村做的彈簧還有不少，所以先拿一輛車的份試試。

作出決定之後，事情就簡單了。

山精靈們把拉絲蒂和芙勞拖下水，花了數天從麥可先生那裡弄來馬車。

要不是始祖大人出門不在，山精靈們恐怕會毫不客氣地使喚他。

「彈簧是鐵製的，很重，所以不能用太多呢。」

我們將車軸和車體分開，在前後四處合計八個地方裝上懸吊系統。

然後，將能改造的地方澈底改造。車體輕量化，擴張收納空間，強化車輪與車軸。就像改造玩具一樣。雖然沒想過會拿馬車來改就是了。

我和山精靈們把馬車好好地擺弄了一番。

結果——

「屁股不會痛。」

「真希望我家也有一輛耶。」

「這東西能賣。請務必量產。」

這是芙勞、比傑爾和文官少女組的感想。

和之前的馬車相比，震動明顯有所緩和，令人開心。

我也試著搭乘了……不過坐起來有他們說的那麼舒適嗎？晃得相當厲害。大概是之前更嚴重？畢竟車軸原本直接裝在車體上嘛。

從周圍的讚嘆程度來看，想成已經改善了不少吧。

順帶一提，拉車的是半人馬派駐員。找馬過來之前，她們已經自動自發地幫忙拉車。而且還是兩人一起。

目前，以烏爾莎為中心的孩子們，正在享受搭乘馬車的樂趣。

…………

「馬車是用那種速度跑的嗎？我還以為會更優雅一點耶？」

對於我的質疑，排隊的觀眾們顯得很疑惑。

搭過馬車的人似乎不多。

我將馬車交給山精靈，自己去處理別的東西。

首先是替今年誕生的孩子們做積木。

要做成好拿又不能放進嘴裡的大小相當困難。還要仔細地磨掉邊邊角角，避免孩子們受傷。

圓形、三角形與四邊形這些基本款多做幾個。然後是長條狀和有點弧度的……完成。

由於做得很仔細，所以弄完四組時已經入夜了。

如果不是用「萬能農具」，大概還得多花些時間吧。

馬車那邊多了輪班的半人馬，一直跑到很晚。是要順便做耐久測試嗎？

矮人們挑戰坐在馬車上喝酒……我想應該沒問題吧。他們會拚了命忍著不吐出來。

應該不至於弄髒馬車內部的裝潢。

隔天——

今天要做的是椅子。雖說是椅子，卻也不是普通的椅子。是那種底下有橇會搖晃的。我不知道正式名稱。我叫它老爺爺椅。這次要嘗試把它做出來。

「搖椅嗎？」

文官少女組這麼一問，讓我曉得正式的名稱了。

總之，我想先測試一下強度和耐用度，於是自己試著坐坐看……似乎沒問題。至於有多耐用，要坐久了才知道吧。

我在做好的椅子上放了個墊子，再讓酒史萊姆坐到上頭搖搖看。他看起來晃得很開心。嗯嗯。

…………

五分鐘左右就玩膩了離開。這樣啊。

現在，貓坐在椅子上一動也不動。雖然希望牠搖一下……算了，也罷。目前看起來沒問題。

要輪到重頭戲了。

沒錯，搖椅只是實驗。

重點是搖籃。

我早就想做了。不，我實際做過了。然而，一想到要讓嬰兒用就覺得害怕，所以打了回票。不過，差不多可以了吧。我的技術應該也有所長進了才對。

要讓孩子們睡在爸爸做的搖籃裡！

我趁著這股氣勢，努力動手做。

先做一臺。

傾斜超過四十五度以上，會有翻倒的危險呢。必須做到六十度，不，做到九十度都能回正才行……

「村長，這根管子是什麼？」

山精靈純真的眼神令我深感抱歉，但那只是單純的失敗作品而已。

費了一番苦心之後，總算做出一臺普通的搖籃。

嗯，想太多不好。普通最棒。

問過實際使用的評價之後，再加以改善吧。

我立刻去安那邊……看見兒子抓著東西站立的英姿。

小孩長得真快啊。

莉亞她們那邊也一樣。

似乎不需要搖籃了。

等下一個孩子誕生時再用吧。

順帶一提，先前似乎都是用吊在天花板上那種搖籃。

爸爸白忙一場了。

坐在搖椅上的貓叫了一聲，似乎是要安慰我。

謝謝你。

3 春天已近的冬季

春天了嗎？還是冬天？讓人煩惱的時節。

已經是春天，差不多可以下田了吧？我開始坐立難安。

不過，還是有可能天候突然變壞或氣溫驟降，所以不能大意。

觀察春天是否到來的標準很多，不過我現在都交給樹精靈判斷。

「還沒。要再等一陣子。」

春天還遠。

山精靈們動手改造我做的椅子。

不是之前做的搖椅，而是附帶捶背功能的椅子。

因為彈簧有多就試做了……但是力道不夠。雖然彈簧太硬也是個問題，不過主因大概在於動力是水力吧。

也就是說，山精靈們接手了我中途放棄的東西。

目前，她們正打算以齒輪補足力道。

補強是沒關係，但是那張有捶背功能的椅子要讓誰坐呢？需要那種椅子的人……………村裡好像沒有。

始祖大人、德斯和魔王似乎也用不著。我中途放棄也是因為注意到這點。

不過嘛，如果目的在於增進技術倒是無妨。嗯。

…………

話說回來，山精靈，妳們有沒有把我的說明聽進去啊？這可不是拷問道具喔。

捶背的力道不需要強到能敲破南瓜啊。

始祖大人因為工作離開，所以不能仰賴傳送魔法。

沒辦法簡單地前往溫泉不太方便……可是太依賴人家也不好，要反省。

我和哈克蓮一起去溫泉。

哈克蓮最近情緒低落。原因是烏爾莎。她不再黏著哈克蓮了。

起因是……獸人族男孩們。

簡單來說，就是他們為了烏爾莎爭吵，然後烏爾莎出手放倒他們，解決紛爭。

接著烏爾莎又把加特夫妻的女兒娜特拖下水，並且收服了蜥蜴人小孩們。

烏爾莎成為村內低學年（？）孩童的頭頭。

她的母性，或者說是姊性以及領導能力因而覺醒。

年齡來說是獸人族男孩們較長，不過地位是烏爾莎較高。

烏爾莎發揮領導能力的同時……也不再黏著哈克蓮了。

哈克蓮為了烏爾莎的成長高興，卻也因為寂寞而感到困惑。

露和蒂雅也是這樣嗎？還是每個人各有不同呢？我不忍心看見哈克蓮這樣，於是邀她去溫泉。

一方面也想看看負責看守溫泉的死靈騎士（Death Knight）狀況如何。

我們原本打算兩個人去然後早點回來，卻被烏爾莎發現，結果連獸人族男孩、娜特和蜥蜴人小孩們也同行。

就在我為了該怎麼辦而傷腦筋時，可能是烏爾莎久違地主動來找哈克蓮讓她很開心吧，哈克蓮一口答應。

我知道妳很開心，但是妳晚上都和烏爾莎睡在同一個房間吧？有那麼寂寞嗎？

只有我和哈克蓮沒辦法顧好孩子們，所以我拜託鬼人族女僕拉姆莉亞斯與獸人族賽娜一起去，並且帶上邊熱身邊看著我們的蜥蜴人達尬與獸人格魯夫當護衛。

我正想戰力方面有哈克蓮在應該沒問題時，比傑爾和芙勞也主動表示想同行。

似乎是想泡溫泉。

「既然比傑爾在，要用傳送魔法移動嗎？」
「很遺憾，我不知道目的地在哪裡。」
比傑爾的傳送魔法，如果不知道目的地就無法傳送。
那麼，第一次來村裡時是走路來的？好像是在看得見的範圍內進行短距離傳送，朝村子移動而來的樣子。原來如此。

我讓哈克蓮背上運輸行李用的板子，讓大家坐到上頭。
大概是因為載著我們所以速度不快，稍微花了點時間。
哈克蓮的心情因為烏爾莎而好轉，其實已經不需要去溫泉，不過總而言之我們還是抵達溫泉了。

設施平安無事。
我還在想死靈騎士跑去哪裡，原來他脫了盔甲正在泡溫泉。
他看見我之後連忙起身，不過我要他繼續泡。我明白他這個守衛相當盡責，因為溫泉角落堆滿了魔物與魔獸的屍體。
首先，我向同行者解釋溫泉的泡法。要他們分清楚男湯和女湯。
男湯交給達尬和格魯夫；女湯則由拉姆莉亞斯和賽娜負責。
那麼，大家各自開始泡溫泉。

我雖然也想進去，不過在那之前還有事要做。

意料之外的同行者——貓。

不知不覺間孩子們將牠也抱來了。

生氣是不至於……但是牠在溫泉不會覺得無聊嗎？

正當我考慮準備些貓玩具時，發現牠似乎對溫泉很感興趣。

不過，浴池對貓來說太深了。

…………

我稍微想了一下，然後在附近做了一個貓用的小池。

怎麼樣？

牠慎重地先以前腳確認，這才戰戰兢兢地下水。坐下讓屁股泡進去之後，大概是對溫度很滿意吧，牠將頭探出浴池外，放鬆地趴著。

嗯，太好了。

接下來，則是死靈騎士解決掉的魔物與魔獸屍體。

裡面有新的，也有舊的。原本以為冬天應該不會腐壞得太快，不過大概是因為在溫泉區的關係，部分屍體發出腐臭。把它們處理掉吧。

我用「萬能農具」鋤下去，讓它們變回泥土……屍堆裡有驚慌馴鹿。角有好好地保留下來。

我決定晚點要讚揚死靈騎士一番。

好，去泡溫泉囉……我原本這麼想，卻注意到更衣處有副鏽得很嚴重的鎧甲。

那是叫做板甲的全身鎧，是死靈騎士的鎧甲。

雖然上次看見時就很破舊了……不過當時有鏽得這麼嚴重嗎？

因為在溫泉區裡嗎？可是劍沒有生鏽。

劍和新的一樣。會不會是因為上面有附加魔法？

…………

我去附近的森林弄來木材，試著做一副木製鎧甲。畢竟範本就在眼前嘛。

一會兒後，有人拍拍我的肩膀。

是拉姆莉亞斯。

似乎差不多該回去了。很遺憾，鎧甲還沒完成。真不甘心。

而且我還沒泡溫泉。唔。算了，改天再來就好。

孩子們似乎還想留在溫泉玩，不過拉姆莉亞斯和賽娜把他們趕出來了。

達尬和格魯夫也泡暖了身子，似乎很滿足……手上那是酒嗎？

說是打算回程讓哈克蓮載的時候喝。兩人之前因為負責護衛而忍著沒動，所以我不會說不行。

唉呀，差點忘記貓了。

我叫醒在溫泉裡熟睡的貓，替牠擦乾身體。毛看起來很有光澤耶？頭髮浸到溫泉裡，不是會傷害髮質嗎？

動物的毛另當別論嗎？既然變好了，應該就不需要在意吧。

我收起做到一半的木鎧甲，坐到哈克蓮身上。

下一次把成品帶來吧。

在身上冒出熱氣的死靈騎士目送下，我們朝村子出發。

就像遠足一樣呢。改天再來吧。

平安抵達村子之後，我才注意到一件事。

回程時，不是拜託比傑爾用傳送魔法就好了嗎？

「我想說這樣會掃興……」

「去程是在哈克蓮小姐身上吃飯，我以為回程也是……」

比傑爾與芙勞如是說。

算了，也好。反正很開心。

好啦，春天就要到了。

我把帶回來的木製鎧甲收尾。

山精靈，妳們幫忙讓我很高興，可是不需要安裝機關喔。

加些奇怪的裝置會……從護手發射小刀？腳尖也可以？這裡是收納處？把鐵裝在這裡……能變形成小型盾牌？

……真是浪漫啊。

希望死靈騎士會高興。

閒話　神的代理人

大家好。

我是農業神。負責農業方面的神。

好啦，先把這件事放一邊……父親啊。

「這個，該怎麼辦？」

「『這個』是指？」

「就是這個。」

我讓他看某個世界的地上。

「啊，老地方呢。什麼變化都……咦？怪了？這是……咦？」

父親大吃一驚。這也是理所當然的吧。

地上，某塊黑色大岩石逐漸被雕成父親的模樣。

「我想應該是偶然，不過這算神罰對吧？」

所謂的神罰，就和字面一樣，是神的懲罰。父親發動的攻擊。

當然，只有父親做得到。一般來說是這樣。

「是啊。啊，原來如此。正常雕刻不至於變成這種狀況，不過材料是連神都能封印的岩石，又用『萬能農具』精確重現我的模樣，所以成了神罰呢。」

「怎麼辦？」

「該怎麼辦？」

「這樣實在是……魔神太可憐了。」

沒錯，太可憐了。

魔神確實犯了罪，也是因此遭到封印……不過在封印階段，魔神並非邪惡。

只不過，持續收集充斥整個世界的魔力，讓他成了邪惡的存在。

話是這麼說沒錯，然而讓世界充滿魔力的原因並非魔神，是其他神。

真要說起來，魔神只是想控制住這些魔力，結果違反了神的規矩而已。

對於魔神的救贖，則會等到二十年後他讓世界崩潰，成為邪惡的化身君臨大地，接著遭到消滅而得以成就。

聽起來或許殘酷，但這是許多試圖拯救他的神預測未來之後，想盡辦法安排的命運。這是最佳的解決方案。

但是，此刻魔神即將遭到神罰而消滅。

剩下短短二十年，對神來說是一段根本算不上痛苦的時間……然而照這樣下去，他會得不到救贖並直接毀滅。

「神是不會死的。」

「父親啊，您說得沒錯。然而，一旦毀滅就會陷入長眠，這段沉眠會讓魔神失去至今的經驗。下次醒來時，魔神將不再是我認識的魔神。我們不就是想避免這種狀況發生，才選擇封印他嗎？」

「正是如此。」

「那麼，請您務必向魔神伸出援手。」

「這可不行。」

「為什麼？」

「因為沒這個必要。」

…………

我不禁握緊拳頭要揍父親。但我的拳頭並未命中。

父親認真地擋住了。

「抱歉、抱歉。我的說法不好。魔神會得救啦。」

「這是怎麼回事？」

「就這樣看下去，再過幾天就知道了。」

父親這麼說完後，時間繼續前進。

我大為驚訝。

魔神確實得救了。沒有毀滅。

「這是怎麼回事？」

「沒怎麼回事，那個人執行了神罰，而且，還準確地在封印的七個位置下手。知道了吧？」

「咦？啊！」

「他似乎不止執行神罰，連我的救贖也重現了。真不簡單啊。」

「居然由人代行神的救贖……真是奇蹟。」

不，單單神罰就已經是奇蹟了。

總而言之，魔神得到救贖。

雖然他變成了貓，卻能在地上歌頌生命的美好。而且，下次回到這邊的世界時，將再度被賦予神的職務。

太好了。真的太好了。

儘管我感到高興，父親的表情卻不太好看。

「有什麼需要擔心的嗎？」

「沒、沒有，應該沒問題吧。」

「……在捱罵之前老實說出來應該比較好吧？還是要我向母親報告？」

「別威脅我。不，我沒有要隱瞞。那個，我在想……那隻貓是不是有神性啊？」

「咦？」

「帶有神性的貓……有壽命嗎？」

呃……

唉、唉呀，要回這邊的方法又不是只有壽命。

魔神也是神，總會有辦法吧。有辦法吧？請您想個辦法出來。

「還有，原本要配合救贖魔神，一口氣回收魔力的計畫也毀了吧？魔神原先安排的壞事也砸鍋了，我在想，地上是不是會有些麻煩啊？」

喔喔。這……呃，要怎麼辦？

「關於魔力的部分，反正這也不是一、兩百年的問題了，換個方法慢慢來就好，可是魔神安排的壞事就……」

某、某方面來說，這等於是存在於地上的神消失。大概無法避免混亂吧。各地已經產生影響了。

「不過，原本確實會在二十年後發生的世界毀滅危機，則是完全消失了。魔神成為邪惡化身之後，雖然打不倒他的機率很低，卻也不是不可能。總歸來說結果大概值得慶幸。」

說、說得也是。

和那種危機相比，多少有些混亂可以當成小事。

不過嘛，當初不小心把他傳送到這種危機迫在眉睫的世界令我很生氣，現在危機消失反而應該要感到高興吧。

更何況，儘管這麼說有點怪，不過傳送他去的地方，是離將來那些混亂最遠的地方。

他會過著和平的生活。

……………

這樣就行了嗎？行吧。當成可以好了。

「話說回來，爸爸。要怎麼讚揚他的豐功偉業？承認他是神的代理人嗎？還是因為他打倒了魔神，所以要將他視為真正的勇者？」

「哈哈哈。他不是只想當個單純的農夫嗎？」

「怎麼會，這可是最高榮譽喔？你認為他會辭退？」

說是這麼說，但我也和父親有同感。

嗯，這種麻煩的東西，他應該會回絕吧。

4 第十年的春季

春天到來。

我和起床的座布團打招呼。

座布團與貓的初次見面……沒問題。

嗯，貓立刻擺出投降姿勢，座布團示意牠起身。這麼說來，貓和小黑初次見面時，好像也發生過類似的事呢。動物不確定上下關係就會坐立難安嗎？

總之春天到了。

由於已是春天，所以比傑爾和葛拉茲依依不捨地回去。

格魯夫也透過比傑爾的傳送魔法返回好林村。

變得有點寂寞。

重新打起精神，Let's農業time！

在那之前，要先開會。

今年一整年，也要請大家多多關照了。

種族代表都來到宅邸會議室之後，會議開始。

「大樹村」代表，我。

地獄狼代表，小黑。

惡魔蜘蛛代表，座布團。

吸血鬼代表，露。

天使族代表，蒂雅。

高等精靈代表，莉亞。

鬼人族代表，安。

蜥蜴人代表，達尬。

龍代表，拉絲蒂。

獸人族代表，賽娜。
矮人代表，多諾邦。
魔族與文官少女組代表，芙勞。
山精靈代表，芽。
半人牛族兼二號村代表，哥頓。
半人馬族兼三號村代表，古露瓦爾德。
樹精靈族兼一號村代表，依葛。
哈比族代表，馬赫。

馬赫是哈比族的老鳥之一。
來村裡時曾向我打過招呼，不過存在感薄弱。

似乎是因為哈比族向來團體行動，難以表現出個人特質。
實際上，他們也沒有屬於個體的名字。
儘管令人懷疑這樣能否生活，不過他們做得到。
既然做得到，那就不用在意了。
雖然不用在意，但是會造成我的困擾，所以讓種族代表者取了馬赫這個名字。

名字是和天使族商量後決定的。

其他雖然還有惡魔族的布兒佳和史蒂芬諾，不過她們照慣例辭退了。她們顧慮到自己處於侍奉拉絲蒂的立場，不便參與有關村子營運的討論。史萊姆溝通失敗。蜜蜂則透過座布團的孩子表示辭退。取而代之的，則是四位其他種族的負責人。

負責照顧獸人族的鬼人族女僕，拉姆莉亞斯。

負責照顧半人牛族的蜥蜴人，娜芙。

負責照顧半人馬族的文官少女組，菈夏希。

負責照顧樹精靈的獸人族成員，瑪姆。

儘管她們沒有發言權，但是獲准旁聽。

雖說沒有發言權，不過只是沒有提議與拒絕議題的權利，除此之外仍能發表意見。因此我希望她們積極參加。

畢竟讓人參加卻不准說話未免太狠了。

不管怎麼講，人數實在很多。
但是，宅邸會議室要容納這個數量綽綽有餘。
連身軀比較寬的座布團、個頭高壯的半人牛族，以及身軀和馬差不多大的半人馬族也能參加。

今年會議的議題是這些——

「確認冬季期間的問題」。
「今年的活動方針」。
「獎勵牌相關」。

首先，確認冬季期間的問題。
大樹村沒問題。
不，有是有，但不需要拿到會議上討論。
好比說，貓要睡哪裡的問題和小黑牠們占據暖桌的問題。門沒關好讓風吹進來的問題，還有把私人物品留在我房間的問題……
也就是所謂的家庭問題。

其他居民提到的問題也是這種感覺。

冬季的糧食與燃料沒問題，甚至能說很充裕。

一號村、二號村和三號村也一樣。

沒什麼大問題。

真要說的話，頂多就是一號村、二號村和三號村想為負責守備的小黑子孫們做點什麼，提出來和大家商量該怎麼辦。

守備期間是在工作，所以小黑子孫們不會鬆懈。

雖然會輪流休息，但是休息時間都待在大樹村。

在一號村、二號村和三號村看來，小黑子孫們大概總是在工作吧。

我告訴他們不用在意，並且建議他們，來大樹村時陪小黑子孫們玩就好。

小黑搖搖尾巴。

我原本還在想，同樣負責守備的座布團孩子們就沒差了嗎？不過各村村民有和座布團的孩子們適度交流，所以沒問題。

因為座布團的孩子們不是輪班，而是住在那裡。好像還有尺寸和枕頭差不多的個體。

如果需要取名字，就請各村幫忙了。

還有一件喜事，那就是冬季期間半人牛村有兩個孩子誕生了。

下次帶賀禮去探望吧。

今年的活動方針。

今年要讓二號村和三號村以普通的方式務農。

這是最優先事項。

理由在於，如果完全依靠我的「萬能農具」，一旦無法使用「萬能農具」，就會讓村子崩潰。我希望避免這種狀況。

二號村和三號村要用普通的方式務農想必很辛苦，不過希望他們加油。

普通農業導致收成減少的部分，將由大樹村填補。

接著是工業的部分。

將搭載懸吊系統的馬車還給麥可先生後，來了訂單。

原本考慮到量產而準備了五臺分量的零件，但是比傑爾和文官少女組也想要所以不夠。文官少女組似乎想當成禮物送給老家。

最後決定向好林村追加訂購彈簧。

商業部分，則是販賣冬季期間製作的加工產品。

主要是酒、油、鹽、砂糖、醃漬物、果醬與果汁等。

這些已經處理完畢，所以只有報告賣出去的量。

冬季差不多結束時，貨物就已運往麥可先生那裡，還賣給比傑爾、好林村、德萊姆、德斯與始祖大人他們。

另外也做了起司和奶油等，不過這些都會在村裡消耗掉，所以無法販賣。

美乃滋也有商品價值，但我不曉得美乃滋的保存期限所以不賣。要是吃壞肚子就糟了嘛。村裡做的就在村裡消耗掉。

比傑爾、德萊姆與始祖大人以非常想要的眼神看著我，所以我沒賣，而是直接送他們。

總而言之，商業相關的部分要等麥可先生的報告書。

看過報告之後，再決定下個冬天要生產的量。

同時還要考慮田裡種些什麼、種多少……

大樹村第一輪採取比較穩當的方式，幾乎和去年一樣。

部分田地基於鬼人族女僕的要求，增加調味料作物；露則是要求增加藥草的種類。

獎勵牌相關。

今年同樣發放獎勵牌。

大樹村居民每人三枚。種族代表十枚。小黑與座布團他們則是一族三十枚。

和往常不同之處，則是與一號村、二號村和三號村有關的部分。

去年是每個村子三十枚，沒有發給個人。今年，則是各村三十枚，每人一枚。

我原本想多給一點，不過各村依舊表示貢獻還不夠，因此婉拒了。

這是會議前就討論過許多次的結果，所以直接照辦。

當成特殊案例的，則是蜜蜂兩枚，酒史萊姆兩枚。

在溫泉區當守衛的死靈騎士也兩枚。

因為蜜蜂總是會提供美味的蜂蜜嘛。

至於酒史萊姆……嗯，他最近好像常常和孩子們待在一起。

死靈騎士則是一個人留守在那裡。

下次拿獎勵牌過去，問問他想要什麼吧。

順帶一提，孩子們的獎勵牌……除了三個獸人族男孩各三枚之外，基本上不給。

因為獎勵牌是發給為村子幹活的人。

所以，不給還沒開始工作的烏爾莎以及目前只能幫忙的娜特。反過來說，有好好工作的蜥蜴人孩子就會發。

關於這部分，由各種族的代表負責申報。

……始祖大人給個五枚左右是不是比較好啊？

我考慮一下。

…………

貓實在是沒辦法給。

本來會議該就此結束，不過途中接到聯絡。

是來自始祖大人。

這是叫念話嗎？由露接收訊息之後，再轉告我們。

之前接受芙修委託製藥，他似乎想帶回禮過來。

我原本還想會是怎樣的禮物，結果是人。

十對剛結為夫婦的男女，總共二十人。每對夫婦都還沒有小孩。主要是人類，也有一部分亞人。

他問，讓這些人當一號村的居民如何？

這確實是我想要的。

「露可以接受嗎？」

當時說過要答謝就答謝妳們……

「沒問題。因為始祖大人詢問時，我說『能讓村長高興的東西』。」

我只能表示感激。

那麼，由於預定之外的人員到來，所以會議繼續。

主要是以一號村的代表樹精靈依葛與負責人瑪姆為中心。

針對接納態勢、日用品準備、當前的工作內容與守備相關等部分重新確認。

頓時忙碌了起來。

為會議結束所安排的宴會料理逐漸遠去。虧我特地作了許多準備，像是竹筍料理之類的……

不不不，只是會議延長而已，食物又不會消失。雖然宅邸大廳傳來開心的說話聲……不過那一定是錯覺。

有聽到什麼「為新春乾杯」之類的，是誰帶頭的啊？這麼說來，我好像講過：如果會議拖長，可以先開始無妨……

「先、先吃飯怎麼樣？」

「不行。去了就回不來。」

「至少把酒拿來這裡……」

「不行。主題會變成酒。」

「那麼，今天就到這裡，剩下留到明天……這樣如何？」

「……明天能好好開會嗎？」

全員異口同聲回答。

大家的意識都飄到門的另一邊了。

畢竟是春天嘛，沒辦法。

今天就到此為止。

5 春季的作業　擴張牧場與其他

烏爾莎騎著小黑子孫狂飆。獸人族男孩們同樣騎著小黑子孫跟在後面。他們在幹什麼啊？

……

烏爾莎他們後方遠處，能看見穿著裙子卻保持優雅姿態追趕的鬼人族女僕。

嗯，應該是惡作劇之後逃跑的。追趕狂奔的小黑子孫們還能縮短距離，鬼人族女僕的腳力還真是令人驚訝啊。

不，是小黑孩子孫們的速度變慢了嗎？因為追趕的鬼人族女僕喊出了各種料理的名稱嘛。而且……

「再也不做囉！」

小黑子孫們的速度慢下來了。

騎在上頭的烏爾莎與獸人族男孩們大為慌張，不過為時已晚。被抓到了。

嗯，做錯事就該乖乖捱罵。

啊～負責照顧獸人族的拉姆莉亞斯也來了呢。

獸人族男孩們澈底投降。烏爾莎……還想逃啊？哦哦，酒史萊姆搶先一步繞到前面攔住她……逃跑失敗。

鬼人族女僕很懂得怎麼使喚酒史萊姆呢。

她把烏爾莎和獸人族男孩帶走了。

孩子們做了什麼嗎？偷吃嗎？還是弄髒洗好的衣服……

希望與我無關。

好啦，我也專心在自己的工作上，用「萬能農具」耕田。

我用比以前快上許多的速度耕作。畢竟去年除了大樹村，還耕了二號村和三號村的份嘛。照這個步調下去，應該會比預期早結束吧。

這麼一來，要怎麼辦？該把大樹村的田稍微擴張一下嗎？不，要的話或許該擴張牧場。牛和山羊也生產了。雖然不至於擠，但還是在變擁擠之前擴張吧。

田地作業結束後，我將牧場往東擴張了約四百公尺。

……

動物沒往擴張的部分移動。也對。動物對於新地方總是會小心翼翼嘛。

…………

要試著在擴張的部分種紅蘿蔔嗎？

用「萬能農具」闢出紅蘿蔔田之後，馬來了。真老實。很好、很好。我知道了，再擴張一點吧。完成前別吃喔。

馬過來了，所以山羊和牛也跟著來了呢。

山羊沒有馬那麼聰明。不，聰明是聰明，卻忠實於自己的慾望。

大概無法對馬守住紅蘿蔔吧。數量相差太多。

不得已。我在牧場外開闢紅蘿蔔田。再來就是將能夠引起山羊興趣的東西放進牧場……應該辦不到吧。放棄。

好啦，既然牧場變大了，就得再設置幾個飲水的地方。

我像之前挖水井那樣，挖了個斜坑，把裡面弄成U字隧道的形式，讓動物們不用轉身也能出來……

但是山羊和牛堵在隧道裡了。

天氣熱的時候大概會用來躲陽光吧。如果發現得晚就糟了。

此後，禁止挖掘洞穴。

雖然費工夫，不過我還是和一開始一樣，製作飲水用的容器。

將圓木縱向剖開並挖空內部的簡單容器。

…………

如果距離太遠，運水會很麻煩呢。用竹子做個類似水道的東西會不會比較好？

不，既然有幫浦就裝一個……只要牛和羊懂得自己去用……

改天和山精靈們商量一下好了。

總而言之，先用竹子做條簡單的水道。

接下來，要準備岩鹽塊。

動物們也需要鹽分。要把鹽擺在牧場裡讓他們隨時都能舔。挖地就有岩鹽層真是方便呢。

一開始那麼辛苦地找鹽就像假的一樣。唉，只是我沒發現而已……

畢竟我以前沒見過什麼岩鹽，一般來說也不會想到去舔岩石嘗它的味道。所以沒注意到也算不上什麼問題。

挖洞，將岩鹽層切割成適當的大小。搬運。

原本是會讓人慘叫的粗重勞動，不過多虧有「萬能農具」，三兩下就搞定了。

嗯，真是感激不盡。

這麼一來，牧場作業就告一段落了。

作業中一直衝撞我而被小黑子孫們圍住的山羊們該怎麼辦呢……

給牠們太多壓力也不好。
我委婉地拜託小黑子孫們，挑個適當的時機釋放山羊。

二號村和三號村的普通農業進展順利。
各村的育苗與播種似乎都平安結束了。
目前，頂多就是拜託山精靈們幫忙維修水車，其他都能自己想辦法解決。
真可靠。雖然可靠，卻讓人有點失落。不不不，得讓各村好好努力才行。

我要求各村代表留下作業紀錄。
有了紀錄，不僅其他村子進行相同作業時能參考，也能確認發生問題時的狀況。
現在雖然只是單純的紀錄，但我相信將來會成為重要的財產。

我去看看果樹園那些蜜蜂的樣子。
今年也有女王蜂誕生，多了幾個巢。真是好事一樁。
就為蜜蜂們在果樹園附近種些牠們喜歡的花吧。
嗯？守衛蜂巢的兵蜂不知為何熱心地飛來飛去。出了什麼事嗎？
仔細一看，每個巢都出了數隻兵蜂，約有上百隻聚集在一起，編隊往北飛去。一隻座布團的孩子跟在後頭，我也追了上去。

兵蜂們的目的地和村子有段距離。在戒備村子周圍的小黑子孫們的防線之外。

當我抵達時，事情已經結束了。

空中有隻女王蜂，以及從果樹園飛來的兵蜂們。

一隻高個子的鼬鼠倒在地上。用高個子來形容有點怪，畢竟四腳著地時很矮嘛。該說身體長嗎？算了，不重要。

兵蜂看來沒有死傷。

從鼬鼠的模樣看來，打倒牠的似乎是座布團的孩子……

兵蜂領著女王蜂前往果樹園。

從外面來的新女王蜂？但是，地盤劃分沒問題嗎？會不會吵架？

正當我懷疑時，回收鼬鼠的座布團孩子看向我。

食物充足所以不會吵架。

感覺牠這麼說道。原來如此。或許是呢。

我回到果樹園，為新來的女王蜂製作築巢的場所。

下回也考慮擴張果樹園吧。

是叫滑板車吧？

我試著做出小時候流行，那種在滑板上安裝握把的東西。

構造不難。不需要動力。材料全是木頭的試做品。調整握把長度後就完工。

一腳踩上去，另一隻腳蹬地前進。騎起來感覺很糟，是木製車輪不好嗎？

這回不吝嗇，用橡膠改造。嗯，輪胎有彈力，騎起來舒適多了。

問題在地面上吧。

村裡的地面，是我耕過一次後踩實的普通泥土。適合滑板車移動的地點有限。

室內移動用？會勾到並弄傷地毯。

…………

滑板車就到此為止吧。

我做了餐廳等地方送餐用的推車。名字不曉得。

我利用做滑板車時的失敗經驗，將輪胎做大一點，避免勾到地毯。

載貨區分成單純的上下兩層。感覺就像將很大的口字裝上四個輪胎。

總而言之，大致的樣式完成。我將它交給鬼人族女僕們。

「是餐車呢。」

推車的名字原來是叫餐車。

我讓鬼人族女僕們使用，如果沒問題就加以裝飾吧。

之後——

「餐車真有趣。」

烏爾莎，那不是交通工具喔～還有，妳手裡的滑板車是怎樣？我記得它放在作業場才對吧？

烏爾莎靈巧地靠著餐車和滑板車逃走了。

我想取消晚餐後的甜點應該是個適當的判斷。

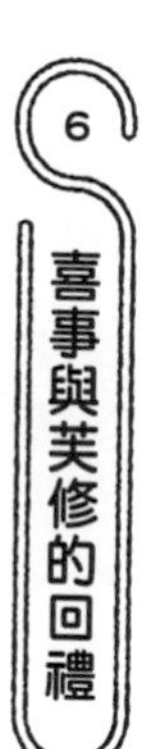

6 喜事與芙修的回禮

以前露在白天會保持相當於中學生的外表，晚上則是成人模樣。

差不多從阿爾弗雷德懂事起，她白天維持成人模樣的時間就變長了。問她理由後……單純是為了讓孩子們記住自己長什麼樣子。

也對。如果每次見面都是不同模樣，孩子們會搞混嘛。

如此這般，露替孩子們考慮了很多。儘管還有很多不安，但已經懂得怎麼教育孩子了。

不過，當事者表示自己還太嫩，沒有安她們幫忙就做不好。我也一樣。對於自己算不算一個好父親毫無自信。雖然我姑且問過那些有孩子的前輩……

「交給老婆。」

「聽老婆的意見。」

「不要違逆老婆。」

這是德萊姆、比傑爾與格魯夫的意見。

不能當參考。

村裡還有獸人族的加特已婚……兩人直到不久前都還分居，他原本連孩子生下來都不知道。是不是和我一樣為了孩子煩惱與辛苦呢？

改天喝酒聊聊吧。

在那之前得先和老婆商量。

不不不，不是第二胎怎麼樣，而是有關阿爾弗雷德的教育。

……是。

交給妳了。

一談到子女，她就不再是女人，而是母親了吧。

…………

不能放棄。我是爸爸啊。

蒂雅，我有點事想商量……不，不是第二胎怎麼樣，是蒂潔爾……

我想前輩們是對的。

之所以開始有身為父親的煩惱，是因為看見最近的烏爾莎。

我擔心乖巧的阿爾弗雷德和蒂潔爾，會不會也像她那樣胡鬧。

獸人族男孩們剛來村裡時很乖，不過最近常和烏爾莎一起捱罵。

雖然還不至於翹掉分配到的工作……

該因為最近比較常看見他們的笑容而高興嗎？

…………

現在，烏爾莎騎到座布團背上。加特夫妻的女兒娜特也在一起。

看樣子，兩人似乎是要座布團像小黑子孫們一樣移動。

座布團很聰明，沒看過牠鬧事，不過……嗯？

牠靈巧地用腳把背上的烏爾莎和娜特放下來，讓兩人站在自己面前。

原本以為牠是要教訓小孩，但並非如此。

座布團高速擺動四隻前腳，烏爾莎和娜特的衣服隨之消失。原本以為她們身上會只剩內衣，卻換成了漂亮的禮服。

有很多滾邊與緞帶的可愛服裝。兩人也對自己的裝扮十分驚訝。

座布團對成品點點頭，舉起一隻腳打招呼後離去。

現場只留下烏爾莎和娜特。

看上去是在找她們的鬼人族女僕靠近，不過兩人顯得很乖。

原來如此。畢竟是女孩子嘛。一旦穿上漂亮衣服，就會變得乖巧。

座布團真可靠。

正當我這麼想的時候，聽到鬼人族女僕悶哼一聲。仔細一看，她整個人趴在地上。

咦？發生什麼事了？我連忙跑過去。

烏爾莎和娜特也不知所措。

趴在地上的鬼人族女僕……看來沒失去意識。似乎是在忍痛。

妳還好吧？

「沒、沒、沒事……不過……我希望有芙蘿拉小姐的治療魔法。」

我原本還在想究竟怎麼回事，不過馬上就弄清楚了。

娜特正常地走路。烏爾莎小心翼翼地緩步移動。鬼人族女僕大概是沒注意到這點就想把烏爾莎抱起來吧。

烏爾莎重到連鬼人族女僕都抱不動。不，不是烏爾莎太重，應該是她的新衣服很重吧。

原來如此。烏爾莎之所以那麼乖巧，理由是這樣啊？

也對。烏爾莎哪可能只因為衣服漂亮就變得老老實實嘛。

令人驚訝的地方有兩點。

衣服看起來輕飄飄卻很重。

而且，烏爾莎能若無其事地穿在身上。雖然跑步還是太勉強了……

我腦中閃過某漫畫的修行橋段。穿著這件衣服生活……脫下來時會不會變得很誇張啊？

這麼說來，始祖大人介紹烏爾莎時，好像說過她會很多招式……

我決定別多想。

娜特的衣服似乎很普通。太好了。

「妳們的衣服都很好看。兩個都是美人喔。」

不能說小孩很可愛。這點我明白。

我背著鬼人族女僕去找芙蘿拉。

日後——

看見穿著那身沉重衣服還能正常奔跑的烏爾莎，嚇到我了。

呃……注意不要穿那件衣服騎到小黑他們身上。馬也不行。

我拜託座布團，幫她換一件重量普通的衣服。

周遭的損害太嚴重了。

喜事。

哈克蓮懷孕了。該做的事都做了，說起來也是理所當然的。

慶祝。慶祝歸慶祝，不過有個問題。

龍是怎麼生小孩的？說到龍會有卵生的印象，可是……

問過德萊姆後才知道，好像以龍的模樣受孕就是卵生，以人類的模樣受孕就會和人類一樣生產。原來如此。

不過要注意，懷孕後一直到生產為止，外型都會固定。

事實上，就是哈克蓮想變成龍的模樣卻沒辦法變，跑去找拉絲蒂商量，但是拉絲蒂也不清楚，請德萊姆過來之後才發現是懷孕。

「姊姊，恭喜妳。」

「謝謝。真沒想到，我居然有這麼一天啊～」

「哈哈哈。那麼，立刻聯絡父親大人……」

「要是這麼做，這裡的宴會大概會一直開到我生產為止吧？」

「……很有可能呢。」

「麻煩先聯絡媽媽。爸爸晚幾天再通知。注意別讓其他人知道。」

「了解。我老婆呢？」

「那倒是無妨。不過要叮嚀她別傳出去。」

「是。需要派人過來護衛嗎？」

「我不會離開這個村子所以沒關係。畢竟還有拉絲蒂在。」

「知道了。有什麼事再聯絡我。」

「也好。拜託你囉。」

接下來這幾天，來訪的龍很多。

萊美蓮、德麥姆、廓恩、絲依蓮、馬克斯貝爾加克、海賽兒娜可、賽琪蓮以及廓倫。

「德斯不來啊？」

「因為媽媽嚴令爸爸不准過來。」

賽琪蓮這麼表示。

「這還真狠……因為他會失控嗎？」

拉絲蒂和海賽兒娜可誕生時，他似乎就惹過麻煩。

原來如此。謝謝妳，萊美蓮。

不過，每位龍來訪時，都擔心地問：「不留護衛好嗎？」

我原本以為是怕懷孕中的龍被別人盯上，結果是因為龍懷孕時很暴躁，需要保護周遭。

…………

以防萬一，能讓我看一下護衛名單嗎？看，拉絲蒂也贊成。

護衛名單上有兩個名字。萊美蓮和葛菈法倫。德斯的老婆，以及德萊姆的老婆。

要制住龍就得靠龍是吧？原來如此。

畢竟哈克蓮也拒絕了，等確認到她有暴躁的徵兆再這麼做吧。

就在這種熱鬧氣氛之中，芙修的回禮到了。

十對男女，合計二十人。一號村的移居者。

一行人由芙修帶領，還有十一個身著華麗鎧甲的人同行擔任護衛。

雖然想全員出來迎接……不過移居的是一般人，所以小黑與座布團牠們主動辭退。

雖然我覺得不需要顧慮那麼多，但是嚇到人家還是會感到難過。

啊，萊美蓮妳們待在哈克蓮身邊。哈克蓮不用勉強喔。

為什麼呢？

在打招呼之前，已經有半數護衛失去意識。是因為太累了嗎？

看到高等精靈莉亞與蜥蜴人達尬時也吃了一驚。

還有一個護衛在烏爾莎追著貓跑出來時嚇昏了。以護衛來說，這樣是不是太軟弱啦？先送他們去旅舍休息。

芙修代表一行人低下頭。

「感謝您接納他們的移居。」

雖然是為了答謝藥的事才有這批移居者，不過形式上姑且當成這樣。中間似乎碰到很多麻煩。

移居者代表走到芙修身旁低下頭。

「請、請多多指教。」

是個極為普通的男性。

看似他妻子的人也一樣，怎麼看都是普通的女性。至於他們是基於什麼樣的理由移居，就之後再問問吧……

「彼此彼此。請多指教。」

帶大家去一號村之前，我先讓他們在旅舍休息。

畢竟護衛們似乎也累了嘛。嗯，變熱鬧了呢。

閒話　芙修的回禮準備

我的名字叫芙修，身分是科林教的大司祭。由於神賜予的恩惠，得以使用回復魔法。話雖如此，卻治不好自己兒子的病……

不過，奇蹟發生了。因為我有幸遇見藥學研究在世上名列前茅，不，可說首屈一指的吸血鬼，露露西大人。

更幸運的是，就連治療我兒子需要的藥材也很齊全。

這都是創造神的指引。感謝您。露露西大人製作的藥，治好了我兒子的病。

今天的我，正在準備這份奇蹟的回禮。

雖然感謝創造神，不過實際幫忙製藥的依舊是露露西大人與芙蘿拉大人。那個村子裡提供協助的諸位也得報答才行。

如果可以，我希望能拋下地位，全家搬去那個村子，為村子盡心盡力；但很遺憾，我不能這麼做。

因為長年來我欠了科林教許多恩情，還沒報答完。但是，我總有一天會做到。

咳咳。

言歸正傳，回禮是為了表達我的感謝之情，但是不能讓對方感到高興就沒意義了。畢竟硬塞東西過去並不可取。

然而，我對露露西大人、芙蘿拉大人，以及那個村子的諸位並不瞭解，不知道要怎麼做才能讓他們高興。

於是我老實地請教對方。

我說自己想報答他們，有什麼要求盡量說。

幸好我家還算富裕。即使要求有些過分，多半還是應付得了。如果對方有那個意思，即使是爵位……不行、不行。如果沒有意願還受封爵位，只會嫌麻煩吧。要反省。

詢問之後，得知包含露露西大人在內的村民們，似乎想要人。

當下我還以為是要活祭品，仔細一聽之後才明白，他們是想要新的居民、移居人口。

他們會免費提供住家與田地給移居者，並且暫時照料移居者的生活。如果排斥農活，要從事其他工作也無妨。

原來如此。條件似乎相當好。

有一點不能搞錯，要的是新居民，並非勞動力，對吧？

不，當然也期待移居者能成為勞動力。只不過，似乎還有「如果不增加新血，下一個世代會碰上麻煩」這種迫在眉睫的問題。

換句話說……

「奴隸不行嗎？」

「不行吧。」

我駁回部下的提案。

雖然應該沒人喜歡當奴隸，不過會成為奴隸通常都有理由。

而且理由大多是犯罪或欠錢。讓因為這種理由淪為奴隸的人移居過去？這是在整人吧？會給那個溫和的村子添麻煩吧。

不能接受。

理想狀況是讓原本就在村莊生活的家庭直接搬過去。

不過，這麼做相當困難。

因為他們已經建立起自己的生活，沒有特地搬家的理由。

我姑且硬著頭皮去問過了，但果然不行。

儘管早有心理準備會失敗，卻沒想到人家會全力拒絕。為什麼呢？

「不隱瞞移居地點不行吧？畢竟要人家搬去『死亡森林』，等於宣判死刑嘛。」

部下這麼表示。

「死亡森林」確實是恐怖地點的代名詞。

但是，我親自去看過，並不覺得有那麼糟糕……

「那是因為芙修大人很強啊。」

「如果是我們，連一小時都撐不了喔。」

「更何況，在那種森林的正中央有村子本身就令人懷疑……恕在下直言，會不會是別的地方啊？」

部下們這麼表示。

尋找移居者一事卡住了。

我一個人無能為力，所以找了算是心腹的部下們幫忙……然而即使如此，依舊不怎麼順利。

可是，我不能放棄。一想到替兒子找藥的辛苦，就覺得這點小事不算什麼。找出優良的移居者吧！

人類，一旦不斷遭到拒絕就會感到挫折。絕望感很重。

我甚至閃過「乾脆找別的東西當回禮」的念頭。

唔！

既然要道謝，就不能讓人家等太久。我也和宗主大人商量過，極限大概就到明年春天吧。

目前是秋天，該怎麼辦呢……

就在我煩惱時，部下之一對我提議：

「關於移居者一事，找那些街頭少年如何？」

…………

街頭少年。

講得簡單易懂一點，就是孤兒。

科林教經營了幾所接納孤兒的孤兒院，但是每一間都人滿為患。

於是科林教讓進不了孤兒院的孩子們建立組織，藉此生活。

雖然委婉地稱呼這些孩子們是「街頭少年」……

「會給他們住家和田地對吧？既然條件這麼好，應該會有人想要移居。」

或許是這樣，不過……

我並沒有瞧不起那些街頭少年，但是他們別說務農經驗，就連一般常識也可能不太夠。要他們作為移居者搬過去不會出問題嗎？

「關於您擔心的部分，我想從現在開始教育就行了。」

從現在開始……

「是的。雖然到春天為止時間不多，但我們全力以赴應該做得到。」

原來如此。

我很快就召集了一批人。

條件是情侶檔，也就是已經有伴侶的人。

眼前有十對男女，合計二十人。

年齡大多在十五歲上下。每個人都衣衫襤褸……而且眼神充滿恐懼。

…………

為什麼會露出害怕的眼神？

「妳、妳是芙修對吧？人家說妳為了治療自己的孩子，需要小孩的肝……」

看似首領的男孩，就像要保護其他孩子似的，往前一站這麼說道。

「要、要、要拿我怎樣都行，饒了其他人。」

…………

雖然知道我有難聽的謠言流傳，卻沒想到會這麼誇張。

「真沒禮貌。我根本不需要什麼肝。我以為已經解釋過，現在是要尋找願意移居外地的人？」

我也嚴令過部下們要這麼說明吧？

「你們不是聽完說明才來這裡的嗎？」

「聽說要是逃跑就會把街上的人殺光……」

「說是不能違逆芙修的獵人頭行動……」

站在首領後面的孩子們哭哭啼啼地說道。

…………

把散播這種謠言的人找出來，帶到我面前。我要和那人談一談，解開誤會。

這麼命令部下之後，我笑著對眼前的孩子們說道：

「真的是普通的移居。」

「那麼，為什麼……都找和女人在一起的傢伙啊？是、是要拿剛出生的嬰兒當魔法材料對吧？」

在你們眼前的人，好歹也是科林教的大司祭……不，說得清楚一點。我怎麼可能做出那種慘絕人寰的事啊！

讓他們相信真的是移居花了五天。實在有夠辛苦。

其他令人擔心的部分，就是隱瞞移居地點這件事。部下們強調過唯有這點絕對不能講，所以我才沒說……但是那裡真的沒那麼糟糕。

無論如何，教育開始。

一般常識、閱讀、書寫，還有職業訓練。這段期間的衣食住，全部由我負責。眾人有煩惱也可以找我商量。

就這樣過了一段時間後，他們似乎也願意對我敞開心房了。至少，已經看不到一開始那種害怕的眼神了。如果就這樣順利地努力到春天，應該能成為優秀的移居者吧。

發現了問題。

「這是真的嗎？」

我向部下確認。

「是的，毫無疑問。右手臂上有證明。」

…………

二十人之中，有一個似乎是貴族的私生子。

只要別說出去……不，當回禮送出去的移居者裡有麻煩因子不是好事。既然知道了，就要處理。

首先，找當事人過來。嗯，是孩子喔。不是貴族。

我和那個是貴族私生子的孩子面談。

「我們已經確定你是貴族的血親了。你想怎麼做？如果你希望，我們可以幫助你回到貴族家庭。」

「……我知道自己是貴族的兒子。去世的母親曾經告訴過我……但是，我沒有興趣。更何況，一旦回到貴族家庭，那個……女友就……」

確實，也不能把女友帶回貴族家裡嘛。

「那麼，你對貴族家庭有什麼看法？」

「沒興趣。請讓我就這麼移居。」

「我明白了。從今天開始，你就是個普通人。可以嗎？」

「我知道了。不過，我本來就是個普通人喔。」

很好。這麼一來就沒阻礙了。

我命令部下。

除掉那個貴族。

幸好，那個貴族的風評差勁透頂。這麼說也是。畢竟自己的孩子流落街頭成了孤兒，他卻沒有伸出援手。禍根就該斬斷。

這麼一來，孩子就是個名副其實的普通人。對了，別忘記幫侍奉那個貴族的正經人們找好新職場。

問題解決，神清氣爽。

……咦？

另外還有兩個是貴族子女？連證據也有？

…………

知道了。我和他們面談吧。

雖然除掉了幾個有問題的下級貴族，不過都是些小事。

發現了問題。

我問是不是又找出貴族子女，但這回有些不同。

其中一個女孩，有鄰國王室的血統。

怎麼會有這樣的孩子呢？原來是十多年前繼承戰爭時逃出來的一族。

確實有留下紀錄。紀錄上的髮色、眼珠顏色、痣的位置與屁股上的王室紋章。再加上她還記得王室流傳的密語。

完美！無懈可擊。

…………

啊啊，真是的！為什麼問題這麼多！而且還是我認定最優秀的那個女孩！

鄰國……滅了他們嗎？不行。要在春天之前解決實在太難了。

那麼……

在短時間內把王室血統整個換掉。只要引發政變，讓王室血統不再是現在的血統……不就行了嗎？

她之所以會成為問題，在於是當今國王的親妹妹這點。

辦得到吧？嗯。不幸中的大幸是，鄰國國王是個給大家添麻煩的暴君。

好，動手。

…………咦？

血統一換，就輪到別的孩子出問題？而且還是好幾個……鄰國把我國當成棄養小孩的地方嗎？

禍根就該斬斷。好吧，那就幹吧。只要在春天之前滅了他們就一切搞定。

途中雖然還碰上牽扯到另一個國家的麻煩，但總算是擺平了。

如今，有兩個鄰國以新王國之姿重獲新生……不過都是些小問題。

科林教會全力支援民眾的生活。

春天到了。

我賜予眼前十對男女正式的結婚祝福。

這是他們努力到今天的獎勵。他們流著淚向我道謝。我也流下淚來。走到這一步，真的費了好大一番工夫。

就在忙著解決王族血緣問題的時候，這回換成什麼傳說盜賊的子孫被盜賊集團盯上。大概是以為有什麼關於傳說盜賊藏寶處的情報吧。我們滅了盜賊集團，找出寶藏。

當然，寶藏全部捐給教會了。

這件事結束後，換成有人體內寄宿著聖劍，導致詭異的宗教團體攻來。

一個弱小的泡沫集團，居然有種進攻科林教的總部。我就認同你們的膽量吧。雖然只認同這一點就是了。

現在，我們已經把那個詭異宗教團體的成員全部抓起來，請他們改宗。

除此之外，還有許多其他狀況。

新興貴族的兒子對女孩一見鍾情，要我們把人交出去——這種程度還算小事。

當然，我們選擇讓那個貴族子弟了解世間有多嚴峻。沒什麼啦，人就算身無分文一樣活得下去——只要你過去好事做得夠多。

我重新打量這二十人。

貴族血親三人，王室血統六人，傳說盜賊血親一人，體內寄宿聖劍的一人，黑社會老大血親一人、雙親分別是妖精和人類的一人，雙親分別是獸人族和人類的兩人，家世不差但離家出走的兩人，背上有龍鱗的一人，胸口有奇怪圖騰的一人，什麼都沒有的一人。

最後那個什麼都沒有的最可疑，但是不管怎麼調查都找不出東西。

普通的凡人。就是那個領頭的男孩子。

無論如何，現在他們全都是普通人。

而且我可以抬頭挺胸地說：「沒有任何問題。」

那麼，出發吧。

前往你們未來要生活的地方。

目的地？啊，呃……抵達之前先保密。放心。這邊的拘束影響不到那裡。

大家要加油喔。

閒話　歐布萊恩

我的名字叫歐布萊恩，今年三十歲的大叔。我出身於貧困家庭，所以多少走過些暗路，但沒有真的去做危險的非法勾當。這應該歸功於雙親教得好吧。儘管小時候會嫌煩，不過現在已經能老實地感謝他們了。

我的職業是神官戰士。

聽到神官戰士，一般印象大概是能使用回復魔法的戰士吧。然而很遺憾，我不會使用回復魔法。儘管我是科林教的教徒。

真要說起來，說我是「隸屬於科林教的戰士」應該比較貼切吧。實力……雖然不能說是第一，但我自認名列前茅。

那麼，這樣的我呢……碰上危機時，並不是只懂得靠力量。有些場合我會運用智慧，遇到敵不過的對手也會逃跑。

幸好，我有一項武器。啊，不是指腰間那把品質精良的長劍；而是我的眼睛。

它是一種叫「弱者之眼」的特殊眼睛。能夠看出對手的力量有多強。

雖說看得出來，不過也只是感覺。如果會亮出顏色或數值就簡單易懂了，可惜世上沒那種好事。

不過，多虧這雙眼睛，我才能活到現在。正因為如此，我非常信任它們，甚至早晚都會點眼藥水，盡可能避免視力變差。

話是這麼說，此刻我卻無法相信自己的眼睛。

事情要從三天前說起。

我剛結束一件規模不小的工作，預定暫時休個假。

如果因為休假就老實地去休息，碰到個萬一就糟了。一般來說不是努力訓練，就是自己接點工作。

也不知是幸運還是不幸，那天，某位大人物用私人名義委託我一件工作。我是科林教的神官戰士，那位大人物嘛，當然是科林教的關係人士。由於價碼不錯，所以我老實地詢問了詳情。

當天我就後悔了。

雇主是科林教司祭之一。這點沒問題。

委託內容。協助科林教大司祭芙修。工作詳情，則是擔任某集團移動時的護衛。這點也沒問題。

問題在於聽完委託後，委託人私下拜託我一件事。

至於他拜託的內容，則是監視芙修的行動。

芙修。就是那個辣手芙修。可以說無人不知的超級狠角色。

而且，辣手芙修還是科林教最大戰鬥集團之首。

說得簡單一點，就是我所屬部隊上級的上級的上級那種菁英集團的代表人物。

不必用「弱者之眼」看就知道贏不了的對手。

監視這種人？哪門子的懲罰啊？話又說回來，為什麼把這種工作丟給我？

「歐布萊恩弟兄，我很期待你的眼睛喔。」

委託人這句話令我背脊發涼。我明明沒對任何人說過眼睛的事……

「唉呀，又沒有做什麼壞事。你只是去幫忙芙修大司祭，順便觀察一下芙修大司祭周圍的人有多強而已。」

也就是所謂「無法拒絕的請求」。

我忍著沒嘆氣，接下了委託和請求。

芙修的工作很單純。

大約有二十個人要移動，所以找人護衛。

移動似乎是靠傳送魔法，為了避免情報外流，幾乎全員都蒙上眼睛。我也是。即使我的眼睛特殊，在視野被遮住的狀態下也沒意義。不過，這麼一來就沒辦法護衛了，真的好嗎？

不過嘛，能使用傳送魔法的人非常稀有。為了避免使用者被盯上而蒙眼，這招倒也不壞。

問題在於，護送這些人需要動用這麼貴重的傳送魔法嗎？看起來只是普通的家庭啊？

護衛除了我之外還有十人。而且芙修也同行，到底是要去哪裡呀……

人家說可以拿下遮眼布之後，我看見自己身在森林。往前一點是田地……有個村落。

嗯？有間大得很奇妙的宅邸呢。從這裡也看得出來。

那是貴族的別墅還什麼嗎？我確認起周圍的狀況。

……

二十名護衛對象都是普通人。

雖然某幾個多少算是能打……但全部一起上也不是我的對手。就這種程度。

其他護衛相當不得了。

一共十個人，但是我不想和其中任何人打。全都和我一樣強，或者比我更強。這就是所謂的猛將雲集吧。

最突出的是芙修。即使那十個我不想打的護衛聯手也贏不了。

……

評估結果和出發前一樣。看樣子我的眼睛很正常。我原本還以為是蒙住眼睛的後遺症，然而似乎不是這樣。

換句話說……一看向森林，眼睛就發出哀嚎說撐不住……這是正確的評估吧？

抱歉，我不該懷疑的。我信任你們喔。不過，看起來就像普通的森林……不普通是吧？

芙修沒注意到我的困惑，朝村子走去。

有人前來迎接。是天使族。真罕見。而且，從裝備就看得出來是能打的傢伙。

對方和芙修打招呼，露出笑容。芙修妳真厲害啊，那傢伙比妳強上好幾倍喔。

沒想到會有比芙修還要強的人。也對，既然是天使族，那倒是有可能。

村裡滿滿的怪物。

高等精靈？長老矮人？鬼人族？蜥蜴人？哈比族？半人牛？連半人馬也有？怎麼，還有顏色不一樣的精靈啊？

不妙不妙不妙……每一個都和剛剛的天使族差不多。芙修看起來就像普通人。這下真的不妙。

既然有高等精靈，代表這裡就是惡名昭彰的「死亡森林」？

人類從未涉足這裡吧？來這裡幹什麼啊？

送人過來？活祭品還什麼的嗎？我成了共犯嗎？我的委託人就是想揭發這種行為嗎？

更不妙的來了。

遠比一開始看到那名天使族還要強上很多的天使族……

站在她旁邊的女人也差不多……那是吸血鬼。我還小的時候曾經見過一次。

露露西。

這裡是她家？沒想到她會住在死亡森林……

眼睛拒絕看下去。

咦？怪了？這個反應……明明不能看，我卻勉強去看了。因為不看更恐怖。

對方是個普通的女人……才怪。

那個角、那個尾巴……是龍。

不行。似乎是因為勉強去看，導致我的眼睛出了什麼問題。旁邊有個比那位龍女更強的。

還有這種東西存在？那傢伙也是龍嗎？

女人。

……不能靠近的女人。

儘管如此，卻有個和她聊得很開心的男人……是什麼人？

村長？那間豪宅的主人？咦？那麼，露露西呢？不，有比露露西更強的龍在，所以……咦？

我已經陷入恐慌。完全搞不懂。我看不出村長有多強。

普通人？不，這是……有些許神的氣息？

這是怎麼回事？這些怪物全都服從那個村長的命令？我的眼睛出問題了？或者只是測不出來而已？

…………

不行。看樣子我的眼睛完全壞了。從區區的貓身上，能明確感覺到神的氣息。

我所能做的，就只有乖乖昏過去而已。

清醒時，我已經回到出發地點，工作告一段落了。

委託人問我怎麼樣，我只回答：「別扯上關係比較好。」不管我怎麼說，對方都不會相信吧。

報酬？不需要。我派不上用場。

雖然在意送去那裡的二十人，不過對他們來說應該不是壞事吧。我敢肯定。

因為我在失去意識之前，最後見到的景象……

一名少女騎著漆黑的狼現身。

那是閃耀著黃金光芒的英雄。大英雄。她所在的地方不可能不好。傳說中的大英雄烏爾布拉莎，看上去會不會也是那種感覺呢？

我開始空揮。

雖然練到死或許也趕不上，不過將來她領軍時，我希望自己能成為那支軍隊的一員。

異世界悠閒農家

01.大樹村　02.死亡森林　03.魔王國監視所　04.北方山脈　05.溫泉地　06.巨人族迷宮
07.創造神像（原黑色大岩石）　08.太陽神像　09.水神像　10.月神像　11.火神像
12.大地神像　13.光神像　14.好林村　15.塔羅特村　16.修馬村　17.半人蛇族迷宮
18.古爾古蘭德山　19.德萊姆的巢穴　20.鐵之森林　21.疑似不死生物出沒的地點

1 移居者與德斯

新來的十對男女共二十人。

既然已經有對象，應該不會因為戀愛起衝突吧。這點實在是萬幸。

有人會拿小黑子孫們和座布團的孩子們沒轍也是難免。但是，既然要搬來，也只能請他們習慣了。

大概發生很多事讓他們累了吧，很多人失去意識。雖然一部分似乎是嚇昏的……

總而言之，先把全員送去旅舍。

當天晚上，我們在旅舍一樓的宴會廳舉行歡迎會。

雖然我也邀請了芙修一行人，不過他們似乎非得趕回去不可。宗教界的大人物還真是辛苦啊。那些昏迷不醒的人沒問題嗎？啊，始祖大人要送他們回去。

不過，讓護衛遮住眼睛是……因為他們是基層，不能看見始祖大人的模樣嗎？

不只芙修，我也讓護衛們帶了些土產回去。希望他們自己留著享用。

始祖大人似乎也非回去不可。感覺真的很辛苦。我也送了始祖大人一些土產。希望再多送一點酒是吧？來。

歡迎會……首先，從安撫看見餐點而動搖的移居組開始。

這不是最後的晚餐，只是菜色稍微好一點而已！看，其他人也在吃。不，怎麼可能拿你們當食材啊？小黑牠們並不可怕喔，可以摸摸頭，肚子也……座布團牠們也沒問題吧？

咦？不是？那邊已經放棄了？可怕的是高等精靈？

高等精靈很可怕？食人者（Man Eater）？那是什麼啊？

「那是誤會，不用擔心。」

莉亞代替我說服他們。似乎是同族的行徑造成這種謠言流傳。

「請別把我們和那些軟弱的傢伙混為一談。」

最後一句話是不是多餘的啊？原本已經接受的移居組，不是又害怕了嗎？

我有點累了。

開始用餐後，他們讚不絕口，讓人感覺很愉快。餐桌禮儀也相當周到，似乎都是些好人。

剛剛應該是到了新環境覺得緊張吧？

呃……露？妳在做什麼啊？

露準備把其中一個移居者帶出去。

咦？治療？她生了什麼病嗎？她的另一半顯得很擔心。

「不會危及性命。不過，我想還是盡早治療比較好。」

「是什麼病啊？」

「呃……有點難解釋耶。」

這、這樣啊。換句話說，就是對於身為男人的我難以啟齒……

「治療很快就會結束啦。」

露說完之後，就把人帶去別的房間。

怪了，為什麼要烏爾莎一起去啊？

治療很快就結束了。真的很快。離席還不到一分鐘。是治療魔法嗎？

確實，那名據說患病的女孩，感覺比先前來得開朗。她的另一半也很開心，應該算可喜可賀吧？

話說回來，烏爾莎手裡那把看起來很貴的劍是怎樣？如果要給她玩具，我希望可以給她一些更像女生玩的東西。像是布娃娃之類的。

我這麼一想，土人偶便強調起自己的存在。

還有你在呢。

土人偶負責把守烏爾莎的房門。與其說是守門人，倒不如說是打掃房間的清潔工吧，用自己小小的身體努力工作。

這是沒關係，不過就是因為這樣，烏爾莎自己不會收拾房間。
不要什麼都由你做，偶爾也要讓烏爾莎自己來。
你說：「沒關係，自己會一直追隨她到死為止？」或許是這樣沒錯啦。

……不好。
我是不是醉啦？居然放著身為主角的移居組不管，都在和土人偶講話。

我看向移居組……似乎沒問題。
其中也有獸人族和人類的混血，不過有加特夫妻陪他們聊天。
散發高貴氣息的人，則由芙勞和文官少女組負責。
再來就是矮人聊酒、鬼人族女僕聊做菜……
移居組裡頭，有個一直分心的女孩呢。她很在意特定的方向。那邊有什麼啊？那裡是……我的房子對吧？再過去是牧場？
「不，那個小女孩在意的是龍。」
替我解答的是德斯。
……德斯？咦？
「來祝賀女兒懷孕有那麼奇怪嗎？」

「呃，萊美蓮不准你來吧？」

「所以說，我沒有直接和她碰面，只有遠遠地看。這件事之後再說……那個女孩是龍巫女。」

「龍巫女？」

「簡單來說，就是喝過龍血那一族的後裔。負責當咱們與人類溝通的橋梁。」

「溝通橋梁……不用中間人也能正常對話吧？」

就像現在這樣。

「別在意那種小事。那種職責都是過去的事。我以為他們早就滅族了，原來還有倖存者啊……」

「所以呢？之所以在意我家，是因為在意哈克蓮她們嗎？」

哈克蓮沒參加宴會，留在屋子裡。

因為想和來祝賀的萊美蓮她們過得悠哉一點。

老實說我本來也在擔心，如果哈克蓮參加宴會，其他龍應該也會參加，這麼一來就沒辦法替移居者慶祝了。

「如果會在意哈克蓮她們，為什麼不會在意德斯你？」

德斯比較近吧？

「因為我遮蔽氣息了嘛。看著吧。」

德斯說完話的同時，原本在意我家的女孩突然大吃一驚，盯著德斯看。

「是不是？」

「原來如此。」

看到我了解之後，德斯大概又遮蔽了氣息。

女孩雖然暫時把注意力放在我們這邊，不過又回去注意我家了。

「龍巫女只會注意到龍而已嗎？」

「嗯……印象中聽人說過，巫女的歌聲不知道是不是有平息龍怒的效果。」

「真模稜兩可耶。」

「就連我也只見過兩個。第一個……不知道是幾百年前了。」

「無害嗎？」

「對我們來說沒有。」

「巫女會出什麼問題嗎？」

「也沒有。真要說的話，頂多就是女孩身上會長出……人類尺寸的龍鱗吧。」

「對女孩子來說，這樣不是很可憐嗎？」

「防禦力會提升喔。」

「一般人增加防禦力也沒什麼用啊。」

不過，喝了血的後裔啊……

「喔，那只是傳說而已，實際上純粹喝點血可不會變成那樣。」

「咦？」

「要是吃下去就能獲得力量，龍族早就被吃光啦。」
「這麼說也對。」
如果吃下去就能獲得力量，大概會有些人不擇手段地將對方的血肉弄來吧。
被視為強大存在的龍就更是如此。我能想像成群人類撲上去的畫面。
「那個女孩放著別管就好。應該只是感覺到先前從未出現過的龍居然這麼近而困惑吧。她很快就會習慣。」
德斯告訴我，以前的龍巫女也是這樣。
「關於龍巫女的事就講到這裡……嗯。」
德斯清了清喉嚨，一臉正經地看著我。
「哈克蓮懷孕了，幹得好。」
總覺得有點不好意思。
不過，這樣啊……德斯成了我的岳父嗎？
「今後我女兒也要拜託你照顧了。」
看見德斯那張父親的笑臉，我也回以笑容。
「包在我身上。」
「哈哈哈。還有，如果可以，我也想拜託你關照一下……」
德斯突然變得很沒出息，背後站著人類形態的萊美蓮。

大概是剛剛暫停遮蔽氣息才被發現的吧。

岳父很重要，但是岳母也很重要。

我面帶笑容，目送萊美蓮拖著德斯離去。既然是拖向宅邸……應該不至於不讓他和哈克蓮見面吧。

畢竟似乎只是開心過度而失控嘛。

這場名為歡迎會的宴會，也是認識彼此的交流會。

特別是從移居組的角度來看，應該會對今後的生活感到不安吧。儘管東西吃得很多，酒卻很節制。

他們試著從聊天對象口中探聽各式各樣的情報。

雖然好像也有節制不了的人……

主要的內容……應該是人際關係吧。誰是老大、誰不能得罪或有事可以找誰。

至於被問到的人，也不是單純提供情報，同樣試著問出移居組的個人情報與人際關係。

先不管順不順利，以歡迎會來說應該算成功吧。

原先在意龍而無法專心參加宴會的女孩，喝酒之後也顯得很開心……已經醉到口齒不清了。是用酒逃避嗎？德斯說久了會習慣，希望她努力去習慣。

好啦，不過話說回來……

「那麼，有事拜託要找誰？」

「露小姐、蒂雅小姐、芙蘿拉小姐和芙勞小姐……應該是這些人吧？要論容易溝通的話，找芙勞小姐最好。」

「原來如此。」

……………

為什麼有事可以找的人選裡，沒有我的名字啊？不，我並不是希望自己的名字列進去，但我好歹也是村長。有事拜託應該能找我吧？我倒也不是想被稱讚，但是多少稱讚我一下，說我這人很可靠應該也行吧？

我在旁邊偷聽了一陣子，不過只有酒喝得更多而已。

土人偶貼心地來安慰我。謝謝你。

2 確認與移動

我讓移居組住在一號村。

這樣安排有了些問題，那就是要選個負責人照料他們，還有先前管理一號村的樹精靈們該怎麼辦。

總而言之，在移居組抵達之前，大家先商量過了。參加的包含我在內共四人。

樹精靈代表，依葛。一如往常，維持樹椿的模樣。

樹精靈負責人，獸人族瑪姆。一如往常，總是盡心盡力。

還有不知為何坐在會議室椅子上的酒史萊姆。我原本還在煩惱要不要把牠算進去，不過三個人顯得太冷清，所以還是算牠一份。

雖說是商量，不過基本上只是聽依葛她們的要求而已。

「然後呢，這種狀況希望這樣」、「這時候是這種感覺」，我設想了各式各樣的可能性，並且聽取她們的期望。

順帶一提，酒史萊姆中途就膩了，在旁邊睡起覺來。

移居組抵達的此刻，該怎麼做已經決定好了。

現在就是要告知他們這項決定，並且接受提問。

地點在旅舍一樓，舉行歡迎會的宴會廳。參加者有我、依葛和瑪姆三人，以及移居組二十人。

移居組之所以全員參加，是移居組首領的期望。一來是既然與今後的生活有直接關係，想讓大家都聽一聽；二來是或許會有人提出什麼意見。

由於沒什麼好隱瞞的，所以我答應了。彼此重新自我介紹後，正式開始了。

「我想昨天的歡迎會上已經有部分人知道了，我們打算讓你們住到這座村子西邊的另一個村子，一號村。」

司儀是瑪姆。原本想由我擔任，不過她笑著說：「請別這麼做。」

「一號村有許多空屋，每個家庭都能分到一間。」

聽到瑪姆這句話，移居組成員們「哦哦！」地讚嘆。

「這邊的樹精靈族住在一號村，負責管理村子。原本預定有人住進一號村時，這項任務就會結束。不過我們判斷二十位居民還是太少，因此樹精靈族會就這樣繼續住下去。」

「呃……這是大家一起生活的意思嗎？」

移居組之一舉手後發問。

「說是一起生活也沒錯，不過樹精靈族的生活方式和人類有很大的差異。簡單來說，和住進屋裡相比，她們更喜歡生活在野外。」

「對不起，我不太明白。」

發問者不好意思地回答。

雖然這也和樹精靈族罕見有關，不過似乎是因為過去生活的地方亞人並不多。

「恕我失禮。那麼，您知道雞嗎？」

「知道。」

「牛呢？」

「當然。」

「請想成在同一個牧場裡放養雞和牛。」

這種解釋叫簡單易懂嗎？

「在同一個地方，牛過牛的生活、雞過雞的生活，是這個意思嗎？」

哦哦，好像弄懂了。真厲害。

「這句話並不是在說哪邊是牛、哪邊是雞。只是種族不同，所以生活習慣有所差異。這部分還請好好適應。」

對於瑪姆這番話，移居組成員們儘管有些迷惘，依舊回答明白。

「你們的負責人……簡單來說，就是傳達要求與不滿的窗口。這項職務由我擔任。請多指教。」

瑪姆一低下頭，移居組成員們也跟著低頭。

原本有點煩惱負責人該怎麼辦，不過瑪姆自告奮勇。她表示既然同樣住在一號村，希望這次的移居組也由她負責。

樹精靈依葛也贊成，所以我就同意了。

「目前，糧食由我們供應……不過，各位會做飯嗎？」

對於瑪姆這個問題，移居組成員們有些困惑。

詢問理由之後，得知他們雖然還算會，不過似乎是沒見過的食材太多，不曉得該怎麼料理才好。

「我知道了。那麼短期內就借幾位會做飯的人過來吧。村長。」

於是出借了數名鬼人族女僕與高等精靈。因為樹精靈們雖然會吃，卻不會做。

「那麼，暫時就讓大家共同生活。代表由首領先生繼續擔任沒問題吧？」

瑪姆將聯絡事項與確認事項一件件消化掉。

花了不少時間。

「那麼，聯絡事項如上。有什麼問題嗎？」

「我、我有。」

移居者首領舉手了。

「有關在村裡生活的部分，大致上都知……不，都了解了。請問我們該做什麼樣的工作呢？」

「以我們的期望來說是農業，但我們並不認為所有人都適合務農。」

芙修也沒說她召集到的人都從事農業。

「先作許多嘗試，明年春天之前決定各自的工作就好……我們是這麼想的。」

「會因為選錯工作而被趕出村子嗎？」

「我們不會這麼做……不會吧？」

瑪姆看向我，所以我回答：「不會。」

但是吃閒飯可就不行了。不工作者不得食。

「不要想得太複雜，今年請以習慣這裡的生活為優先。」

之後又聽了幾個問題，聯絡答問會結束。

不過眾人沒有解散。因為還要移動到一號村。

移動前往一號村。

由於諸多原因，兩地有段距離，徒步過去頗花時間，而且移居組成員們有帶行李。

雖說是行李，不過芙修事前講過家具、餐具和廚具等會由我們這邊準備，頂多就是各自的換洗衣物，但讓他們拿著這些東西走路依舊會過意不去。

問題在於移動手段。

我原本想拜託拉絲蒂載大家過去，卻被瑪姆駁回了。

因為想讓他們曉得兩地之間的距離感。

此時登場的就是馬車。

那輛在冬天裝上懸吊系統的馬車雖然已經還給麥可先生，不過他之後又帶了三輛馬車來村裡。

懸吊系統已經安裝完畢，只剩送回去麥可先生那裡，不過當時正巧發現哈克蓮懷孕，所以把這件事往後延。

用那些馬車？不不不，不可以擅自把要交的貨拿來用。

這次要用的，是山精靈看見後在村裡自製的馬車。

我原本以為她們會仿製得一模一樣，但自製馬車經過各種改造，變得又輕又堅固，而且性能優異。

不過，懸吊系統裝在麥可先生委託的馬車上所以沒有使用，改採板彈簧。

這種板彈簧，講得簡單一點就是利用木材彈性製作的彈簧。技術上似乎已經存在，但是麥可先生的馬車並未採用。

因為有魔法，所以這種技術難以傳播？應該沒有專利之類的東西吧？而且我也不記得芙勞和麥可先生他們提過這種事。

無論如何，有一輛裝上板彈簧的馬車。這輛車包含駕駛座在內，最多只能載運八人。

因此，馬車後頭裝上了類似拖車的東西。它是做來載貨的，以載運量為重點。

可惜的是，這東西既沒有懸吊裝置也沒有裝上板彈簧。

不過，應該可以載十個人吧。我找了四名半人馬族拉車。

還不夠的部分，就拜託馬和半人馬族了。

換言之，移居組的二十個人分散成馬車載八人、後面的拖車載十人與半人馬載兩人。

他們舉行了一場熱烈的猜拳大會。

由於當著半人馬們的面前，所以沒有露骨地表現出遺憾……但是藏不住眼角的淚水。

沒那麼恐怖啦。

我騎在半人馬族的古露瓦爾德身上。馬由瑪姆和樹椿模樣的依葛共乘。

小黑的孩子們圍著我們擔任護衛，以這樣的隊形出發。

馬車和拖車很重，所以我們悠哉地慢速前進。

如果以馬車聯繫各村，讓移動更為輕鬆，是不是很方便啊？也就是定期馬車。

啊～不過半人牛們不能搭乘，半人馬自己跑比較快對吧？

要弄也只有一號村和大樹村啊。

…………

誰坐？移居組的人不會那麼頻繁移動吧？真要說起來，頂多就是瑪姆。若是這樣，把馬借她就好。

定期馬車這案子就先擱著吧。

就在我思考這些時，抵達一號村了。

村裡有許多看上去給一家四口居住也綽綽有餘的屋子。

可以感覺到，移居組的人看見之後都興奮起來了。不過視線一往下，他們的情緒立刻冷卻。

因為村裡的樹精靈旁邊，還有把守一號村的小黑子孫們以及座布團的孩子們。

大家排排站之後，連我都能體會到這數量還真多呢。

「我為大家介紹。」

瑪姆面帶笑容，開始替兩邊介紹。

「要住哪一間屋子可以自由選擇，但是要注意別吵起來。看上同一間時，請商量之後決定。」

接著告知移居組全員當成集合地點的廣場、水井以及廁所的位置。

雖然我覺得沒問題，不過她還是說明了水井和廁所的使用方法。

「排泄一定要在廁所。上完廁所一定要洗手。這件事最重要。」

考慮到衛生層面，這是理所當然的。

我可不希望大多數的村民都病倒。

「位於村中心的大樹，是這座村子的象徵。不可以拿它惡作劇。還有，這件事也要好好教導今後你們所生的孩子。」

「在那邊的是？」

「那是神社。祈禱的地點。」

「創造神！另一個是？」

「那是農業神。」

瑪姆大致說明完畢後，移居組的人就為了決定住家而兩兩開始行動。

有立刻決定的，也有精挑細選的。看得出大家的性格呢。

喔，祈禱可以之後再說。如果不快點挑，比較好的屋子會被選走。不過嘛，應該每一間都很不錯就是了。

「村長，剛剛那樣可以嗎？」

瑪姆詢問我。她看起來相當不安，但是沒問題。

「應該很足夠了。今後也要拜託妳了。」

「好、好的。我會努力。」

「還有依葛。先前妳管理村子，實在是幫了個大忙。今後也要拜託囉。」

「包在我身上。」

就算是樹椿的模樣也顯得十分可靠。

載我們過來的古露瓦爾德等人留下馬車，只把拖車帶回大樹村。

這是為了將移居組短期內的糧食，以及將教導他們廚藝的人載過來。我請他們順便載幾隻史萊姆。

樹精靈不排泄，所以一號村的史萊姆不多。

只吃不排泄實在不可思議……不過她們一下變樹、一下變人，存在本身就很不可思議，所以我沒有想太多，當成就是這麼回事。

「那間屋子是樹精靈們的家嗎？」

某間很大的房子是樹精靈們的共同住處，這點方才說明過了。

「是的。樹精靈們雖然喜歡野外生活，但是保管物品需要屋子。」

樹精靈們有東西需要保管？

我原本有些疑惑，不過稍微想一下就發現，是指獎勵牌和用獎勵牌換的東西。

如果沒有屋子，就沒辦法保管了吧。

「還有衣服也是。」

原來如此。

樹精靈化成人時是全裸。這樣在村裡生活會有麻煩，所以我請她們在人形態時穿上衣服。

儘管有些養成了穿衣的習慣，不過大半都嫌穿衣服麻煩，所以平常保持樹木模樣或是移動用的樹樁型態。

變成人的時候明明是美女啊……

差不多過了一小時，古露瓦爾德他們回來了。

會這麼快是因為沒有馬車，還是因為不需要顧慮別人呢……

史萊姆顯得很有精神，不過負責教導廚藝的兩位高等精靈有些虛弱。

考慮一下是不是替拖車也裝上懸吊系統或板彈簧吧。

卸貨期間，移居組大多數似乎都已經決定好住家了。

大家笑逐顏開。希望他們能一直保持這樣的笑容。

瑪姆也說了，當前目標是讓他們習慣這裡的生活。

今天的預定行程，是晚上在一號村舉行歡迎會。

在昨天的歡迎會上，他們還是客人。

但是，從今天起就不一樣了。

我叫來已經決定住家的搭檔，將門牌交給他們。昨天的歡迎會上問完名字後，為了今天準備的。

收下這樣東西的同時，他們就成了一號村的居民。

儘管應該會很辛苦，不過希望大家好好努力。

3 諸多嘗試

一號村的移居者們，原先住在城鎮裡。

但是，他們並沒有從事特定的職業，不知道什麼做得了，什麼做不了。

於是讓他們作了許多嘗試。

首先是狩獵。

即使所有人都全副武裝，也打不贏一隻長了獠牙的兔子。這件事雖然令我很驚訝，不過最驚訝的，還是負責守衛村子的小黑子孫們。要說是感受到衝擊也可以。

牠們用眼神問我，這麼脆弱的生物究竟是怎麼活到現在的。

不不不，我也差不多。

守衛一號村的小黑子孫們數量立刻加倍。畢竟只要一隻長了獠牙的兔子入侵村內就可能全滅。

大家的表情似乎變得有點嚴肅。抱歉，增加了你們的負擔。

座布團的孩子們也增加了。

長到和枕頭相同尺寸的個體有四隻，結網把守村子的四個方位。

拜託你們了。

負責指導戰鬥，或者該說強化防禦面的兩名蜥蜴人，也暫時常駐此地。

為了各位移居者的安全，請大家好好努力。

接著是建設相關。

移居者們從未接觸過這種工作，是徹頭徹尾的外行人。而且他們不是特別有力氣，所以相當辛苦。

負責教廚藝的高等精靈雖然也教導他們建設，卻始終沒什麼成果。

即使我準備好加工完畢的建材，讓他們只需要組裝，依舊得花費不少時間。

順帶一提，第一棟建築半天就倒塌了。

釀酒。

在矮人們的熱心指導下，全員放棄。

扯到與酒有關的事，就和一般對矮人的印象相符，頑固到了極點。而且很恐怖。

如果對方沒有連一滴酒都不能浪費的鋼鐵覺悟，大概不會獲准參與。

搾糖與搾油。

力道不夠。

力氣輸給獸人族男孩……

不，我們會改良搾汁機，沒關係的。不要那麼沮喪。

製作小東西。

這部分倒是有些人展現了才能。

儘管還很生澀，不過鍛鍊一下應該會有模有樣吧。

製作發酵食品。

所有人都能作業。他們似乎比較不怕那些氣味。

先讓他們嘗過成品或許也是關鍵之一。

鍛冶。

鍛冶需要能熔鐵的窯。

製作窯很花時間……高等精靈和獸人族的加特與高采烈地弄出來了。

雖然幫了個大忙，可是這麼一來，移居者們不就沒辦法成長了嗎？

儘管如此，鍛冶……移居者們很快就撐不下去，窯遭到高等精靈和獸人族的加特占領。

大樹村的窯不行嗎？如果是大樹村的，晚上就沒辦法用？

確實，我記得我說過因為噪音問題，請大家別在晚上作業。基於同樣的理由，這邊也不要。

要看火的溫度非在晚上不可？是這樣嗎？唔。

最後決定在大樹村近郊弄一處大的鍛冶場。

目前一號村的窯由移居者們用來製作陶瓷器。

既然設計成能燒製陶瓷器，代表他們原本就沒打算占用吧。

陶瓷器。

和製作小東西一樣，有些人展現了才能。

這回的移居者雖然沒什麼力氣，不過手似乎很靈巧。

農業。

所有人在這方面全都是外行。就連在知識方面，也只有「種子灑下去不就會自己生長了嗎？」這種程度。

所以，目前先讓他們照料我用「萬能農具」開闢出來的田地。

田地並不大，即使是他們也應付得來。

此外，每一戶後面都弄出了類似家庭菜園的地方。這部分的作物，則是盡可能按照每一戶的期望。

必須先讓他們知道培養以及收穫的樂趣。

勞累的部分之後再說。

其他還作了許多嘗試。

儘管做什麼都很努力，但是經驗不足。

這也是難免。即使是我，也不是一開始就什麼都會。

反過來說，如果初來乍到就做得很好，我反而要氣餒了。目的不是要做到好，而是知道什麼做得來、什麼做不來。還有，如果能從諸多嘗試裡找到自己想做的事，那就再好不過了。

不要想太多。

今天由我下廚。

移居者們重新選出代表。

就是先前一直擔任首領的男性，傑克。

算是從模糊的共識變成明確的公認吧。

於是，他們在一號村的生活穩定下來了。也和同村生活的樹精靈們相處融洽。

至於比較像麻煩的麻煩……盡是些「樹精靈不小心全裸在外頭走，看見這一幕的男性遭到老婆修理」之類的小事。

不需要鬧到村外，而且瑪姆就能處理。

最近，他們也開始和二號村的半人牛族與三號村的半人馬族開始交流。一開始連對話都有問題，現在似乎已經會積極地搭話了。

真是好事一樁。

我則有我自己的工作。
儘管很遺憾，但我也不能只顧一號村。
之後的事就交給瑪姆和樹精靈們，我回到大樹村。

來祝賀哈克蓮懷孕的龍族回去了。
德斯賴到最後，不過被萊美蓮拖了回去。
我也……要是蒂潔爾結婚……
不行。眼淚都要掉下來了。還是別去想吧。

田地的收成需要等一陣子。
在那之前，我決定做些比較細膩的作業。
首先，在拖車上安裝板彈簧……山精靈們已經搞定了。我想，性能多半比我做的更好。
所以我決定去搞定高等精靈與加特想要的鍛冶場。地點已經選好，就設在居住區的南側。

先蓋一座大窯。
這不是主窯，而是用來製作之後主窯需要的磚塊。

利用多種魔法製作大量磚塊後，將它們風乾。

這段期間，則蓋一座用來製作燃料——木炭的窯來燒製木炭。

如此這般完成了三座大窯。

和先前的窯不同，它們是專門用來熔鐵的。這應該不叫窯，而是叫爐吧。

但是，為什麼要三座？因為溫度和使用的材料不同？啊，嗯。既然有需要就沒辦法。畢竟連獎勵牌都拿出來了。

點火。

看起來最高興的就是加特。

加特是好林村村長的兒子。畢竟好林村除了採礦之外，冶金也相當興盛嘛。我想，這裡的負責人大概會變成加特吧。不，已經是了呢。

「村長，首先我要製作火神。」

所謂的火神，是種象徵火焰的鐵製裝飾品。按照好林村的習俗，為了祈求鍛冶工廠的安全，似乎一定要先做一尊出來。

加特將從好林村進貨的鐵塊熔化，轉眼間就做好了。

外觀很簡單。感覺就像在一塊縱長的鐵板正中間弄出些扭曲紋路。為了讓它立起來，板子的邊緣是彎的。

就像現代藝術呢。

「村長，接下來就是第一件作品。該做什麼比較好？」

儘管我覺得自由發揮就好，不過加特的眼神很嚴肅，所以我想了一下。

我從鍛冶場聯想到的，就是鍛刀。

「那就打一把武士刀……不，一把劍。」

「劍嗎？」

「嗯？不行嗎？」

「不，只是沒想到村長會主動提起這種東西。我明白了。那我就打造一把劍。」

劍。

當成鍛冶場的象徵應該不壞吧？

會讓人想到武器店嗎？儘管我個人其實更希望能打造一把武士刀，但是不太懂什麼折返、軟鐵和鋼鐵之類的東西。

改天試著稍微提一下我知道的理論吧。之後就交給他了。

之前雖然已經有個比較小的鍛冶場，不過這回建立起大型場地之後，要取得鐵製品就簡單多了。

修補也變得比較容易。畢竟再怎麼說都少不了鐵器嘛。

只不過，雖然收購鐵礦石的量增加，但是向好林村採購的鐵製品就少了。
如果不想辦法彌補好林村，可能會影響到那邊的生活。
雖然目前還會繼續向好林村下訂馬車用的彈簧……
改天和加特商量吧。

如此這般，到了第一次收成的時期。
今年也是豐收。在喜悅的同時，也能感受到天氣確實變熱了。
差不多又要到慶典的時節。今年該做什麼呢？

閒話 傑克前篇

我的名字叫傑克。
在芙修召集的移居者中負責帶頭。
移居者我幾乎都認得，裡頭甚至有算得上好友的，也有老婆的熟人。
我之所以會成為首領，不是因為大家選我，而是因為氣氛。不知不覺就變成這樣了。
我並不排斥。

只不過，我覺得其他人應該可以再有志氣一點。之前我就在想，那種不想引人注意的感覺是怎樣？

算了，身為首領，我還是會照顧大家啦。

移居地點驚奇連連。

其他人是因為從沒見過亞人而感到驚訝，我則是因為旅舍。

外觀是木屋，所以我原先不怎麼期待，但是房間很豪華。裡面不但有床，還有窗簾。而且就算坐在椅子上也不會搖搖晃晃。桌面是平的，沒有凹凸。好厲害。

而且，是一對夫妻一間？想要的話，個人房也ＯＫ？真是破格的待遇。

一般來說，這麼寬敞的房間可以擠個十人左右。比較過分的地方可以擠進差不多二十個人。

還擺了床鋪這種東西……好軟！這樣好嗎？我靠近這樣的床……

我看向老婆。老婆也看著我。她的心情似乎和我一樣。

直到他們來叫為止，我們都坐在房間角落的地板上。

他們說這是歡迎會。

但是，我心中只有絕望。

眼前這些料理是怎樣？自助式？想吃什麼盡量拿？

完全聽不懂是什麼意思。完蛋了……我們要被殺掉了。

想必這就是最後一餐。

不是最後一餐。

好好吃。好吃到讓人感動。這似乎還不是最頂級的菜色。對方說為了趕時間所以做得很匆忙，低頭向我們道歉。

回顧過去吃些什麼之後……眼淚都快掉下來了。

晚上。

在房裡睡覺。因為怕床，所以睡在地板上。

老婆也一樣。睡了個好覺。

起床後，我在床上稍微躺了一下。

果然很軟。好厲害。

我躺過之後，老婆也躺到床上。她相當中意。啊，就那樣睡下去有點……因為妳會流口水。

捱揍了。

早餐和午餐也很好吃。

即使告誡自己這種美食不可能一直持續下去，還是會令人期待下次要吃什麼。

然而，事情並沒有那麼好，不是什麼都不做照樣有飯吃。對方是期望我們成為村子的生力軍，才請我們吃飯的。

我明白。

首先要熟悉。這裡的居民雖然都很怪，但應該不是什麼壞人吧。

芙修也說過。只要正常地在這裡展開新生活就好。

聽完說明了。

每對夫妻都能得到一間房子。除此之外，還說明了許多事。雖然全都是我想知道的，不過最重要的內容沒聽到。我忍不住發問。

「有關在村裡生活的部分，大致上都知……不，都了解了。請問我們該做什麼樣的工作呢？」

沒錯，工作的事。我們該做什麼才好？說吧。

但是，沒得到期待的答覆。

聽到的只有「總之先習慣這裡的生活」這句話。

說要我們習慣……不管怎樣的生活，過個三天都會習慣啊。

似乎要移動到我們住的地方。

馬車？哪個貴族的車啊？喂喂喂，擅自裝上奇怪的東西沒關係嗎？雖然我的確不想用走的。

咦？要有兩個人騎在半人馬身上？

…………

首領特權。

我坐馬車……不，坐後面那個怪東西就好。

變成猜拳了。

這大概是我有生以來猜得最認真的一次。

話雖如此，但為什麼我會騎在半人馬身上呢？

因為妻子輸了。身為丈夫和她交換也是不得已。

「請、請多指教。」

我非常有禮貌地向讓我乘坐的半人馬鞠躬。這是從芙修那邊學到的禮儀。

半人馬並不可怕。不但會慢慢走，路上也和我聊了不少。

或許比馬車與馬車後面那玩意兒更好也說不定。

抵達。

漂亮的村子。而且令人大吃一驚。

有旅舍的那個村子……大樹村的狼和蜘蛛們列隊迎接。

排得整整齊齊。居然能讓狼和蜘蛛這麼聽話……

即使不這樣宣示，我們也絕對不會違逆。

不，不是用說的，必須以今後的態度證明才行嗎？我會努力。

他們說可以自由決定住哪一間。

…………

我選擇先和老婆商量再決定。

其實我剛剛就看上某一間了。

老婆也有中意的？

那麼，同時說出來吧。

如果是同一間就太美妙了，然而並不是那樣。於是我們比較過兩間屋子後，經過一番商量選了其中一間。

至於是誰挑的那間就保密。

屋內家具齊全。

椅子、桌子和架子。精美的家具。

寢室裡有床。雖然我原本期待會是軟綿綿的，不過只有床板。沒那麼好啊……

就在我有點失望時，負責照顧我們的獸人族瑪姆小姐拿來了軟綿綿的部分，而且還是按人數發送。

可、可以睡在這裡嗎？可以吧？簡直就像作夢一樣。

決定住處的那晚，還是歡迎會。

桌上擺著和昨天不同的菜色。同樣很好吃。

該不會，我們來到了一個非常富裕的村子吧？如果是這樣……我想待在這裡。不，我想住在這裡。

加油吧。

我和妻子一起，把村長給的門牌掛在住處的門上。

閒話　傑克後篇

應該是有什麼萬一時需要戰鬥吧？我們領到了武裝。

一開始發的是鐵製鎧甲，不過穿上去會沒辦法好好動作，所以請他們換成皮製的。

即使是皮製鎧甲，依舊非常精美。我想就算和在街上看到的那些冒險者的裝備相比，應該也不會輸。雖然我不太懂這些東西。

武器有很多種。

起先我因為外觀選了劍。其他人似乎也一樣。

不過，空揮之後就曉得了。使劍需要一定程度的技巧。

我老實地詢問管理武器的蜥蜴人什麼武器比較容易上手。

我拿到一柄長槍。

他建議我不要亂揮，專心在突刺上面。若是以前的我大概會抗拒，不過現在的我能夠虛心接受。

試著做了兩三次用長槍突刺的動作。嗯，還不壞。

或許是我單純，不過感覺自己變強了好幾倍，感覺很舒爽。街上那些拿著武器的小混混會不會也是同樣的心情啊？

不過，我和那些傢伙不一樣。我要用這把武器保護村子以及大家。

他們要我們和長了獠牙的兔子戰鬥。

所謂長了獠牙的兔子，就是那個對吧？殺人兔。宣告死亡的兔子。能夠令老練冒險者們渾身發抖的知名魔獸。

我看看周圍其他人的臉色。蒼白。嗯，看樣子沒錯。

雖然沒贏，但我覺得我們很努力了。因為我們還活著。

我們為彼此的生存感到開心。情誼似乎更深了。

而且，我們也明白那些狼有多強。居然能一擊收拾掉那種兔子……

千萬不能違逆牠們。

之後，他們又要我們做許多工作。

大概是要觀察我們適合做什麼吧。和要我們做不適合的工作相比要好得多。

總而言之，盡全力去試。全力喔。真的真的使出全力去做了。這麼努力可說是有生以來第一次。

然而，成果並不理想。

我們建的小屋半天就倒了。

釀酒則會因為酒氣醉倒。

要做搾糖搾油的工作，力氣也不夠。

真是難過。

看見村長轉眼間蓋出澡堂和倉庫，就讓人更難過了。不甘心。

我很努力地做小東西。
被誇獎了。有點開心。

製作發酵食品。
臭味雖然很濃，不過忍得住。而且，現在雖然很臭，卻能變成那樣美味的東西。
他們讓我們吃了試做品，好好吃。只能努力了吧。
快昏過去的時候，就回想那隻殺人兔。一想到和殺人兔戰鬥，臭味根本算不上什麼問題。
因為感受不到生命危險。

鍛冶。
太熱了。而且是粗重勞動。
雖然努力到極限，最後還是倒下了。
醒來時，我捱罵了。
不是因為倒下，而是因為逞強。對方告訴我，不用焦急。
…………
大概是太急了吧。我稍微反省了一下。

也對。村長和負責關照我們的瑪姆小姐，都說了先習慣這裡的生活。

…………

儘管做了不少事、過了很多天，我依然打死也不敢說已經習慣了。

不，沒辦法習慣。

每天早中晚一共三頓，可以吃到撐。某些日子甚至還能再來一份。晚上不用擔心強盜，可以一覺到天亮。廁所很乾淨，水也就在附近，而且都免費。

在芙修那邊學習文字和禮節時的生活雖然也相當不得了，但是這裡更誇張。

和先前的生活相差太大，令人滿腦子都是困惑。

原來如此，首先要習慣啊？

好吧，我就習慣這種生活給你看。

啊，今天的晚餐是燴飯嗎？殺人兔的肉？很好吃耶。

我這就去努力工作，把肚子空出來。

好啦。

雖然做了很多事……不過，偶爾還是會不禁回想起來。

不是這座村子，而是想起芙修帶我們去的那座村子那晚的事。歡迎會結束後，大家各自進了房間又被叫出來。我們乖乖跟著走，發現移居者全部被集中到剛剛舉辦歡迎會的地點。不知道有什麼事，感覺很不安。

畢竟，在那裡等待的人，比歡迎會的時候更多。

還有大得誇張的蜘蛛，以及充滿魄力的狼在場。話雖如此，村長卻不在。

令人十分不安。

代替村長主持場面的，是村長夫人。一位漂亮到讓人嚇一跳的年輕美女。

她叫露露西。

居然和傳說中的吸血公主(Vampire Princess)同名，讓我不禁笑了出來。大概是要舒緩我們的不安吧？不過，重點不在這裡。

村長夫人露出相當嚴肅的表情，告訴我們一些注意事項。

為了在這個村子活下去，必須要知道的事情總共有三件：

第一，不在田裡玩。

絕對不准浪費農作物。

第二，使用廁所時要保持清潔。

尤其是上完廁所不可以忘記洗手。

第三，不與村長為敵。

撒嬌沒關係。要對他嚴厲一點也沒關係。給他添麻煩……雖然希望盡可能避免，不過也沒關係。但是，千萬不要有敵對行為。

每一件事都再三強調。

內容都很合理。

不在田裡玩是理所當然的。糟蹋食物的傢伙就算被宰掉也沒資格抱怨。

廁所保持清潔這點也知道。這是為了預防疾病。如果因為上完廁所不洗手而生病就太蠢了。反正水似乎很夠用，所以我下定決心，上完廁所絕對會洗手。

最後……這個嘛，應該是重視規律的意思吧？在什麼地方都一樣。違逆老大不會有什麼好事。敵對行為？哪有可能啊。

「今天的晚飯由我下廚喔～」

村長拖來一隻大約有小屋那麼大的無頭山豬。

「這是……村長獵的嗎？」

「對啊。因為這些傢伙把牠引來我這裡，然後在旁邊打混讓我收拾嘛，真是的。」

周圍有好幾隻狼，村長摸摸牠們的頭。

換句話說，要這麼多狼才解決得了那頭山豬對吧？

…………

村長在我們面前將無頭豬放血、解體、料理……村長做的菜好好吃。

…………

敵對行為？哪有可能啊。

閒話 新的狗

我是屬於小黑大人這一群的地獄狼。

以我的實力，在約十隻一起行動時能夠擔任隊長。嗯，就是強得還算可以。不到能炫耀的程度。畢竟狼上有狼嘛。

我現在的任務，是率領幾隻同伴搜索森林。

目的不是狩獵，而是宣告勢力範圍。

地點離村子相當遠，以我們的腳程得跑上兩天左右。移動時要以村子為中心畫個圓形，總共需要大約二十天。

必須長時間離開村子，大家都討厭這種任務。

不過，也有好處。

執行任務時打倒的獵物，可以當場吃掉。畢竟帶回去有段距離，任務中不吃東西又會餓肚子嘛。缺點在於難吃就是了。

還有另一個。

尋找伴侶。

像這樣遠離村子，有很小的機會遇上不屬於我們這一群的地獄狼。

目的在於邀請這樣的同類加入。

當然，不是無條件讓對方加入。必須成為群體中某隻地獄狼的伴侶。

就我來說，雖然想在群體裡找伴，但是正常的女性……咳咳，不好意思。

因為競爭對手很多，她們根本看不上我。在這種任務裡尋找理想對象，又有什麼不對？

就這樣過了十天左右。

正當我們一邊打倒獠牙兔一邊繼續任務時，發現了奇怪的生物。

小狗。

…………

小狗？

不是地獄狼的孩子。從氣味上聞得出來。

在這種地方有小狗？而且倒在地上。雖然還活著，不過應該快不行了吧？該怎麼辦？

差不多只有我的半張臉那麼大。當成沒看到嗎？不，這樣不行。事前交代過，找到怪東西時不是帶回去就是留下標記。

嗯……不得已。

我叫來同僚，將隊長職務交接給牠。

帶回去。

如果沒辦法撐回村子，就算牠運氣不好。

雖然也可以命令別隻帶牠回去，不過一來不曉得會不會受到稱讚，二來我知道同僚也在找伴侶，所以很難下令。

畢竟找到牠的是我嘛。

我把之後的工作交給同僚，帶小狗回村。

起先是叼在嘴裡，不過我差點咬到牠，所以改用背的。要避免小狗摔下來還真辛苦。

途中，我停下來休息喝水和進食數次。

我也有讓小狗吃喝。畢竟還活著嘛。

嗯？這樣很難咬？真沒辦法。好吧，我幫你弄軟一點……

抵達村子。

小狗勉強活下來了。

我去找老大。

「汪。（老大、老大。我找到了怪東西，該怎麼辦好？）」

老大一看到小狗，連忙叫來會治療的人。

不愧是老大。

「你救了小狗啊？做得很好喔。」

哦哦！被誇獎了。而且還有摸頭……嗨哈～

咦？肚子也有得摸？

幸好暫停找伴。

之後過了三個月。

「汪。（大哥、大哥。）」

那隻小狗待在我旁邊。

呃，雖然那個大小已經不能叫小狗了。倒不如說，已經比我還大了耶。差不多比我大上一倍。

起先是老大照顧，不過大概是帶來村子途中照料過牠的關係吧，牠很黏我。

就這樣順勢變成由我照顧了……

可能是小狗時的習慣沒改掉，牠會用已經長大的身體撞我。雖然力量是我比較強所以還撐得住，不過衝擊的力道很強。

「汪。（你要去打獵對吧？我陪你去。）」

雖然還贏不了我，不過已經相當強了。在魔法方面，甚至用得比我還要熟練。

「汪！（大哥，我解決兔子了！）」

…………

你剛剛是不是吐出火焰了？

你說「很努力所以做到了」……我覺得應該不是這樣耶……

嗯，你應該不是狗吧。我有這種感覺。畢竟狗好像不會長得那麼大隻。

不，一般的小狗也不可能出現在那種地方吧？

如果不是狗，那會是什麼？

軟蓬蓬的銀毛。原先像狗的臉，已經變得像狼了。

但是，這附近應該沒有地獄狼以外的狼呀？雖然聽說過森林外圍還有不同種類的狼……是那個嗎？

不過嘛，就算已經不是小狗，我還是會叫牠小狗。

老大似乎幫牠取了名字，但是我很羨慕，所以不會用名字稱呼牠。

戀愛的季節到了。

沒找到伴侶的我，這時節待在村子裡會覺得有點難受。

我打算乖乖去果樹園吃掉在地上的蘋果，然後睡一覺。

「汪。（大哥、大哥。）」

小狗跟來了。

這麼說來，還得幫你找個伴才行呢。

我沒有要抱怨的意思，但我之所以找不到伴，一部分也要怪小狗。

每當我和女性氣氛不錯時，牠就會闖進來。簡直就像看準似的。

雖然應該沒有惡意，所以我沒生氣，不過……唉。

算了，反正牠也曾經保護我免受那些凶暴的女性所害嘛。

「汪汪。（這裡有蘋果掉下來喔。）」

喔……怎麼，只有一顆啊？搞不好其他的狼已經來過了。

「汪。（大哥，請用。）」

沒關係，你吃吧。

「汪。（大、大哥。）」

小狗儘管有些不好意思，依舊津津有味地吃起蘋果。
唔……蘋果的香氣啊。
早知道就不要逞強……不不不，這可不行啊。唉。
「汪。（大哥，你要睡覺嗎？）」
是啊，別打擾我喔。
「汪。（是。那麼我躺旁邊……）」
喂，太近了。
唉，真是的……會這樣也只有今年，就原諒你吧。
明年小狗也要迎接戀愛季，大概沒空理我吧。
……嗯~果然還是得幫小狗找同類才行啊？
不不不，伴侶該自己找。不該讓別人準備。
「汪？（大哥，你剛剛說什麼啊？）」
沒有，什麼也沒說。
唉……戀愛的季節，能不能早點結束啊~
村長和經常照料地獄狼的高等精靈的對話——
「長大了呢。」

「是呀。原本還有點擔心，不過牠沒和大家吵架，處得很好喔。特別是……」
「把牠撿回來的小黑子孫對吧？這算是養父嗎？」
「到了那種大小，會自然獨立。不過那個樣子怎麼看都是……」
「嗯？」
「公與母的關係。」
「咦？那隻是母的？」
「雖然長相很可怕，不過是母的喔。」
「這樣啊？我還取了個雄壯威武的名字耶。」
「雄壯威武的名字也不錯吧？」

吸血鬼始祖與吸血鬼公主的對話——
「那個怎麼看都是芬里爾對吧？牠居然在地獄狼群裡老老實實待著？這是怎麼回事？」
「畢竟這裡是吸血鬼始祖會拿著茶杯散步的村子，我想還是別在意比較好。」

閒話 加特

我的名字叫加特。
好林村村長的兒子，也是原定的下任村長。對，原定的。
從人類的村子娶妻，是個錯誤嗎？沒這回事。娜西是人類，但也是個非常棒的女性。只不過運氣不好，得了礦山咳而已。
決定和娜西離婚的那天晚上，我哭到睡不著。我就是這麼愛她。
之後發生了許多事，不過又能和娜西在一起了。我完全不知道娜西在我們分開的期間生了孩子。
我這個獸人族和人類娜西所生的孩子，雖然有人類的外表，不過怎麼看都是獸人族。怎麼看都是我的孩子。我的女兒。
她長得相當大。好像已經四歲了。
我很後悔，當初應該拋棄村長兒子的身分，跟著娜西一起走。
但是，有孩子讓我非常開心。我絕對會保護好女兒娜特。呃，當然娜西也是。
畢竟從今以後要一直在一起嘛。

…………

如今，我待在十分關照好林村的大樹村。不是客人的身分，而是村子的一員。
老實說，很可怕。
死亡森林，是從小就聽人家說不可以靠近的地方。就連好林村最厲害的戰士格魯夫，也說大意就會送命。

大樹村就在這種森林的正中央。

而且，還有地獄狼和惡魔蜘蛛……這種不止碰到就要作好喪命的心理準備，甚至得往村子反方向逃，以免把其他人拖下水的魔獸與魔物。

這裡有一大堆。嗯，多到數不清。

沒關係，可以努力。我可以努力。

相對害怕的我，娜西則是積極地行動。娜特……騎著地獄狼玩。

加、加油吧，我。

這個世界上。

只要飯好吃、酒好喝，大多數的事都能擺平。

我振作起來了。

不能一直窩在家裡。妹妹賽娜也在努力。我也得加油才行。

首先，我和妻子在大樹村非注意不可的，就是與先搬過來的賽娜她們之間的關係。

在好林村是我的地位比較高，然而這裡不一樣。

我在賽娜之下。

首先要這樣告訴自己。她雖然是妹妹，卻是前輩。
沒問題。只要看見賽娜與其他獸人族工作的模樣，就能老實地低頭。
我幫忙過賽娜她們的工作，全都很辛苦。特別是賽娜，她還很認真地參與女人的戰爭。
在佩服她一段時間不見就成長這麼多的同時，我也為自己的不長進而難過。不，倒也不是沒有進步。
我自認鍛冶技術在好林村數一數二。
但是，這種東西在大樹村根本派不上……怪了？打鐵的聲音？咦？

高等精靈們有窯，用來加工鐵。
那個窯比好林村的小，相當粗糙。但是，在我眼中它閃閃發光。
我向高等精靈們低頭，請她們讓我用那個窯。
高等精靈們的鍛冶，只是幾個人出於興趣做的。技術方面是我比較行。
自然地，我成了大樹村的鐵匠。話雖如此，要專門做這個恐怕還是有點難。
因為從窯的規模來看，只能修理鐵器，或是做些鐵橇與箭矢之類的小東西。
不過這樣也沒關係。
因為能做適合自己的工作。
就在已經習慣早上和那些恐怖的地獄狼與惡魔蜘蛛打招呼的春天。

人類住進了大樹村西邊的一號村。

新的移居者。

聽說要教導他們各種工作，所以由我負責教鍛冶。

雖然熟練的工匠會藏私，不過大樹村給我的恩惠，就算我展現所有的技術也償還不了。

不過是教導別人，根本算不上什麼。而且，就算學了也不代表能立刻成為鍛冶師。出師至少要五年。而且我敢說，就算天天來鍛冶場，要追上我大概也得花個二十年吧。

好啦，要教人是無妨……但是該怎麼教？不在窯旁邊就很難教。要他們來大樹村嗎？看見我在思索，一起鍛冶的高等精靈說：

「在一號村建鍛冶廠不就好了嗎？」

……………

好主意。採納。

我在一號村蓋了個出色的窯。

高等精靈的建設技術真是了不起。原本需要花上好幾個月的窯，只花了十天左右就完工。用魔法乾燥這點也幫了很大的忙。十分出色的窯。就算和好林村的比也不會輸。

唉呀，不好。我的目的是教移居者們鍛冶才對。那就使盡渾身解數去教吧——我知道這麼有幹勁只會嚇到人家而已。

好林村想從事鍛冶這行的人很多，實際加入的卻有限。由幹這行的我來說雖然有點怪，不過真的是因為這行很辛苦。

不管什麼季節都很熱的職場。粗重勞動。

回頭一想，為什麼我會幹這行呢？就是為了完工時的成就感，以及作品為人所用的喜悅感啊！

讓他們感受這些比較快……但也不可能馬上就叫人家打鐵嘛。

先在旁邊觀摩，還有幫忙打雜。

沒人跟得上。

有個男的很努力，但是熱得暈倒了。

我該觀察得更仔細一點。反省。

不過，既然窯已經蓋了，就讓我好好利用吧。

畢竟是新的鍛冶廠嘛，嗯。

用起來比大樹村的窯更順手。

不過，這麼一來就會想要個專門熔化鐵的窯……不，爐子。

……………

不不不，先在這個新的鍛冶廠努力吧。

如果是在這裡，晚上也能毫無顧忌地敲敲打打了嘛。

鍛冶最後階段的火溫非常重要，需要用顏色判斷溫度。由於白天不易分辨顏色，所以通常會在晚上處理。

但是，在大樹村時，因為噪音太大被警告了。畢竟窯離居住區很近，或者該說就在居住區裡面嘛。

會被警告也是理所當然的，所以我放棄夜間作業了。但如果是在這裡！

…………

在這裡也被警告了。真是遺憾。

我找村長商量關於夜間作業的事。

高等精靈們也參與討論，最後決定在大樹村近郊蓋新窯。

而且，高等精靈們出了五枚獎勵牌，請村長強化設備。

我也……抱歉只剩一枚，不過就拿去吧！其他都換成給老婆和女兒的禮物了。

三座出色的爐。利用累積至今的經驗做了許多改動。

更寬敞的作業場地，還有地方能展示作品。

若是留在好林村的鍛冶同伴看見這個場地，就算主動表示要搬來這裡也不足為奇。真是感動。

先點起最初的火……製作鍛冶廠的守護神，火神。

雖然建立一號村的鍛冶廠時也做過，依舊會緊張。

火神之後的，就是第一件作品。

我詢問村長。

「那就打一把武士刀……不，一把劍。」

劍？

我吃了一驚。

因為是村長，所以我原本預期會是農具……沒想到會是劍。

該不會是知道我擅長打造刀劍吧？不，或許是為了一號村的移居者。

要給他們好一點的武器。

若是這樣，他們應該比較想要長槍吧？

單純的象徵？既然是大樹村，我覺得農具比較適合耶。

這麼說來，烏爾莎拿著一把劍在玩呢。那把劍十分出色。就以那種劍為目標吧。

幸好，這個村子的特殊材料堆積如山。

「不行嗎？」

唉呀，好像思考太久了。我低下頭。

「我明白了。那我就打造一把劍。」

一把能讓人稱為名劍的劍。

日後。

由於有了新的鍛冶廠，所以村長找我商量與好林村的交易問題。

說是對於減少採購鐵器的補償……

村長比我還關心好林村的事。

……反省。

也是。對於好林村而言，大樹村是鐵器大客戶。如果我在大樹村認真地開始鍛冶，就會成為好林村的競爭對手。

作品盡量別和那邊重複吧。

若要為好林村做點什麼，就是穩定收購那邊挖掘的礦石和……

我在那邊有留徒弟，可以叫來這裡嗎？有兩個人。性別？一男一女……是的，他們似乎打算獨當一面後就結婚。

村長同意我把徒弟叫過來。

為什麼把徒弟叫過來呢？

因為我不打算放棄這裡的鍛冶工作。

如果我在這裡鍛冶，向好林村採購的鐵器數量必定會減少。

換言之，那邊的鍛冶師會過剩。

這麼一來，技術不佳的或還太嫩的就得放棄這行……我想，最有可能放棄的，就是留在那邊的兩個徒弟吧。

雖然也和他們是我徒弟有關，不過主因還是想盡量保住了解鍛冶樂趣的人。

如果是那兩個徒弟，看見這個鍛冶場應該會很開心吧。我也想讓他們看看我打造的劍。

不過，大概得先教他們和地獄狼與地獄蜘蛛相處的方法才行呢。

我想起剛來這個村子的自己，不禁笑了出來。

4 酒與慶典實行委員會與胡桃

某位愛酒人士說道：

「甜的東西放著不動，自然會變成酒。換句話說，就是神想要喝酒的意思。」

聽到這番話，矮人說道：

「吵死了，安靜喝酒。」

那個矮人是多諾邦吧？

「不不不，我並不排斥邊喝邊鬧。」

我和多諾邦，來到位於居住區角落的實驗場。

正如愛酒人士所言，甜的東西放著自然會變成酒。

因為糖分發酵後會變成酒。

道理雖然如此，不過發酵要看運氣。當然也會有腐敗的時候。不過，如果知道一些小訣竅，可以讓事情更順利。

那就是溫度管理，以及加入有助於發酵起頭的酵母。

酵母似乎可以藉由讓葡萄等東西發酵取得，不過我是靠「萬能農具」解決。感謝神明。

許多嘗試在實驗場進行，像是村子收成的果實能不能用來釀酒。

我之所以來到這裡，是為了決定釀成的酒今後是否要生產。

話雖如此，不過多諾邦他們已經作過某種程度的篩選，我只負責最終確認。

「右邊起依序是石榴、番茄和西瓜。」

這似乎是多諾邦他們的推薦品。我用小杯子稍微嘗了一點。

老實說，我對酒並不挑。我說得出來的，只有好不好喝、喜不喜歡。

不愧是多諾邦他們篩選出來的，每一種都很好喝。論喜好應該是石榴吧，西瓜就有點……大概是這種感覺。番茄雖然也可以，卻不是天天都會想喝的味道。

講場面話也沒意義，所以我老實地說出來。至於生產的部分則告訴他們沒問題。

多諾邦滿意地點點頭，豎起三根手指。

「一開始先各釀三大桶。麻煩保留果實了。」

「我知道，不過石榴的收穫量可沒辦法馬上提高喔。番茄和西瓜從下次開始增加吧。」

「嗯。」

「要看市場的反應，然後調整產量喔。」

「這個味道可以放心。問題是價格吧。」

關於價格，要和麥可先生商量吧。

「嗯。還有……村長，特地要你來這裡一趟，其實還有另一個理由。」

多諾邦滿面笑容，遞出一個小杯子。

比剛剛試喝用的杯子更小。

「看樣子你很有信心呢。」

我將小杯子裡的酒送入口中。

…………

「不得了啊。」

「對吧。」

「這是……蜂蜜酒嗎？」

「是啊，用村裡的蜂蜜做的。」

「麥可先生不是說過千萬別這麼做嗎？」

蜂蜜酒是自然釀製酒的代表。

因為只要把收成的蜂蜜放著就好。不過，雖然製法簡單，但是要確保蜂蜜並不容易，價格頗高。

而且，在價格頗高的蜂蜜之中，村裡能收成的蜂蜜似乎還是最高級品，麥可先生求我別釀成酒，直接賣給他。

所以村裡的蜂蜜酒，向來是用從麥可先生那裡買的蜂蜜。

「只要不賣出去就沒關係吧？」

「我覺得他喝了之後就會想要我們賣給他。」

「話是這麼說，不過問題是產量啊。做菜也會用到蜂蜜，所以等於要和那些女僕小妹妹搶啊。」

「的確。考慮到要釀成酒賣出去的話，蜂蜜就不夠啊……」

畢竟除了麥可先生之外，蜂蜜還會賣給比傑爾、德萊姆、德斯與始祖大人他們嘛。

「嗯。我這次是用獎勵牌換的蜂蜜釀。」

也就是自費研究，然後讓我喝成品嗎？

換句話說……

「要求是？」

「想請你讓我們釀村裡喝的份。」

「量呢？」

「每年一大桶。」

……嗯～相當多。

不過，味道是極品。

那種滋味令人無法想像是酒。

「我知道了。那就替你們準備蜂蜜吧。不過，要暫時當成機密喔。」

「我知道。畢竟那些女人拿甜食沒轍嘛。」

村裡有一股「與其釀酒不如做成甜食」的勢力。

所以，要暫時祕密進行……

「用味道讓她們閉嘴。」

對於多諾邦這句話，我點頭表示同意。

「話說回來，還有沒有啊？」

「哈哈哈，這麼好喝的酒，你覺得咱們會留嗎？」

「的確，真虧你留得住我的份呢。」

「因為我告訴他們要用來說服村長嘛。其實原本更大杯……」

「喝掉了嗎？」

「……神、神明會想要吧？」

哈哈哈，那就沒辦法囉。

也得分給神明才行，所以我和多諾邦將決定生產的三種酒拿到大樹神社供奉。

多諾邦為自己把錯推給神明道歉。

順帶一提，供奉的酒被酒史萊姆喝光了。

「村長，請將酒史萊姆處以極刑。」

「好了、好了，這表示酒的味道有保證嘛。」

美酒當前會忍不住，這點矮人和酒史萊姆都一樣。

我姑且還是提醒牠：那是神明的份，所以下次不可以。

不過牠有沒有聽進去就不知道了。

我們做了今年慶典的測試。

測試內容是「塔」。

在規定的位置，堆自己砍下來的木頭，看誰堆得比較高。這種競技似乎是出自盛行林業的村子。

今年也是抽籤決定的。

「沒辦法。」

平常是我用「萬能農具」砍樹所以沒意識到，砍死亡森林的樹其實是個粗重勞動。

高等精靈們花了半天時間，總算砍下一棵和人類腰部差不多的樹。文官少女組甚至連個傷痕都弄不出來。

「它很難燒，所以要用火魔法燒斷也很麻煩……這種比賽應該辦不成吧？」

因為這樣，所以改為準備已經砍下的木頭。

重視堆木頭的部分。

但是，這麼一來就變成先拿好大塊木頭的人有利……

「如果準備的量沒有多得像山一樣，就會變成搶木頭了呢。」

「大木頭雖然有難搬運的缺點……不過半人牛他們應該不會在意吧？」

「堆疊木頭也可以對吧？這麼一來，不就變成高等精靈們的表演了嗎？」

結論是會擴大種族差異。

不過，如果是這種比賽，手是翅膀的哈比族就沒辦法參加了。

這麼一來……

經過多次試誤與考慮的結果，成了平衡比賽。

採取組隊對戰的方式。由工作人員堆起許多木頭，並在頂端擺上標記物，然後各隊輪流抽掉一根木頭，讓標記物掉落的那一方算輸。

換句話說，就是用木頭玩山崩遊戲（註：原來是把將棋堆疊起來，再輪流抽取一枚，弄倒將棋堆者就算輸的遊戲）。

但是有個問題。

「能炒熱氣氛嗎？」

很嚴重的問題。畢竟是山崩遊戲嘛。

「要再增加一種項目嗎？」

「不然就那個吧，商量階段就淘汰掉的那個。」

「知道了。先用那個暖場，再進行正式的『塔』……但是已經不見原形了呢。請取個新名字。」

「直接用『山崩』就好了吧？」

「知道了。那麼，再來是……木材的形狀和堆疊方式。」

「要考慮的事情可真多呢。」

「就是說啊。」

慶典實行委員會持續為了籌備慶典而活動。

胡桃是種以堅硬聞名的果實。

剝殼有訣竅。

……………

沒辦法。想必這是特別堅硬的那種。

一名高等精靈教我同時握住兩顆後弄開的方法。

原來如此。讓堅硬的果實互撞嗎。

若是這樣……沒辦法。

仔細一想，應該是基本的握力不足吧。不過，人類有智慧。

剝胡桃殼的工具。

有像扳手的、有像鉗子的、有讓鐵球穩定掉落的，稍微想一下就能想到各式各樣的剝殼工具。

這是人類與胡桃戰鬥了很久的證據吧。畢竟連胡桃鉗人偶那種工藝品都有嘛。雖然我沒用過。

總而言之，我拜託加特幫忙做個剝胡桃殼的工具。

…………

說完之後，他遞給我鐵鎚。

原來如此。也對。

與其做個特別用來剝胡桃殼的工具，倒不如利用已經有的工具嘛。

不管過程如何，只要能達成「吃到胡桃裡面的東西」這個目的就好。細節就別去在意了。

啊，扳手型好像很有意思，所以之後會試做？鉗子型呢？小的很難處理螺絲孔？這樣啊。

順帶一提，除了我以外的人都是直接空手捏碎外殼就吃。

山精靈和矮人特別快。

「因為弄不破會出人命。」

「很下酒。」

讓我那麼辛苦的胡桃被他們像豆腐一樣捏碎，不禁為自己的虛弱感到難過。

日後。

加特製作的胡桃鉗很受一號村歡迎。

「同志。」

「咦？不，村長是……那個……不一樣吧。」

有點寂寞。

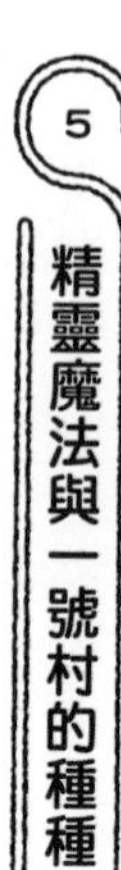

5 精靈魔法與一號村的種種

一號村移居者首領傑克的妻子，莫蒂。

她會一些比較不一樣的東西，那就是精靈魔法。

一般魔法是運用自己與周圍的魔力以產生想要的效果，不過精靈魔法似乎是透過使喚精靈做到的。

光聽說明很難理解，不過讓她實際表演之後就懂了。

「這是火精靈。」

一種看似火蜥蜴的東西出現，讓稻稈前端起火燃燒後消失。

「有精靈的地方效果很強，弱點則是在沒有精靈的地方無法發揮。」

「只要有精靈，就能無限使用魔法？」

「理論上是這樣，不過和精靈對話會累。」

似乎沒那麼好。

「總而言之，一號村這裡……木精靈和水精靈比較強勢呢。」

這我多少能夠理解，不過……

「土精靈呢？」

「在這一帶的反應很微弱……不過，能感覺到正一點一點地變強。」

「土精靈變強……該不會是要發生地震了吧？」

「不，倒不是這樣，感覺像是恢復原本的活力。」

讓我不禁鬆了口氣。

「話說回來，火精靈和水精靈倒還想像得到，不過木精靈能做什麼啊？」

「像是藏身在森林裡之類的。類似這種感覺……」

她集中精神……和方才呼喚火精靈時一樣。

……

但是，什麼都沒發生？

「失敗了嗎？」

「怪了，明明感覺得到精靈就在附近呀？」

正感納悶時，樹椿模樣的樹精靈悠哉地走過來。

「叫我嗎？」

…………

這麼說來，的確有人講過她們就類似木精靈呢。

這樣啊？原來我在不知道的時候已經使用過精靈魔法了嗎。

順帶一提，莫蒂的精靈魔法似乎只能用來讓生活稍微方便一點而已。

「一號村的居民，看來過得還算習慣呢。」

我問從一號村回來的瑪姆。

「是啊，已經會好好消耗糧食了。」

一號村移居者的三餐，一開始是由我們這邊做好後發放，但不能一直持續下去。

讓他們學會料理的方法之後，便改為定期送糧食過去。

由於一下子就給一年份會讓雙方都感到不安，所以先給了三十天份的保存食物。這是緊急糧食，以防萬一。

作好這種準備後，每十天送一批真正要給他們的食材過去。
預定先觀察情況，如果順利就一次給一年份。
出乎意料的是，一交給他們自己打理，糧食就突然變得消耗不掉。
不是沒吃，而是消耗量極端地少。
如果要舉個例子……
早餐，加了鹽的湯。午餐，不吃。晚餐，蒸馬鈴薯兩顆。
……
我決定暫時派人監視。如果飯不好好吃，我們可就頭痛了。
倒也不是吃不下。我們下廚時他們都會吃，也會要求再來一份。

好不容易才問出糧食消耗少的理由。
原來是目前還不能抬頭挺胸地說自己派得上用場，所以不好意思消耗糧食。
雖說不工作者不得食……然而他們是不是不懂「投資」的道理啊？對我來說，只要能在這個村子安穩地生活就夠了……
這種安穩就是個問題吧。畢竟他們有自己還派不上用場的自覺嘛。
我也不認為他們剛來就能派上用場。但是，這種話又不能當面告訴人家。
沒辦法了。

不能讓他們營養失調倒下。這樣也對不起芙修。儘管不願意，但只好動用非常手段了。

「不吃會腐壞喔～」

發放的糧食，改以不能保存的東西為主。效果絕佳。

這是不久前發生的事。

現在移居者們似乎已經各自決定好要做什麼工作，飯也會好好吃。讓人著實鬆了口氣。

在尋找各自要做的工作時，他們展現了許多之前隱瞞的技能，其中之一就是精靈魔法。

我想是因為他們已經能敞開心房了吧。

題外話，一號村新居民主要的工作是農業、製作小東西和造紙。

農業不分男女。

幹活時間在白天，雖然還停留在家庭菜園的水準，不過他們還是一邊請教半人牛一邊努力。

製作小東西以男性為主。試了很多種之後，發現他們對於竹製工藝品一類的格外拿手，所以這些就交給他們了。

目前我正在一號村附近開闢竹林。

另外，其中有個人迷上了編織，似乎常常去請教座布團。他還把完成的衣服送給我，不過……這個時間穿長袖毛衣不會熱嗎？馬上就要夏天囉。

我覺得太太不用勉強穿在身上也無妨。雖然知道那是你老公充滿愛情的力作。

造紙以女性為主。

造紙這件事，倒也不是突然就開始。是分階段進行的。

搬來一號村之前，他們似乎在芙修那邊學過閱讀和書寫。

為了活用，或者說為了別白費這項技能，他們思考有沒有什麼工作之後，得到的結果就是手抄書。也就透過抄寫製造新書。

看見他們這麼做，讓我想起活版印刷。

我逮住山精靈，逼問出方法，經過一番試誤後完成了。

活版印刷講簡單一點，就是製造文字印章蓋下去而已。出發點雖然簡單，技術上卻相當難。特別是文字印章，如果高度不齊就沒辦法印得漂亮。要手工製造一批整齊的印章，可是一門專業技術。

基於耐久性考量，我們原本打算用鐵製作文字印章，不過最後因為看重加工容易而選擇了竹子。

起先由女性們製作，不過男性們做得比較快，所以成了男性的工作。不過，需要準備的量相當多，所以還沒湊齊。

等待文字印章的期間，女性們所做的就是造紙。

紙雖然儲備不少，可是一旦開始印刷，轉眼間就會用光。

即使從麥可先生那邊進貨，也得花上不少錢，於是便得到自己造紙的結論。

之前從德斯那邊收到禮物時，我就在想能不能自己做，因此有培育用來造紙的植物。

我知道的造紙方法雖然是和紙，不過應該沒關係，所以提供了技術。

一號村的女性們開始造紙。

起先都在試誤，所以接連失敗；不過現在已經有模有樣了。雖然要開始印刷還得一直做下去才行就是了。

除了造紙外，也在實驗製造適合印刷的墨水。

或許將來有一天可以說一號村的工作就是印刷。

不過，我也聽說有些人是靠抄寫為生。

一旦用印刷大量生產書籍，就會影響到這些人的生活。

雖然還沒正式開始，但是恐怕必須自主限制印刷的數量。

暫定先讓大家印刷各村小孩上課要用的書。

以對外的情況來說，印傳單似乎比印書更能活用，但是一般人似乎不太識字。

雖然曾考慮過該怎麼提升識字率，不過那是執政者的事。我無能為力。

我所能做的，頂多就是將印刷的書送給之前比傑爾設立的孤兒院吧。

若能成為識字的開端就是萬幸了。

一號村這麼努力，大樹村也不能輸。

總之要籌備慶典。

如此這般，村民也變多了。如果從一號村、二號村和三號村叫人過來……應該有四百人左右吧？不過，也不可能所有人都參加就是了。

我找有空的人幫忙修理並補強會場，增設廁所，也增加能做菜的地方。

鬼人族女僕們似乎想了些新菜。

會場的準備作到某個程度後，我就和小黑子孫們與座布團的孩子們玩耍。

雖然是在玩，卻不是在打混。

在我面前的，全是都預定在慶典當天守衛各村的孩子。由於牠們無法參加，所以我提前補償牠們。

我和小黑的子孫們玩飛盤、玩球，還有打獵。

關於打獵這部分，我比較類似監督的地位吧。牠們會各自展現實力，然後接受我的誇獎。

長獠牙的兔子被瞬間撲殺。大野豬則是四隻一起上去收拾。老實說，我覺得牠們相當強。

這件事花了好幾天，大家輪流來。

最後確保了相當多慶典用的食材。

至於座布團的孩子們，我則是陪牠們做了許多事。有類似時裝秀的活動，也有去打獵。

花最多時間的，則是以牠們為模特兒的等身大小雕刻。

由於實在沒辦法將每一隻有意願的都雕出來，所以我作了篩選。然後試著將各位代表們深思熟慮過的姿勢忠實重現。

擺設位置在我的屋子裡。不知情的人如果看見……會不會嚇到啊？

順帶一提，最後雕的東西，我下的標題是「邊喝咖啡邊指揮的座布團將軍」。

6 慶典 山崩＋α

儘管聽說懷孕的龍會變得暴躁，不過目前還沒有徵兆。哈克蓮過得很悠閒。呃，這個嘛，就是吃飽睡睡飽吃。

我想起她當初剛來這個村子的時候。這麼說來，當時也是這種感覺呢。

不過，她是孕婦。全都可以允許。

在床上擺個桌子吃早餐。可以。

白天睡覺。可以。

傍晚睡覺。可以。

睡覺也是孕婦的工作。

晚上爬起來玩。咚噠啪噠咚噠啪噠……

「去睡覺！」

我說啊，妳醒著，烏爾莎就不會睡覺了吧？

既然是孕婦，拜託過著規律的生活。

不，慢著。難道龍是夜行性？

「不，完全沒這回事。」

拉絲蒂回答。

原來如此、原來如此。

…………

因為白天睡覺，所以晚上才醒著。

那就妨礙她午睡……對孕婦實在很難這麼做。唔！

要怎麼矯正日夜顛倒的生活呢？不知道。

沒辦法了。這麼一來，只好找萊美蓮商量……哈克蓮抓住我的手。

她搖搖頭，之後露出燦爛的笑容。

「晚上好好睡覺。知道了嗎？」

儘管沒辦法立刻做到，不過花了差不多十天，總算搞定了。

即使兩人是母女，萊美蓮依舊很可怕嗎？

慶典的時節到來。

一號村、二號村和三號村的參加者從前幾天就陸續抵達，在今天全員到齊。

我們為提前到的人準備睡覺的地方，但是房間不夠，所以緊急搭了帳棚。看起來，真的就是慶典之前那種亢奮感。

大概就是因為這樣吧。

「沒想到帳棚居然比較受歡迎。」

雖然明白你們的心情，不過小心別感冒了。

有小孩的父母，似乎還是乖乖睡在旅舍。

來賓還是一樣很多。

首先是麥可先生。在慶典前幾天就帶許多商品抵達。

同時還有載麥可先生過來的德萊姆。似乎是德斯與萊美蓮交代他過來看看哈克蓮的狀況。但是他和哈克蓮講沒兩句話，就去悠哉地泡澡了。

魔王國那邊，來了優莉、比傑爾、葛拉茲、藍登，還有另一人。

「幸會。我是荷．雷格。請多指教。」

荷是女性。

雖然背後有對鮮紅的翅膀，但不是天使族。

「這個村子的酒，帶給我不少樂趣。特別是甘蔗釀的那種……實在太棒了。」

「啊哈哈……那個啊？」

那是相當烈的酒，我沒辦法直接喝。

荷和我打過招呼後，就走向備有餐點的攤位。啊，不對。她是在找酒。

「抱歉，荷的缺點就是愛喝酒……」

「哈哈哈，應該和矮人們很合得來吧。」

荷之後打招呼的是比傑爾。葛拉茲也差不多同時在打招呼，然後就去找半人牛族的蘿娜娜。藍登向

我點頭致意，隨即走向攤位。

「魔王這次沒來？」

「爸爸堆了不少工作，所以這次不克前來。我們會連他的份一起享受的。」

優莉回答我之後，就和比傑爾一起前往貴賓席。

接著抵達的是始祖大人與芙修。

始祖大人雖然會因為種種理由造訪，不過他有很多事要忙，實在沒辦法長期停留。

「真想把事情都丟下，永遠住在這裡。」

聽到始祖大人這句話，芙修面有難色。

為芙修說明一號村移居者們的近況，並帶她到一號村移居者們的所在處……我將這件事交給文官少女組其中一人負責。

因為下一批來賓到了。

是德斯與萊美蓮。

由於他們在祝賀哈克蓮懷孕的時候來過，所以並沒有好久不見的感覺。打完招呼之後，他們就去哈克蓮那邊了。

……………

既然本人要來，不就不需要叫德萊姆跑一趟了嗎？唉，這就是所謂的父母心吧。

除此之外，格魯夫也從好林村來訪。

與其說是來訪，不如說是和加特的兩名弟子一起來的。兩名弟子是由拉絲蒂載過來，所以我明白移動很輕鬆……不過你是好林村最厲害的戰士吧？這樣行嗎？

據說是因為和人類村落的關係已經改善了。

這個嘛，既然本人表示沒問題，那我當然很歡迎。

此外，南方迷宮來了四位半人蛇族，北方迷宮來了兩位巨人族，死靈騎士也從溫泉地過來了。

死靈騎士是德萊姆聽說溫泉的事之後跑過去，然後回程時跟著來的。

是與德萊姆同行當嚮導的達尬和格魯夫邀的嗎？既然本人很期待，應該沒關係吧。

正午將至。

慶典正式開始了。今年的主題是山崩遊戲。不過，在那之前還有暖場活動。

「第一題，住在一號村的傑克，妻子名叫莫蒂。認為對的，請移動到畫著○的區域。認為不對的，請移動到畫著╳的區域。」

猜謎大會。

雖說是猜謎，但也沒出什麼困難的問題。都是些在村裡正常過日子就會明白的內容。儘管對於來賓或許多少有些不利，不過我們是希望大家能透過這個活動更了解村子來出題的。

題目事先準備好，然後隨機挑選。在場只剩一人時，遊戲結束。出題者則是文官少女組之一。

問題會以魔法讓整個會場都聽得到。

這個活動全員都參加……雖然想這麼說，不過還有孕婦和小孩子在，所以只有自願者參加。與其說來賓也可以參加，倒不如說希望他們盡可能都參加。

「第三題，最早住進大樹村的是小黑先生。」

答案是╳。

第一個是我。原以為不會有人弄錯……不過移居組意外地會搞錯呢。

「第十題，村長的名字叫火樂。」

答案是〇。

……知道的人相當少。令我有點震驚。

「因為村長就是村長。」

或許可以這麼說啦……改天是不是該掛個名牌啊？

「好啦，剩下的參加者已經不多了。或者該說……」

只剩下小黑的子孫數隻、座布團的孩子數隻，以及酒史萊姆。

……沒有人型。

我看向露。

「因為人家還沒記住所有一號村移居者的名字……」

我看向蒂雅。

「我沒聽說矮人已經超過五十個了。」

啊，嗯。這點我也不知道。

接著，就是最後的問題，或者該說……

「第十七題，今天造訪村子的麥可先生……啊，揮手了呢。謝謝您。他的孫子，是兩個男孩子。」

聽完問題，剩下的全都往○移動。

孫兒話題，麥可先生每次來訪必定提起。不過，小黑的子孫們姑且不論，居然連座布團的孩子們和酒史萊姆也知道啊？真不簡單。

正以為全員都答對要留到下一題分曉時，答案卻是╳。

這是怎麼回事？還在納悶時，便得到了解答。

「上個月，他似乎有了個孫女。」

哦哦！這還真是可喜可賀。會場響起如雷掌聲。

於是……

「所有人都答錯了呢。真遺憾。所以，全員復活！」

猜謎大會十分熱烈。

優勝者居然是小雪。看來是復活後的問題對牠有利。

牠驕傲地將我做的猜謎王頭冠戴上。

尾巴搖得比平常還要厲害呢。

「猜謎比原先預期的還要受歡迎呢。」

「是啊。一來小孩子也能參加，二來和種族也沒什麼關係。在問題裡夾帶介紹，還能帶起新居民的話題……我想，今後或許可以當成慶典固定的暖場活動。」

文官少女組一人表示同意。

「也對，能成為互相認識的起點就好了呢。好啦……休息完就要輪到重頭戲了，不過……」

我望向天空。已經是晚上了。

猜謎大會熱烈過頭了……

不過，考慮到每出一題都要有思考時間和移動時間，應該是我們原先想得太簡單了。

木頭已經堆在會場裡，等待活動開始。

「我們是該別在乎這麼多直接開始呢，還是等到明天呢……」

…………

等到明天吧。

慶典進入第二天。

來賓們的行程沒問題嗎？

還有負責守衛各村的小黑子孫們與座布團的孩子們。

抱歉。

7 猜謎大會當晚

晚上照預定舉行宴會。不過因為明天是重頭戲，所以要克制一點。

來賓沒人回去。讓大家臨時改變計畫，真是不好意思。

仔細打量魔王國的來賓荷之後……

感覺是個認真又寡言的女性。年齡……不清楚。外表是二十來歲。和背上的鮮紅翅膀相比，服裝不太顯眼。比傑爾介紹時，說她是四天王之一，負責財務。

仔細想想，四天王全員都在這裡，沒問題嗎？

荷坐在以矮人為主的桌子那邊，默默地喝酒。沒有對話。不，應該有對話吧？只不過不是用言語，而是用眼神。

喝得相當快，這樣沒問題嗎？我送了些食物過去，提醒她不能光是喝酒。

葛拉茲則跑去蘿娜娜所在那張以二號村居民為主的桌子。

感情確實變好了呢。

比傑爾待在以三號村居民為主的桌子。

畢竟住在三號村的半人馬們，是比傑爾介紹來的嘛。儘管他偶爾會來，應該曉得發生哪些事，卻沒時間和村民們好好聊天。

這算是個好機會吧？

這麼說來，之前拜託他找三號村居民熟人的事怎樣啦？等慶典結束後問問吧。

正當我這麼想時，比傑爾剛好過來，於是我們聊起了這件事。

據說雖然找到約二十人，不過想搬來這裡的差不多只有一半。而且想搬的人，也還有現在的生活要顧，沒辦法立刻過來。

他說會變成分批過來，這樣沒問題嗎？我告訴他完全沒問題。

會向三號村代表古露瓦爾德確認過後，再給予移居的最終許可。

優莉則和芙勞與文官少女組們一起……吃東西和聊天。內容……大多是抱怨吧。我當作沒聽到，所以跳過。

為了增加吃東西的比重，我端上甜點。晚上端甜點過去會不會惹人家生氣？放心，她們不會在意這種事。

芙勞和文官少女組明天還要忙，所以別熬夜比較好喔。

藍登……和麥可先生邊下棋邊喝酒。

聊天的內容天南地北。應該說是兩個醉漢在聊天，完全不曉得前言怎麼接上後語的。

棋局也亂七八糟。兩邊的國王都不在場上耶？

……

我送上冰水。好戲是明天喔～

芙修待在以一號村居民為主的桌子。

她不太加入對話圈子，不過身為一號村居民領袖的傑克會將話題拋過去，維持現場的氣氛。

話題內容是戰鬥的竅門？問芙修這種事沒關係嗎？她是大司祭吧？不過，她的知識應該很豐富。而且芙修也很開心地和大家分享。

德萊姆、德斯、萊美蓮加上拉絲蒂，圍桌而坐。

哈克蓮是因為禁止熬夜，所以晚上不參加嗎？

主題是哈克蓮會生男的還是女的，以及名字該怎麼辦。

還有……造訪德斯巢穴那位暗黑龍基拉爾的女兒。以龍來說罕見地乖巧，因此令人擔心，還有怕她嫁不掉。

……還是別靠近那張桌子吧。

始祖大人……待在死靈騎士、貓和酒史萊姆這種奇妙組合的地方放鬆。

嗯，真的很放鬆。

別打擾他們好了。

格魯夫加入獸人族的圈子裡，普通地吃吃喝喝。

看到加特的劍之後，還發表了評論之類的東西……邊喝酒邊把玩刀劍很危險，拜託別這麼做。

半人蛇族和巨人族雖然地盤不同，但是彼此都住迷宮，所以正在交流。

這麼說來，半人蛇族對血腥蝮蛇有什麼看法啊？啊，她們說完全不在意。

就和狼不會因為都用四隻腳走路就把牛和豬當成同類一樣。原來如此。

好啦，回顧白天的事……雖然有些疏漏，不過營運上還算不錯。

特別是與食物有關的部分。

鬼人族女僕主持的用餐區一如往常受歡迎，這回還找了二號村和三號村各提供一道菜。

當然，食材由大樹村提供。

理由在於希望各村也能參與擺攤，還有想了解半人牛族與半人馬族的家常菜。

二號村半人牛們端出來的是炒青菜。雖然因為用油使得味道有些特別，但是還不壞。

既然是特地向麥可先生訂購的油，這種味道應該是重點吧。雖然量太多是個問題。

蘿娜娜做的炒青菜，由葛拉茲獨占了。

至於半人馬們，則是豪爽的烤全牛。

不是村裡的牛，同樣是向麥可先生訂的。既然有指定宰殺後的日數，看來這部分是重點吧？

為了讓中間容易熟要將牛剖開，再用棍子貫穿整隻牛放到架上轉動。原來的調味似乎只有鹽，不過這次為了更好吃而用上了醬油和味噌。非常美味。

雖然準備了六頭牛，不過當晚就全部消失了。

我想，吃最多的應該是小黑牠們吧。

牠們排出整齊的隊伍搖著尾巴等待，讓半人馬們有些困擾。

我們沒拜託一號村參與擺攤。

一來是他們還沒完全習慣村裡的生活，二來則是因為第一次參加慶典。

我告訴他們，這回先專心習慣氣氛，明年再擺攤。

一號村居民雖然明白，但是什麼都不做又會過意不去，所以表演了餘興節目。

餘興節目是演戲。

故事似乎很有名，但我沒聽過。不過起承轉合很完整，要看幾次都沒問題。

已經知道故事的人，已經明白會在什麼地方用怎樣的手法演出高潮。就像電視的長壽戲劇「天下的副將軍」和「滅火食客將軍」之類的感覺吧？他們似乎經過一番練習，演技相當不錯。

只不過，演出……應該說穿著打扮還是平常的模樣，又沒有背景畫面和背景音樂，所以要想像情境有點難……

這時，山精靈和蜥蜴人們擺上了桶子與箱子代替背景。

座布團牠們則迅速製作服裝讓演員們穿上，再加上高等精靈與獸人族的演奏，最後表演十分像樣。

始祖大人，幻影魔法會不會太過火啦？雖然最後舞臺上出現的彩虹很漂亮。

不過，是一齣精彩的戲。

內容是人類英雄挑戰龍的故事，所以德斯他們的表情很微妙就是了。

「那是我父親的故事吧？」

「這麼一來，前面被擺平的就是你了耶？」

「那就不是了。因為我從沒輸給人類過。」

德斯在萊美蓮面前自信滿滿地說道。

但是，由這齣戲開始的餘興大會和之後的猜謎大會花掉不少時間，使得本來的山崩遊戲沒辦法舉行就是個問題了。

對於猜謎大會的時間估算完全錯誤。原本還以為一個小時就會結束……

看來需要調整問題的難度啊……

夜也深了。

明天還有慶典。孩子們差不多該睡了。大人們也盡量別熬夜。

比腕力大會和棋藝大會是沒關係，但是明天才是重點，記得留點力氣。還有拜託別模擬戰。

雖然對小黑牠們很抱歉，不過我請一部分努力戒備。

我？我要好好睡覺啊。

畢竟東奔西走了一天，還得把背上的烏爾莎送到床上才行嘛。

白天活力十足的烏爾莎，一吃完晚飯就像電池沒電似的睡著了。

畢竟她是小孩，會這樣也是難免，但應該不用跳到我背上再睡吧？

算了，就當成是信賴的表現吧。

所以露和蒂雅，不要用羨慕的眼神看過來。等我把烏爾莎送上床之後……啊～還是算了。我並沒有要背妳們喔。

8 山崩遊戲

早晨。

雖然慶典突然延長成兩天，但是混亂不多。

大家開始作準備，把喝太多還在睡的人推到別處。

清出會場空間之後，慶典隨即開始！

「大家久等了！今年的競技項目，山崩遊戲開始！」

在會場正中央準備好的山，是立起大約二十根直徑十公分、長兩公尺的木材，然後蓋上一塊一公尺見方的正方形板子。感覺就像木材頂起平板那樣。

在那塊平坦的板子上擺好標記物——三個直徑約一公尺，座布團製作的圓枕頭——就算準備完成。

競技內容是團體賽，規則是雙方輪流抽走木材，如果抽走時讓任何一個枕頭掉下來就算該隊輸。

除此之外還有一些細項規則……其中重要的是：敵隊擲出多少點，就必須抽取對應點數的木材。

骰子雖然是正六面體，不過是一點到三點各兩面的特殊款式。舉例來說，如果這個骰子擲出三，就必須抽走三根木材，抽完後才會輪到另一隊。

儘管主持人會宣布點數，不過骰子依舊為了讓觀眾也能看見而做得相當大。

「那麼就來介紹參賽隊伍！」

小黑隊、小雪隊、座布團隊、吸血鬼隊、天使族隊、高等精靈隊、蜥蜴人隊、鬼人族隊、獸人族隊、矮人隊、山精靈隊、哈比族隊、文官少女組隊、惡魔族隊、一號村隊、二號村隊、三號村隊、龍隊、四天王隊、半人蛇族隊、巨人族隊、特殊隊、村內少年少女隊，以及村長隊。

總共二十四隊參加。隊伍似乎是以種族和村子分的。

樹精靈們在一號村隊。原本以為始祖大人會在吸血鬼隊，不過分去了特殊隊。

特殊隊的成員，包括始祖大人、芙修、酒史萊姆、貓和死靈騎士。

村內少年少女隊，由烏爾莎和獸人族的男孩與女孩們組成。

阿爾弗雷德和蒂潔爾還太小，所以不參加。

因此，村長隊只有我和土人偶兩個。

…………

絕對要拿第一！我和土人偶堅定地握手。

由於有二十四隊，所以會變成十二隊、六隊與三隊來晉級。

好啦，比賽會如何呢。

第一場　座布團隊　ＶＳ　哈比族隊

座布團隊，由座布團擔任隊長。

不過，牠純粹在後方下指示，實際行動交給包括枕頭在內的孩子們。

序盤雙方都採取穩健路線。

但是要怪骰運不好，座布團隊連續擲出大點數，哈比族隊敗北。

由於倒場時聲響很大，所以觀眾也看得相當開心。

不過，希望大家小心別受傷。

第二場　蜥蜴人隊　ＶＳ　一號村隊

相對抽得很有攻擊性的蜥蜴人隊，一號村隊慎重以對。

在骰運的眷顧下，蜥蜴人隊得勝。

第三場　吸血鬼隊　ＶＳ　半人蛇族隊

相較深思熟慮才下手的吸血鬼隊，半人蛇族隊全靠直覺。

贏家是半人蛇族隊。

吸血鬼隊與其說是運氣差，不如說是因為想太多才會輸吧。

第四場　山精靈隊　ＶＳ　小雪隊

小雪隊無法擲骰所以由裁判代理。

這位裁判一直擲出三，帶領小雪隊贏得勝利。

不過，其實不止這樣。小雪牠們抽木材時算得很精……

第五場　矮人隊　ＶＳ　四天王隊

矮人隊大概是在表演吧，他們用斧頭砍倒木材。

原本還在想四天王隊要怎麼應付，結果他們是認真討論後才動手。

「比傑爾，抱歉。麻煩聲音再小一點……我頭痛。」

「宿醉是吧，荷。妳喝太多囉。」

「我知道啦……嗯～就挑那邊的木頭吧。感覺沒承受什麼重量。葛拉茲，你怎麼看？」

「應該沒問題吧。」

「了解。藍登，麻煩你去抽掉木頭。」

「是是是。話說，我是首席耶。」

贏家是四天王隊。

順帶一提，優莉不在四天王隊，參加了文官少女組那一隊。

第六場　惡魔族隊　ＶＳ　巨人族隊

惡魔族是布兒佳和史蒂芬諾，還有不知道什麼時候來的古吉。

「雖然是順勢參加的……不過妳們知道嗎？我討厭輸。」

「是，我等會將勝利獻給古吉大人。」

「一定！」

可能是太有幹勁了吧，結果自取滅亡。

「感覺現在的我能夠毀滅世界。」

古吉嘀咕了些危險的話。

巨人族隊獲勝。

第七場　特殊隊　ＶＳ　文官少女組隊

不知不覺變得很要好的始祖大人、酒史萊姆、貓和死靈騎士。

芙修顯得有點寂寞。啊，不，似乎是看見死靈騎士後感到很驚訝。

文官少女組隊，以優莉和芙勞為中心，整合得很好。

「贏下這場比賽吧。」

「是！」

雙方激戰到剩下四根。

文官少女組隊擲出點數一。

特殊隊雖然苦思了一陣子，不過酒史萊姆決斷下抽走的那根沒事。這個成為了致勝關鍵。

特殊隊勝利。

第八場　獸人族隊　ＶＳ　三號村隊

格魯夫、加特夫妻與加特的弟子們也參加了獸人族隊。

「格魯夫，你明白吧？不要太出鋒頭喔。」

「我知道啦。主角是賽娜她們。我只負責安靜地遵照指示抽掉木頭。」

三號村隊以半人馬古露瓦爾德為中心。

「我不擅長應付這種細膩的東西耶，有沒有誰擅長的？」

「總而言之，從右邊開始抽就行了吧？」

「……採用。」

贏家是獸人族隊。

看他們那麼隨便，三號村的農活有好好做嗎？真令人不安。

第九場　二號村隊　ＶＳ　小黑隊

再三研究後才下手的二號村隊。

反過來靠氣勢抽取的小黑隊。

「這根吧。」

「不，應該是這裡吧？」

二號村研究太花時間，沒抽走符合骰子點數的木材所以敗北。

小黑隊贏得勝利。

第十場　天使族隊　ＶＳ　鬼人族隊

天使族隊是蒂雅、格蘭瑪莉亞、庫德兒和可羅涅。

大概因為是前上司與部下的關係，她們採用蒂雅作決定、三人聽令的體制。

相對地，鬼人族隊則是全員商量決定怎麼抽走木頭。我原本以為會和天使族隊一樣是由安決定其他人聽令，看來並不是？

「畢竟是慶典，我想這種活動還是同樂比較好。」

原來如此。

結果，贏家是天使族隊。

「都是因為妳判斷錯誤。」

「不，真要說的話……」

鬼人族隊好像起內訌了，沒問題嗎？

「我不會讓她們影響到明天的工作，請放心。」

不能使用暴力喔。畢竟是慶典，要開心才行。

第十一場　高等精靈隊　ＶＳ　村內少年少女隊

高等精靈以莉亞為中心，在確認上方平板重心的同時，確實地抽取。

村內少年少女隊以烏爾莎為中心，靠直覺。

輸贏靠骰運。

高等精靈們贏得勝利。

「放水？我們才不會做那麼失禮的事。」

第十二場　村長隊　ＶＳ　龍隊

好啦，輪到我上場了。

對手是龍隊。

有德斯、萊美蓮、哈克蓮、德萊姆和拉絲蒂。

哈克蓮雖然參加，不過只待在安全的地方出嘴。畢竟懷孕中嘛，安全為上。

「但是……龍雖然給人粗枝大葉的印象……卻意外地慎重呢。」

「若是為了勝利，我們也會慎重。」

德萊姆最認真。

我們也不會輸。我和土人偶組成搭檔一起努力。

到目前為止的比賽，大多能看出抽取木材的傾向。

從外側開始，留下內側，以及抽走內側，留下外側兩種。

從外面下手雖然一開始很輕鬆，但是數量減少後就麻煩了。還有，如果不預測上面那塊板子的重心位置，就會輕易輸掉。

從內側下手，由於外側的木材會撐住，所以很簡單。也可以說比賽要等內側木頭抽光後才是重點。

這裡就是較勁之處，不過對方抽走內側木材時，是要一樣抽內側的，還是從外側下手呢？

抽取根數是看對方的骰子，所以沒有絕對。

我和土人偶商量後，和龍隊相反，從外側開始。

而且，不是平均地抽，而是專注在同一邊。

大家一決勝負。

對方眼神犀利。

我可不會輸。

…………

輕而易舉地輸掉了。

贏家是龍隊。

「為、為什麼？」

「不就是因為重心位置判斷錯誤嗎？」

哈克蓮冷靜回答的話語十分刺耳。

第一輪結束。

接著舉行第二輪和第三輪。

第二輪。

座布團隊　ＶＳ　蜥蜴人隊

座布團隊勝利。

半人蛇族隊　ＶＳ　小雪隊

小雪隊勝利。

四天王隊　ＶＳ　巨人族隊

四天王隊勝利。

特殊隊　ＶＳ　獸人族隊

特殊隊勝利。

小黑隊　ＶＳ　天使族隊

小黑隊勝利。

高等精靈隊　ＶＳ　龍隊

龍隊勝利。

第三輪。

座布團隊　ＶＳ　小雪隊

座布團隊勝利。

四天王隊　ＶＳ　特殊隊
四天王隊勝利。

小黑隊　ＶＳ　龍隊
小黑隊勝利。

於是由剩下的三隊進行準決賽。
座布團隊　ＶＳ　四天王隊　ＶＳ　小黑隊
準決賽放上比先前更大的板子，支撐的木材數量也增加了。
而且板子上的圓型枕頭變成十個。
都堆疊在一起。
去掉這場比賽的輸家，由剩下的兩隊進行決賽。
準決賽中三隊競爭激烈，最後四天王隊敗退。

四天王隊抽走一根位置相當危險的木材，要一決勝負。
即便接下來的小黑隊能撐過去，輪到座布團隊時應該還是會出局。
然而，雙方的骰子點數都是一。

小黑隊與座布團隊勉強撐過這關，輪到挑起戰鬥的四天王隊時塌了。

決賽。

座布團隊　VS　小黑隊

成了村內元老的對戰。

該說真不愧是牠們嗎，決賽之中，即使抽走了相當多根木材，板子上的標記物依舊沒有掉落。

最後剩下內側兩根、外側兩根，一共四根。四根幾乎處於對角位置。

此時骰子擲出二。小黑隊必須抽走兩根才行。

…………

小黑隊陷入長思，然後作出決定。牠們同時抽走外側的兩根。

…………

儘管晃了一下，卻沒有倒！

上面的標記物也沒掉下來。

這麼一來勝負已分。就在接下來無論怎麼做應該都沒輸的情況下，小黑隊的骰子擲出一。

座布團隊半放棄地抽走一根。

……怪了？沒倒？就在這麼想的瞬間，上面那塊板子失去平衡，圓型枕頭掉了下來。

冠軍，小黑隊。
亞軍，座布團隊。
季軍，四天王隊。

舉行頒獎典禮後，就這麼發展成宴會。
慶典應該算是成功吧？
至少，感覺我和土人偶的交情變好了。
「下次要贏。」
「嗯……」
「輸了真讓人不甘心呢。」
「果然，那時抽錯根了。」
大家聊著感想，享受慶典之夜的樂趣。
啊，孕婦不要勉強。我也會早點睡的。

慶典結束了。
善後從早上進行到中午，大家各自踏上歸途。
德斯、萊美蓮與德萊姆過中午後啟程。
「哈克蓮就拜託你了。」
萊美蓮代表龍族一家打完招呼後，他們分別朝不同方向離開。

麥可先生騎在德萊姆背上，往德萊姆的巢穴移動。
似乎是部下在那裡等待，之後部下們會護著他以馬車移動。
另外獸人族的格魯夫以護衛身分同行。好像是為了增廣見聞，想去夏沙多一趟。
由於承蒙格魯夫不少照顧，所以我給了他一點零用錢聊表心意。

魔王國四天王和優莉也是過中午出發。
荷和矮人們變得相當要好。矮人們還默默送她酒桶當禮物。
葛拉茲與蘿娜娜依依不捨，比傑爾與優莉、芙勞和文官少女組道別。
藍登……在和蜥蜴人們打招呼呢。
能玩得開心真是再好不過了。
由於還有魔王的份，所以我多送了他們一些土產。

始祖大人用傳送魔法送走芙修之後，和死靈騎士一起前往溫泉。
也就是要在那邊休養的意思。
烏爾莎向死靈騎士揮手道別。

半人蛇族與巨人族則是又住了一晚才回去。
另外，半人蛇族提出要求，希望在秋季時還能接點工作。
巨人族也想要村裡的農作物，詢問有沒有工作。
必須想一想才行。

一號村、二號村和三號村的人也開始移動。
他們是團體行動。
有小黑的孩子們以及格蘭瑪莉亞她們同行擔任護衛，所以應該沒問題吧。

接著，就在人數減少的大樹村舉行慶典實行委員會的檢討會。
「猜謎大會花的時間比預期多。」
首先，這是重要的檢討點。

評價雖然好，但是參與人數多，所以移動很花時間。

花時間雖然和性別與年齡有關，不過影響最大的是種族差異。既然有腳程快的種族，當然也會有腳程慢的種族。

還有，身軀龐大的種族移動時，必然會給其他種族添麻煩。

儘管部分種族會自動沿著會場外緣移動，不過……嗯。

將猜謎大會移到寬敞的地方……比方說賽馬場，會不會比較好啊？

不過，考慮到輸家的觀戰和飲食問題就難了。

另外，出題順序不要靠抽籤隨機決定，適度調整或許會比較好。

簡單的問題集中在後半，導致人數好一陣子沒變化，也是花時間的關鍵之一。

「來賓提議，希望能增加與來賓有關的問題。」

雖然不曉得有沒有第二次猜謎大會，不過還是先想好對策吧。

接下來的檢討重點，則是山崩遊戲的部分。

「組隊是不是沒什麼意義？」

「可能需要增加一點戰略性。」

「不要用骰子，讓各隊能夠決定抽取的數量似乎也行。」

「我認為，應該可以安排與上方板子連動的陷阱木材。因為序盤總是缺乏緊張感。」

「標記物不要擺得太穩應該也不錯。」

關於山崩遊戲的進行，幾乎沒有問題。過程相當流暢。

大概是過去舉辦慶典的經驗發揮作用了吧。因此，與其說是檢討，不如說比較像是改善競技內容。

儘管同樣不曉得會不會舉辦第二次，還是先想好對策吧。

之後，大家又討論了與晚上宴會和早上善後有關的檢討要點，隨即檢討會便結束了。

「今年的慶典也辛苦大家了。」

檢討會結束，並不代表解散。

「那麼，接下來是各村的狀況。」

雖然來參加慶典還讓人家聊工作的事令人過意不去，我還是請各村代表報告。

「二號村和三號村的農業沒什麼大問題。雖然沒到豐收，但是收成應該相當不錯。一號村……畢竟還沒開始嘛。期待明年的表現。」

似乎沒什麼問題。

三號村的人回去時，我告訴他們會有新的半人馬移居者要來。

由於來的是在尋人清單上那些，所以大家非常高興。不過，幫忙尋人的比傑爾表示，想要三號村的名單。

「抱歉，找到的那些人問是誰要找他們，但我答不出來。」

我原本以為比傑爾已經有名單了，不過似乎只有記錄代表古露瓦爾德與其他幾個的名字。

起先我還在懷疑，這樣管理沒問題嗎？不過仔細一想，現在村裡也沒有名冊。得反省才行。

如果整理一份名單交給他，或許移居者還會增加也說不定。

關於這部分，還有一件事。

似乎有幾位不在名單上的半人馬族希望移民。大概是想和同胞一起生活吧。

我雖然認為無妨，不過三號村的事已經交給古露瓦爾德負責了。要不要接受，就交由古露瓦爾德來判斷。

儘管古露瓦爾德顯得有些不安，但是我信任她。

只不過，無論誰來，三號村的代表都會是古露瓦爾德。我只告訴她千萬不能忘記這點。

再討論一陣子後，就發展成比傑爾帶古露瓦爾德過去面試志願者的形式了。

芙修對一號村移居者們有個要求。

似乎是有人擔心搬來一號村的人，希望能聯絡上他們，就算只是寫信也無妨。

若是信倒沒什麼問題，於是就由一號村移居者的代表傑克負責執筆。

「村長，這個村子的事可以寫到什麼程度？」

「我又沒有隱瞞什麼，想寫多少都可以吧。」

怪問題。

信原本打算過一陣子才送出去，不過由於慶典延長成兩天，傑克在第一天晚上就寫好了。

收信者是傑克的熟人。上頭寫著「在村裡過得很好」之類的。

不，不必讓我看呀？檢查嗎？呃～沒問題。錯別字……倒是有，嗯，這裡，還有這裡。

關於內容我沒表示意見。

雖然沒表示意見……但是只有寫傑克自己的事耶。

不多寫點太太的事，還有其他移居者的事嗎？

不需要在意？

只要告訴對方他們還活著就好……

這樣啊……

順帶一提，這封信用的紙是在一號村做的。

話題以這些事為中心，延續下去。

「在城鎮之類的地方，信件要怎麼辦？」

「會有信差奔走。畢竟寫信本身就是有錢人的聯絡方式。」

「是這樣嗎？」

「因為紙是高價品，而且識字的人很少。」

村裡用的紙，在一號村能製造之前都是從德斯那邊收到的……

仔細一想，比傑爾和麥可先生聯絡我們是用羊皮紙，和好林村聯絡是用木板。

似乎不需要提到什麼印刷，光是紙就能成為一門生意呢。

「如果沒有始祖大人當作中繼就很難與芙修聯絡，這也是個麻煩呢。」

其他途徑。

好比說就算交給麥可先生，要送達也需要過上許多天。最快是兩個月。最糟糕的情況下，可能會在途中送丟。

「送信到遠方時，透過許多不同的管道發送好幾封才是主流。」

原來如此。

題外話。由於半人馬移居者那件事，村裡開始製作名冊。

畢竟人數也變多了，應該會有很多地方需要。

我希望事情系統化，不是和我打聲招呼就好，還要登錄在名冊才算移居完畢。

咦？登錄在名冊上是我的工作？這種事比較像文官少女組的工作耶？細節雖然會處理，最後還是要呈給我？

知道了，我會努力。

…………

一想到現在村裡的人數，就讓我有點憂鬱。

「那麼……今天的議題，是關於第三屆武鬥會的事。」

文官少女組之一幹勁十足地開始準備。

我以為還早……

「村長，大意的話，轉眼就到囉。」

……的確，提前努力吧。

會議持續到晚上。

原本希望好歹慶典隔天能悠哉點耶。

我摸摸睡在我腿上的貓，努力工作。

閒話 收信的對象

我的名字叫哈西西姆。不過，周遭那些傢伙都叫我哈西姆，所以我也這麼自稱。

每個國家都有孤兒。這些孤兒下落不明也是常有的事。
然而，在這個雷懷特王國十分罕見。
因為有科林教的總部。
即使是進不了孤兒院的孤兒們，也為他們建立了組織讓大家互助。因此，難得聽說雷懷特王國的孤兒下落不明。
我以身為這個組織的一員自豪。

話雖如此，卻有二十人。
一口氣有二十個人下落不明。而且還出現在我的管轄區內。
我大為恐慌。怎麼會有這種事。不可能。
但是，不管怎麼找都找不到。
一開始，我懷疑是大規模陰謀。可能是某個組織心懷不軌，誘拐大量孤兒。
儘管不知道誘拐孤兒要幹什麼，但不是沒有可能。
那麼應該也有其他下落不明的孤兒才對。我向組織的同事確認。
但是，沒有其他下落不明的孤兒。

案件只發生在我的轄區？

這麼一來……比方說，撞見什麼不該看到的現場，遭到滅口……嗚嗚，滿腦子都是些恐怖的念頭。

不過，這不是沒有可能。

我找同事幫忙，調查下落不明那二十人的生活圈，卻找不到線索。

就這樣，時間流逝。

二十人下落不明過了一個月。他們或許已經死了。

我的轄區裡有將近三百個孤兒。只是其中有二十個失蹤而已。不用在意。比起這個，保護剩下的孤兒才重要。

而且，失蹤的二十人全都在十五歲以上，已經是能獨立自主的年齡。或許，他們是去哪裡工作也說不定。

我邊喝酒邊思考這些，想把孤兒失蹤的事忘掉，但是沒辦法。

忘不掉。

失蹤的二十人裡也包含傑克。我曾經關照過他。

…………

果然是那個吧？

我腦中閃過一個詞。

「芙修狩獵人類」。

芙修是科林教的大司祭之一，眾人稱呼她為辣手芙修。不過她只對敵人毫不留情，對自己人則是慈悲為懷。

傳出狩獵人類的謠言時，我認為是敵視芙修的人造謠攻擊她，沒放在心上。

實際上，芙修也沒真的去獵人類嘛。

但是，現在不一樣了。因為那二十人失蹤後，芙修狩獵人類的傳聞也停了。

這是偶然嗎？

我下定決心，衝進科林教的總部，要求與芙修見面。

要花時間？沒關係。要幾小時、幾天我都等。讓我見芙修。

沒想到，他們居然讓我等上半年。

不，我知道芙修非常忙碌。我也知道她非常努力工作。

因為教會人士同情每天造訪的我，偷偷帶我去芙修工作的地方。

芙修與其說是熱心，不如說像是著了魔一樣地在工作。真的讓人佩服。

我打算等芙修一休息就搭話。但是，那天我沒機會。

芙修沒有休息。她總是在處理工作。

她忙到讓毫無人脈能利用的我也覺得等上半年是無可奈何。

而且，我覺得忙成這樣的人，根本沒空去獵人類。

在我心中，已經沒有懷疑芙修……不，懷疑芙修大人的意思了，但我還是想要一句直接否定那種想法的話。僅此而已。

我在見面時表示有二十人下落不明，並且為自己懷疑她這件事謝罪。

「實在是很不好意思。不過，我滿心只想找到下落不明的二十個人……」

怪了？芙修大人？您的臉色不太好耶？啊，該不會是累了吧？

「非常抱歉。」

眼前的芙修向我賠罪。

咦？

聯絡失誤。僅此而已。

下落不明的二十人，似乎在芙修大人介紹的移居地點過得很好。

原本，應該由芙修大人聯絡我的上司的上司再轉告我才對，不過似乎在哪個環節出了問題。

差不多就在冬天時，有幾個貴族被剷除，會不會是受到那場混亂的影響啊？

不，我不恨芙修大人。

只要那二十個人過得好就沒問題了。

是的，啊，那個……我並不是懷疑您，但如果能有封信，告訴我他們在移居地過得怎麼樣，就可以放心了。

下落不明的二十人之中，應該有孤兒裡為數不多的識字者才對。

夏天。

孤兒們下落不明的騷動差不多過了半年吧？

那二十人的代表──傑克，送了封信給我。

信的開頭有好好問候，令我很欣慰。

這麼說來，那批人裡頭有個意外地很有教養呢。是向他學的嗎？

在那邊分到了房子？哈哈哈，太誇張啦。

從沒聽過會送房子給移居者的。

大概是寫錯。分到的應該是房間吧。

不過，就算是這樣也很夠了。

只要有個能安心睡覺的地方，剩下的總會有辦法。
吃飯……哦哦！吃到了兔肉啊？那個很好吃耶。
但是兔子很小，二十個人吃應該三兩下就沒了吧。
差點被兔子殺掉？太誇張啦。兔子這種家畜，可是由沒力氣的女人和小孩負責處理喔。
不過，雖說是兔子，要被吃掉時依舊會全力一搏。不能大意。
嗯，看樣子過得很不錯，太好了。

信件結尾，有孤兒使用的印記。也有我這個轄區的印記。
我並沒有懷疑人家的意思，但看樣子不是芙修大人準備的假信。
心裡舒坦多了。
心裡是舒坦了沒錯……但是我有個疑問。
這封信，用的是紙吧？
我原本還以為，會寫在木板或樹皮上。結果是紙？而且不是羊皮紙……難道是真正的紙張？紙張是高級品吧？信裡寫這是傑克他們製造的紙……會不會也是寫錯啊？

17
18
19
14 15
02 03 20 21 22
16
12
04
07
05
01
06
13
23
11
09
10
08
24
25
Farming life in another world.
Chapter, 3
Presented by
Kinosuke Naito
Illustration by
Yasumo
〔第三章〕
夏季與秋季與火一郎
01.家 02.田地 03.雞舍 04.大樹 05.狗屋 06.宿舍 07.犬區 08.舞臺 09.旅舍 10.工
11.居住區 12.澡堂 13.高爾夫球場 14.進水道 15.排水道 16.蓄水池 17.果園區
18.牧場區 19.馬廄 20.牛棚 21.山羊圈 22.羊圈 23.藥草田 24.新田區 25.賽跑場

1 死亡球

大小約一公尺的球在森林裡滾來滾去。差不多有……上百個？

明明能靈活地避開樹木，碰到魔物和魔獸卻毫無顧忌地撞上去。應該說似乎就是往魔物和魔獸撞。

然後它露出真面目。

起先還以為球裂了，牠卻長出手腳，吃起被撞倒的魔物和魔獸。

看見這一幕，我的感想是「凶暴的犰狳」。

這似乎是一種叫「死亡球」的魔物。牠們正朝著大樹村前進。

「照這個速度，差不多三天後便會到達大樹村。」

我讓格藍瑪莉亞抱著，從上空觀察牠們。

主要受害者是長了獠牙的兔子。大野豬雖然頂得住衝撞……但是不想面對牠們而逃開了。

「真虧妳們能發現呢。」

地點在村子東南方。距離格蘭瑪莉亞她們戒備的範圍很遠。

「慶典結束後，半人蛇族警告過，有死亡球大量出現的徵兆，要我們注意。」

於是格蘭瑪莉亞她們將村子周邊的戒備工作交給哈比族，自己前往遠方偵察。

「看見魔物逃竄的樣子後，我想或許在牠們後面，結果就找到了。」

原來如此。

「半人蛇族是怎麼對付死亡球的？」

「似乎是堵住迷宮入口。」

……

確實，或許像這樣等牠們通過就好……

「好像是因為死亡球能吃的部分很少，所以不做危險的事。」

不划算是吧。

但是，大樹村可不行。如果牠們就這麼來到大樹村，田地會全滅。

……

不可饒恕。

我拜託格蘭瑪莉亞，在死亡球隊伍最前列的前方將我放下來。

然後舉起「萬能農具」。

抱歉，你們是害獸。

無論球形態還是獸形態都無妨，我以「萬能農具」將牠們都化為肥料。

死亡球終究沒有全部往我撞來，有幾隻改變方向逃走了。
算了，既然數量不多，放過應該也沒關係吧。
只要不靠近村子。
「不愧是村長。就連我的長槍都沒辦法貫穿……」
「畢竟外皮看起來很硬嘛。」
長牙兔子的攻擊完全派不上用場。
但是，問題解決了。真是麻煩的對手。正當我這麼想時，庫德兒慌張地趕來。
「發現死亡球！大約兩千隻！從這裡徒步五分鐘的位置！正往這邊來！」
…………
兩千？不是兩百？
「大約兩千。用手像這樣比出四方形，先算出方形裡的數量有多少，再算總共是幾個四方形來估計數量。」
「村長，這是在戰場上計算敵兵的方法。我想數量應該沒錯。」
格蘭瑪莉亞打斷庫德兒的說明，從旁肯定地說道。
這樣啊。不，我沒有懷疑妳們，不過……
兩千就沒轍啦。
剛剛才對付完一百隻，我能夠明白牠們並不是笨蛋。知道敵人太強就會避開。

解決十隻以後就沒有往我這邊來，所以需要自己去追。相當辛苦。
甚至需要格蘭瑪莉亞將我送到死亡球隊伍前方好幾次。
而且，光是解決一百隻就要花上半天。
即使我不分晝夜地奮戰……能不能收拾掉一半還很難說。
如果解決一半牠們就改變方向當然最好……

應對失誤嗎……
不該去外頭打倒牠們，而該鞏固村子的防備。
不，與其後悔，不如叫村民避難……唔，太陽差不多要下山了。
大批死亡球就在此時現身，彷彿要讓焦急的我更焦急。
已經來到這裡了嗎！
「格蘭瑪莉亞、庫德兒！回村發布避難命令！把帶得走的東西都帶……」
黑色身影從森林中竄出，彷彿要蓋過我的命令。
從村子的方向來？
那是座布團的孩子們。有幾十隻，不，是幾百隻？不過，並非毫無秩序。
四隻一組，以絲線鉤住樹木飛行。
其中一隻舉起腳向我打招呼，接著就這麼衝向大群死亡球。

之後只需要旁觀就好。

座布團的孩子們，當場以絲線織網抓住死亡球並吊起來。

如果不考慮殺傷，要突破死亡球的堅固防禦就沒問題是吧。

太陽落下，然後又升起了。

眼前有無數吊在樹上的死亡球。總數大概有兩千吧。有些個體維持球狀不動，有些個體變成獸形態亂動。真是奇妙的畫面。

我正在想該怎麼處理時，長牙的兔子和大野豬就吃起了死亡球。連很少見的魔物和魔獸也冒出來一起吃。

原來如此。如果沒滾動就對付得了啊？

雖然牠們終究沒嘗試靠近抓住死亡球的座布團孩子們……

「你們不吃嗎？」

我詢問一隻在附近的座布團孩子，牠以肢體動作回答馬鈴薯比較好。

我知道了，回去就開馬鈴薯派對吧。

「格蘭瑪莉亞、庫德兒。怎麼樣？」

由於座布團的孩子們趕到，所以避難命令取消。

剛剛是要她們去看還有沒有別的死亡球。

「好像沒事了。」

「雖然有發現逃過一劫的個體，不過都是往村子的反方向移動。」

姑且用槍戳戳看了，卻是白費力氣——她傷心地舉起長槍。

總而言之，這樣就算解決了吧。

我拜託座布團的孩子，挑幾隻死亡球帶回去。

一來是想找個方法利用那種堅硬外皮，二來我記得犰狳好像能吃。

以前我看的偶像農家節目結束後，接下來的節目有個單元會介紹世界上各種奇特食物，裡面就有吃過犰狳。

不過，這玩意兒雖然長得像犰狳，但畢竟不是犰狳，所以無法保證好吃不好吃……

但是看見魔物與魔獸撲向被吊起來的死亡球，味道應該不壞吧。

可是，這麼多隻擠上去，座布團的孩子們織的網還是沒破呢。

我回到村子，解釋情況。

村民們似乎不怎麼擔心，但我倒是希望他們能有點危機感啊。

正當我這麼想時，小黑子孫往帶回來的死亡球上一咬，咬穿了堅硬的外皮。

然後得意地向我炫耀。

…………

原來如此。

接著拉絲蒂空手扯下死亡球的外皮。

看樣子是我擔心過頭了。

所以，原本覺得或許能當材料的外皮成了垃圾。

總而言之，這天就為座布團的孩子們舉行馬鈴薯派對。

生的、蒸的、烤的和炸的。準備了各式各樣的菜色。

馬鈴薯沙拉低調地受歡迎。只有馬鈴薯會讓我覺得很冷清，所以還加了地瓜。

拔絲地瓜。不加黑芝麻是我的作風。

主要目的雖然是慰勞來幫忙的座布團孩子們，但並不會不讓其他人吃。

人數逐漸增加，最後變得像宴會了。

知道了、知道了，那就烤肉吧。小黑們也想吃肉嘛。

順便試著用死亡球的肉來烤吧。

啊～烏爾莎。

雖然那算是垃圾，不過妳用劍切切割割，到時候收拾起來會很麻煩……而且啊，哈克蓮才訓過妳不要拿劍亂揮吧？因為那把劍非常鋒利。乖乖把它放到我們說的地方保管。

回答得有精神是很好，但是睡一晚就忘掉這點能不能改一改啊？唉。

我原本還想，拿死亡球的外皮去做……像是鎧甲之類的東西應該很堅固，但是好像不怎麼硬。想辦法處理一下格蘭瑪莉亞她們那幾把刺不穿外皮的長槍，是不是比較好啊？改天想想怎麼做吧。

死亡球的外皮……雖然被切割過了，不過拿來做球剛剛好。

當成小黑牠們的玩具。

死亡球的肉……吃起來很清爽，口感像雞肉。還不壞。不過，量太少了。

用「萬能農具」獵，死亡球又顯得有點小。

大野豬比較好獵。

……

不必勉強狩獵也沒差吧。半人蛇族的應對似乎是正確的呢。這就叫先住民的智慧吧？改天再向她們請教請教。

畢竟還有其他麻煩的魔物或魔獸嘛。嗯，也問問住在北方迷宮的巨人族吧。

晚上。

這回是我得意忘形做得太過頭嗎？不，錯在我想自己解決。應該再稍微和其他居民們合作應對。

我帶著反省的念頭入夢。

我和烏爾莎不一樣。應該睡過一覺還記得住才對。大概。

2 天使族的槍

格蘭瑪莉亞她們的長槍，外型類似騎士槍，用法是正面衝鋒。

將重量與速度變換成威力的攻擊。

我見識過這招的威力，能輕易貫穿鐵盾。但是，碰上死亡球無用武之地。

如果全力攻擊就能貫穿靜止的死亡球外皮，那麼麻煩應該在死亡球會滾動吧。

雖說有座布團的孩子們在就不用怕死亡球，但是格蘭瑪莉亞她們這樣好嗎？

「不，我們想變強！」

這是格蘭瑪莉亞她們的聲音。

不過，努力要她們自己來……我能幫忙的部分是武器。

「會用長槍以外的武器嗎？」

「大致上會。不過，考慮到要在飛行狀態下攻擊，這種長槍最適合。」

用劍會演變成接近戰，拋棄快速飛行這項優勢和人家互砍的好處似乎不多。

這麼一來，製作新的長槍應該比較好？

我試著和加特商量。

「關鍵是槍頭的材料吧。」

他這麼表示。

格蘭瑪莉亞她們的長槍材料相當不錯，換成鐵反而會變弱。

「總而言之，拿村裡有的材料……」

我拿來哈克蓮與拉絲蒂的鱗給他。

「嗯，把這個磨成粉混進鐵裡……看來只靠我們辦不到。」

加特召集了幾位有空的高等精靈，努力作業。

我在旁邊默默地製作槍桿。

「完成了！」

木製的槍桿，還有混入龍鱗的鐵槍頭。

一柄普通的長槍。

我讓格蘭瑪莉亞拿著。

…………

感覺不太對。

恐怕大家都這麼想。

把槍收回。格蘭瑪莉亞，抱歉。妳可以回去了。

「弄成格蘭瑪莉亞那種騎士槍不就好了嗎？」

「要弄成那種模樣……以這個村子的設備而言有些嚴苛呢。」

「是這樣嗎？」

「以製造時用的鐵量來說，無論如何都不行。用接的可能會導致強度出問題。」

原來如此。

這麼一來……就得換個方案。

「試著製作能裝在格蘭瑪莉亞她們槍頭上的東西如何？」

「這麼一來就不需要用那麼多鐵……再說刺下去之後不會脫落嗎？」

「啊……………也對。」

畢竟是受到衝擊的部分嘛。

如果對方身軀龐大，也有可能讓槍頭留在體內。

這樣不也沒關係嗎？

往這個方向去思考的時候，某隻小黑的子孫一臉難為情地走了過來。

就在懷疑怎麼回事的同時，我也覺得不太對勁。牠的身軀明明相當大，額頭上卻沒有角。

詢問之後，小黑的子孫以肢體動作回答。

牠發現獵物後跑過去，卻滑了一跤……於是角刺在樹上了。身體無法動彈的牠奮力掙扎，結果整根角都斷了。

我知會加特和高等精靈們一聲，跟著小黑子孫離開。

牠的角，刺在一棵普通樹木的根上。即使伸手去拔也拔不下來。

要是放著不管……每當看見這一幕就會讓牠難過，令人於心不忍。

我把「萬能農具」化為小刀削掉一部分樹木，將角拔出來。

就算物歸原主……也沒用吧。

和其他換掉的角保管在一起吧。

我摸摸無角小黑子孫的頭。

「嗯，沒有角變得比較好摸呢。」

失言了。

啊～其他的小黑字孫們，不要用角去撞岩石之類的東西。故意折斷可不好喔～

我回到加特他們那邊。

腦中靈光一閃。

小黑孩子們的角。

這些東西能不能當成槍頭啊？

小黑的孩子們以動作表示「請拿去用」，所以我試著將角裝在槍桿上。

不需要特別加工槍頭，長槍就完工了。

再來就是看這些角的強度。

我和加特他們一起到開闊的地方實驗。

目標是鐵盾。

總而言之，貫穿不了那玩意兒就是空談。

舉槍衝鋒……意外地難。光是水平持槍就很辛苦，所以奔跑根本不可能。加特和高等精靈們也都做不到。

因為他們以前住在山區或森林裡，不是能揮舞長槍的環境，所以沒有練習過。原來如此。

儘管不太想在試做階段就把格蘭瑪莉亞她們叫來，但是不得已，我找了庫德兒過來。

「小黑先生牠們的角嗎？」

「嗯，我們想確認它的硬度，能不能麻煩妳攻擊那面鐵盾？」

「我知道了。不過，這是普通的槍……可以用丟的嗎？」

「嗯？」

「其實我比較擅長投擲。」

加特他們表示，雖然不是投擲用的槍，不過無妨。

那就沒問題。交給妳了。

順便也試試這把混了龍鱗的鐵槍威力如何。我們想確認它的強度。

「要從哪一把開始測試？」

「那麼，就從混了龍鱗的鐵槍開始。」

因為這邊才是重點。

鐵盾放平，正面朝上。

庫德兒飛上天。

從高空往鐵盾俯衝而下，在離地約三十公尺的高度擲出長槍。

她並未減速，而是改變角度飛回上空。真是漂亮的飛行。

擲出的長槍也漂亮地命中鐵盾正中央。

沉重的聲音響起，長槍貫穿鐵盾，深深刺進下方的地面。

從地上拔出來後，槍頭不見缺損。成果似乎不錯。

不過，如果要靠投擲，在運用上大概還是會有些問題。

畢竟連擅長投擲的庫德兒，也是拿騎士槍類型的武器。

要人家配合武器改變戰鬥風格也不太好。果然還是該按照先前的計畫，製作裝在槍頭的東西。

好啦，接下來是用小黑子孫們的角做的槍。

把新的鐵盾放平。

庫德兒畫出和先前一樣的軌跡，擲出長槍。

長槍命中鐵盾……引發大爆炸。

咦？

火焰與雷光竄升約二十公尺高。

在旁觀摩的我、加特與高等精靈們，被突如其來的爆風吹走。

損害。

槍頭消失了，不過槍桿平安無事，只有些許焦黑。

鐵盾被炸得不見蹤影，現場產生了一個淺淺的隕石坑。

庫德兒沒事，太好了。

飛出去的我們受了擦傷，然後附近的田地沒問題。

有幾隻座布團的孩子因為爆炸的衝擊掉下來，不過沒事。

離此處有段距離，在我家午睡的阿爾弗雷德、蒂潔爾和特萊因，驚醒後大哭。

之後安託人傳話，要我等一下過去給個交代。

我想，也去利留斯他們那邊道個歉應該比較好。

「所以呢，到底怎麼回事？」

庫德兒解釋，她並沒有使用魔法。

這麼一來，代表問題出在小黑牠們的角上……

假如角是會爆炸的危險物品……但是撞到樹的時候怎麼沒有爆炸啊？不，到目前為止都沒爆炸才不可思議。搞不懂。

我決定去問可能知道答案的人。

正好，露過來轉達安的怨言。

「那個啊，是魔法物品啦。」

「咦？」

「長在頭上的時候，功能應該類似法杖吧。拿下來之後，則是效果與屬性已經固定的魔法物品……我以為你是知道才保存下來的耶？」

只是當作成長的紀念拿來裝飾而已。

「呃……會不會很危險啊？」

「別太粗魯就不會爆炸。拿著角又有明確的攻擊意念……和發動魔法一樣吧。所以，放進火裡也不會有事啦。」

原來如此。

看來我們造出……不，發現了不得了的武器。

狗屋和地下室保存了很多小黑牠們的角。

如果全部都有剛剛的威力……

「我認為應該有上級魔法的水準，不過還是想再確認一下它的威力。」

…………

徵得小黑牠們的許可後，我拿出保存的角。

綁在新的槍桿上，完成。

下一個目標是哈克蓮的鱗。我們試著讓它像剛才的盾那樣躺平。

然後……庫德兒，拜託了。

庫德兒俯衝攻擊。

再度漂亮地命中。同時也產生大爆炸。哦哦！

這回我們已經作好準備，所以沒有飛走。

不知不覺間，周圍冒出了其他參觀群眾。

矮人、山精靈、蜥蜴人、獸人族與文官少女組……

他們關心的，是哈克蓮的鱗會怎麼樣。

爆炸平息後，我們小心翼翼地確認哈克蓮的鱗片。

…………

鱗片閃閃發亮。

但是，緊接著啪的一聲響起，鱗片應聲碎裂。

周圍一片歡呼。

「能擊破龍鱗……似乎不是上級，而是特級魔法的水準呢。屬性是火和雷……與地獄狼的屬性相同，那麼冥界狼會是冰和雷屬性嗎？」

露出乎意料地顯得很開心。

「呃～村長，威力是很驚人沒錯，但是要拿這東西做武器嗎？」

加特詢問。

…………

「還是算了吧。」

因為太危險了。

要是烏爾莎或誰拿出來，恐怕會災情慘重。

格蘭瑪莉亞她們的長槍，就用混龍鱗的鐵槍頭強化。

不過，這種爆炸也許能當成慶典或武鬥會宣告開始的信號。

反正每次換角都能補充嘛。

好啦，接下來就交給加特他們。
我的眼前，則是怎麼看都像在生氣的安。
為第一次道歉之前就試了第二次是個失敗。得好好反省。
不過，讓我辯解一下，是露她……啊，是。對不起。非常抱歉。

3 染料與煙火

染料。
主要用來替絲或布上色的東西。
目前村裡大多數的衣物，是由座布團的孩子們到森林裡蒐集草和果實染色。
因此，我之前對於染料不怎麼關心。畢竟不能吃嘛。
麥可先生運了染料來村裡。
紅、藍、黃、綠、黑、褐、白、桃、橙。
全都是很漂亮的顏色呢——感想只有這樣。畢竟貨款雖然是我在付，不過染料都是直接送去座布團那裡嘛。

讓我對染料產生興趣的契機，是某隻座布團的孩子。

座布團的孩子們，有各式各樣的外型和花紋。不過基底都是黑色。儘管如此，卻有一隻半個身體不自然地呈現紅色。

我原本以為是血濺到身上，但並非如此。

而是麥可先生帶來的染料壺不慎掉落，使得牠部分身體染上顏色。

身體狀況沒問題。

眼睛也染到顏色了，沒事嗎？沒事？和大號隱形眼鏡很像的護膜掉了下來。真方便呢。

至於身體部分，似乎是過個十天就會蛻皮，所以要我別在意。這樣啊。

不過，只有一半紅色很顯眼耶。

還沒交給座布團的染料就在我眼前。

我將染料溶進水裡弄得像漆一樣，把染得不上不下的座布團孩子塗成鮮紅色。

塗得很均勻，完成度相當不錯。

當事者似乎也很中意，太好了。

嗯，動動看、動動看。很快喔。

問題是……其他座布團的孩子們也盯著我看。

紅、藍、黃、綠、黑、褐、白、桃、橙、圓點、斑點、格子、叢林迷彩……

短期內，村裡會有五顏六色的座布團孩子到處晃。

順帶一提，座布團受到我塗的叢林迷彩刺激，做出好幾件迷彩風格的服裝。

高等精靈們相當中意，不時會穿。

哈克蓮的肚子變得很明顯。

萊美蓮他們雖然說過龍懷孕會變暴躁之類的，卻沒看見那種徵兆，十分穩定。

由於之前提醒過，所以她雖然會睡午覺，不過晚上也會好好睡，生活很健康，也有適度運動。

一切都很順利。可以用這句話概括。

「哈克蓮，有什麼想要的東西嗎？」

「那麼，我要吃甜點。」

「甜的？孕婦不是會想吃酸的嗎？」

「我倒是沒這種感覺耶～會想吃肉就是了。」

「原來如此。所以說，現在想吃點心對吧？」

「『甜的』點心。」

「好好好。」

我在廚房做甜點。

是不是太寵她？沒這回事。露、蒂雅、莉亞她們和安懷孕的時候，我也有做喔。

將小黑家族的角拿來放煙火的實驗，在村子南邊進行。

說是這麼說，也只是將之前庫德兒做的俯衝投擲改為所有天使族一起而已……

「命中率還真高耶？」

到目前為止，對一公尺見方的目標命中率有九成以上。

正確說來，蒂雅與庫德兒是十成。格蘭瑪莉亞與可羅涅有幾發落空。雖說是落空，也只是稍微偏掉，沒有嚴重脫靶。

現在為了確認命中率，讓她們擲普通的槍。

大概是因為這樣吧……

「那個，村長，練習用的槍抓不太到手感……」

庫德兒要求丟真的。

「最後會每人發一把。別丟歪喔。」

「是。」

仔細回想，第一次非常危險。真是非常抱歉。

由於準備來真的，所以先聯絡村裡。要避免惹安生氣。
確認孩子們沒在睡覺。
當然，也指示大家別靠近村子南邊的實驗現場。
明明下了指示……卻能看見零星的觀眾。還有人拿著酒呢。
這是為了避免正式表演傷到人的實驗耶……好像連小黑和座布團牠們都來了。唉。
記得保持我們定下的安全距離。

我們揮舞旗子，聯絡上空的蒂雅等人。
原本以為她們會一個一個來，結果是四人組成隊伍行動。
咦？該不會……
四人在漂亮的編隊飛行過後，俯衝……
地上有四個標的物同時炸飛。
觀眾發出歡呼。
不過，可能是標的物擺放時的間隔太窄，火焰互相影響，不怎麼漂亮。
「每一個都間隔十公尺比較好呢。」
庫德兒興沖沖地重新擺上標的物。
重新擺上去是沒關係……咦？我說過剛剛的是最後了吧？

「為了確保萬無一失，我希望能再進行一次投擲實驗。」

已經拿在手上了吧？已經飛上天了吧？笑容很恐怖耶？

…………

天使族四人進行的投擲實驗……應該說煙火，持續了相當長的時間。

若要問持續了多久，差不多就是到安來罵我那麼久。

不是我的錯。

是，對不起。因為我沒有好好監督她們對吧。

之所以生氣不是因為太吵，而是因為既然要玩就該把大家都找來。真是抱歉。

事先準備的二十把槍，全部消耗掉了。

不過，應該能幫助大家發洩壓力吧。

天使族四人和觀眾，臉上都是笑容。

烏爾莎也面帶笑容，眼睛閃閃發亮。

…………

儘管一時有所懷疑，但就算是烏爾莎應該也不會擅自拿出來才對。

不過，角還是保管得嚴密一點吧。

日後。

一段時間內，庫德兒看小黑牠們的眼神都有些恐怖。

拜託別盯著人家的角看。

松露。

之前因為大家會高興所以種了，但我其實不怎麼喜歡。我覺得松茸比較好。

因此，我種了松茸。

它是長在赤松上，所以培育起來很花時間。不過，看見松茸如預期的成長茁壯還是令人開心，而且是豐收。謝謝你，「萬能農具」。

但是，我沒有興奮地採收。

從目前為止的反應看來，松茸大概不會太受歡迎。

雖然希望大家能和我喜歡同樣的滋味，但是不勉強。為了他們，我也會好好種植松露。

松茸一，松露五十。

如果有這麼多，應該就不至於爭吵吧。和我一同去採收的小黑子孫們，一接近種植松露的地方就開始猛搖尾巴。

畢竟之前沒讓所有人吃到嘛。有了這麼多……我想好歹能吃到一小片喔。

因為小黑子孫的數量變多了嘛。

我回到宅邸，幫忙做菜。
松露和預期的一樣受歡迎。
松茸……比預期的更受歡迎。
「明明這麼好吃，為什麼不多種一點呢？」
看來不該有先入為主的想法。
我一邊這麼想，一邊有些煩惱是否要把拿進自己房間的松茸交出來。

閒話　格魯夫的冒險（很快就結束了）

我的名字叫格魯夫。
好林村最強的戰士。
以前會因此自豪，最近知道這種事其實不值得自豪。
世界很大。
加特的弟子從好林村搬到大樹村，我與他們同行。

這裡是個好村莊。

飯好吃，酒也好喝。而且到處都是比我強的人。

我原本就沒想過能打贏地獄狼或惡魔蜘蛛，不過認為碰到人型對手總會有辦法是個錯誤的想法。這種束手無策的感覺，真的已經好久沒體會到了。

我現在的目標，是蜥蜴人達尬。他真的很強。即使他不用尾巴攻擊，我也贏不了。可是這樣才好。

參加完慶典之後，我和商人麥可同行前往夏沙多。

理由是增廣見聞，不過除此之外還有兩個目的。

一個是冒險者登錄。

我以前登錄過，不過一段時間沒有任何活動就會被取消資格。

說穿了，只要定期告知自己身在何處，就能避免遭到處分，但我實在沒空離開好林村，所以資格被取消了。唉，部分原因也在於我忘了。

所以重新登錄，從頭開始。

只要是有冒險者公會的地方就能登錄，不過考慮到今後，我選擇去夏沙多。

以前我來過兩次……不過和當時相比，現在更有活力。還蓋了新房子呢。

「住宿就到我家如何？」

商人麥可邀請我去作客，不過我婉拒了。

畢竟我這人很粗魯嘛。總不能因為有我這種人出入而礙到人家做生意。

「這樣啊。那麼，請到這間旅館下榻。」

麥可帶我來到一間氣派的旅館。似乎是全新的建築。

「這是我們商會經營的旅館，住宿費就免了。」

…………

麥可似乎賺了不少。我就恭敬不如從命了。

剛進旅館時人家一臉懷疑，不過看見我後面的麥可之後就變得非常客氣。

麥可離開後，我被帶到一間非常高級的房間。這該不會是最好的房間吧？真的不收錢嗎？讓我有點擔心。

我重新打起精神，詢問旅館員工冒險者公會有沒有換地方，結果對方問我要不要把冒險者公會的幹部找來。

這可真的拜託不要。

重新登錄還找幹部來，感覺實在很丟臉。

冒險者公會雖然沒換地方，內部裝潢卻變得稍微豪華了點。大概是景氣好吧。

我為了趕快辦完事，走向櫃臺。

排了三個人的隊伍順利前進，輪到我。

像我這樣被註銷的雖然罕見，卻不是完全沒有。櫃檯熟練地替我重新登錄。

階級是一。最低階。

接委託提升等級，就能接更大的委託。這個數字代表可靠程度。

順帶一提，冒險者公會並非僅此一家。有好幾種。

儘管做的事都一樣，不過表示階級的方法有些是記號，有些是礦物名。

另外升階的條件也不一樣，所以哪裡比較好、哪個階級比較可靠等，都無法一概而論。

在這個夏沙多的冒險者公會由科林教經營，是跨足許多國家的有名公會之一。

重新登錄完畢後，我正準備離開，卻被攔住了。

「喂喂喂，不和我們打聲招呼啊？」

……………

冒險者公會的名產。煩死了。

公會的人雖然也清楚，不過他們似乎認為無法憑一己之力解決這種麻煩就不配當個冒險者，所以放著不管。

這就類似新手的第一個考驗。不過，我可不是新手。

「滾，我是重新登錄。」

「喂喂喂，你以為這年頭還能用這種理由混過去嗎？」

……仔細一想，剛剛那句話是我當冒險者時流行的逃避藉口。不管怎麼看都像新手的人強調自己是重新登錄，當年的我也會嘲笑他們，不過……

我看起來那麼像新手嗎？還是說眼前這個小混混強到可以不把我放在眼裡？

…………

看起來不像。雖然不像，不過就試試吧。

「好吧。你就給我作好斷個幾根骨頭的覺悟。」

我已經作了。

「咦？」

雖然沒折斷骨頭，不過差不多卸了他四個部位的關節。

之所以四個部位就停手，是因為公會職員出面制止。

既然要制止，一開始就該出面。你們知道我是重新登錄吧？

還有小混混。

要找碴先看清楚對象。浪費我的時間。

離開冒險者公會前往旅館的途中，還是一樣在浪費時間。

混混與流氓共三組，合計二十人。

麻煩。真麻煩。倒不如說……我看起來有那麼弱嗎？讓我大受打擊。

在旅館吃飯。

嗯，難吃。不，應該能歸到好吃的那一邊吧。在大樹村吃飯，把舌頭養刁了。

在好林村做飯，也會用向大樹村買的農作物和調味料。習慣之後，別的東西就很難下嚥。

不過，我有祕密武器。離開大樹村時，村長連同零用錢一起給我的。

醬油、味噌，還有美乃滋。

雖然對旅館的廚師不好意思，不過就讓我用吧。呵呵呵，好吃。

唉呀，隔壁客人在看呢。抱歉啦，這是我的。不給。露出那種眼神也沒用喔。

…………

知道了啦，只給一點點喔。不用當成什麼恩惠沒關係，別再拿我的味噌了。

隔天。

我思考起第二個目的。

參加在夏沙多舉行的武鬥會。

武鬥會雖然以前就有，但是參加者的水準不太行，內容就類似街頭第一爭奪戰之類的。
不過，麥可似乎出了錢，讓大會變得有模有樣。
每個月都會舉行小規模賽事，每三個月舉行一次大賽。然後每年舉辦一次各路高手齊聚一堂的特別大會。
現在好像不止魔王國，連其他國家都有人會來參加。
我聽麥可說了武鬥會的事，對比賽很感興趣。另一方面也是因為要去冒險者公會重新登錄嘛。
大會似乎要在五天後進行預賽。

大會結束了。
我贏得優勝。
但是，毫無感動。
對手太弱了。不值一提。大樹村的一般組還比較強吧？
不僅如此，對手在比賽前還會誇張地挑釁我。現在流行出一張嘴嗎？相對地，賞金卻高得誇張耶。
好幾個貴族找我當部下，但我都拒絕了。
有熟面孔在。
「你是格魯夫吧？記得你之前待在大樹村嘛。」

魔王國的幹部之一，藍登。

交情不算深厚，但是慶典時曾稍微聊過。

以時間來看，大概是慶典結束馬上就來這個城市了吧。幹部還真辛苦呢。

考慮到大樹村的事之後，我客氣地鞠躬。

藍登應該比這次參賽的那些人還要強。

「如果你出場，不是能讓比賽熱鬧一點嗎？」

「哈哈哈，別這麼說。我只是個內政官員。話說回來，你參加這個大會不算犯規嗎？這是在欺負弱者吧？」

「嗯～？是嗎？」

「是啊。雖然，你大概是考慮到這點，才拿那種武器……但是不知情的人會覺得你瞧不起他而無法保持冷靜。你是算準了這點嗎？」

咦？

我看看自己的武器。是在大樹村練習用的木劍。村長幫我做的。因為很順手所以沒注意到。

啊！該不會就是這樣才讓人家以為我很弱吧？

仔細一想，服裝也是普通的便服，沒穿鎧甲。畢竟對上大樹村那些人，就算穿鎧甲也沒意義嘛。他們要瞄準鎧甲接縫處是輕而易舉。

既然如此還不如脫掉鎧甲重視速度，就變成這樣了。

是因為這身裝扮，導致人家以為我很弱嗎？

希望如此。

但是，拿練習用的木劍就能打發掉的對手……

和麥可說一聲吧。儘管這或許只是每月一次的小規模比賽，還是該湊些強一點的人參加。

好像是每年一次的特別大會。

難怪藍登在場。

可是，那種水準……是沒什麼人要參賽嗎？

好啦，目的達成。

接下來就是隨便晃晃、增廣見聞……不，我還想參加大樹村的武鬥會呢。

回程就和麥可同行當商品護衛吧。

確認下一趟的時間。

他跑得挺勤的呢。時間上還很寬裕。

要去一趟魔王國的首都嗎……不，搭船去南大陸之類的也是個選擇。

二十天後，我已經身在大樹村。

「已經回來啦？」

「是啊。這是土產。」

我把在夏沙多買的大量手工藝品交給村長。

人偶、機關箱、動物雕刻和裝飾品。

村長給的零用錢和優勝獎金幾乎全花掉了。

評價……烏爾莎和娜特向村長要走人偶。阿爾弗雷德和蒂潔爾也對動物雕刻很感興趣。

看來我的選擇沒錯。

所以山精靈啊，拜託不要馬上就想把機關箱拆開來研究構造啦。雖然我也對裡面的機關很感興趣就是了。

「收這麼多禮物真是不好意思。」

「別在意，我受到的關照更多。」

待在大樹村時，我雖然會幫忙女兒和加特，不過基本上是自由之身。

可以和蜥蜴人、高等精靈和山精靈們對練。之前還讓我練習騎馬。

不僅如此，還請我吃飯。這點小禮物根本無法回報恩情。

「這樣啊。嗯，今天德萊姆來了，所以有宴會。別客氣，盡量吃。」

「好。」

我知道。

載我來這裡的，就是龍族的德萊姆大人。

其實我滿心期待。

果然還是這裡的飯好吃。酒也好喝。

然後我回想起來。

在夏沙多的痛苦回憶。

醬油、味噌和美乃滋。伴我旅行的調味料。

將難吃的料理變成頂級……這麼說太誇張，至少變得還算能吃。特別是夏沙多的海產和醬油簡直是絕配。

那些東西全用完了。我明明已經拿了相當多。

雖然我沒有到處發，但是每個地方都會跟我要。

特別是藍登。

我把帶著調味料的事說溜嘴，就被盯上了。他拿走了四分之一。嗚！

最後居然還拿自己是魔王國幹部來壓我……

還有，那個每次在旅館吃飯都會纏上來的傢伙。他一定是算準了，才會和我在同一個時間吃飯。而且總是坐到我旁邊。

沒想到在不知不覺間，我的活動極限已經要看調味料剩下多少……太大意了。
不過，這很重要。
看來該認真考慮搬來這裡了呢。
女兒在這裡，加特也在這裡，又有很多強者。
下次回好林村時，和老婆商量一下吧。

題外話。
有人向冒險者公會提出委託。
『希望確保醬油、味噌和美乃滋這幾種調味料。我作夢都會夢到。真的，求求大家。如果沒辦法，我想和在夏沙多武鬥會贏得優勝那位叫格魯夫的戰士取得聯繫。拜託。』
委託人是某個貴族少爺。
報酬的金額相當驚人。

4 夏天的泳池

今年夏天若用一言以蔽之，大概是「泳池」最適合吧。

開端是在蓄水池游泳的烏爾莎、娜特，以及獸人族男孩們。
雖然都有好好換上座布團做的泳衣，但蓄水池是倒金字塔型，中央頗深，所以很危險。
而且，蓄水池的水雖然不會拿來喝，依舊有很多用途，我不太希望他們在那邊游泳。
於是，我在村子西邊闢了個像樣的泳池。
水源是從蓄水池導回河川的水。有史萊姆淨化所以很乾淨。
水深一公尺，長約十五公尺，寬三公尺。我把竹子切成三十公分左右，以座布團製作的繩子串起，區分水道。這麼一來要競賽也行囉。
「好擠。」
……擴張。
深度似乎沒問題，所以改成二十五公尺長、四個水道的池子。這下子烏爾莎他們也滿足了。
做到這個地步花了兩天。
回想以前開闢水道和蓄水池的事，就感覺到自身的成長。
泳池變大之後，烏爾莎他們以外的人也來了。
不過，現在的泳池對於比烏爾莎他們還要小的阿爾弗雷德和蒂潔爾等小小孩太深，對於大人來說又太淺。
不，實際上對於烏爾莎和娜特來說也有點深，但她們一點也不在意，玩得很高興。注意別溺水喔。

總而言之，我決定開闢新的泳池。

首先是小小孩用的圓泳池。

深度三十公分，直徑約三公尺。

這個一下子就好了。

千萬不要一個人下水。

我拜託大人們輪流監視。阿爾弗雷德和蒂潔爾就麻煩你們囉。

接著是比較深的泳池。

兩端深度兩公尺，中央附近約三公尺。長五十公尺，五條水道。

花了約五天做好。

蜥蜴人們游得很愉快。

啊，原來如此。游泳時會用上尾巴啊？雖然已經知道，依然讓我感到佩服。

…………

感覺好像少了些什麼，於是我想到了。

設置起跳臺。

泳池就要有這個嘛。嗯？喔，是站在那裡開始，不是讓贏家站的。

……我知道了，也做個頒獎臺吧。

所以拜託要下水的時候才站到上面。

我也考慮過跳水臺，但泳池不弄得更深一點可能會有危險。

這個就算了。

聚集了相當多的人。

大家換上座布團製作的泳裝後，紛紛跳進池裡。

不知不覺間，高等精靈們還弄出了更衣室。

小黑的子孫們也游起來了呢。真是靈巧。

馬，連你也來啊？

……嗯？怪了？逃跑？不是逃跑？有騎手……喔，是高等精靈騎過來的。

注意要先沖過水再進泳池。

「村長，泳池能不能再大一點啊？」

泳池太擠了。

能游泳的地方壓倒性地不足。但是，問題不在於泳池有多寬敞。

而是要好好游泳的人和悠哉玩水的人混在一起。

沒辦法。能幫忙的人就過來幫忙。

我又開闢了新泳池。

十天後。

一個圍住先前那些泳池的環形賽道狀泳池完工了。

深度兩公尺，寬約五公尺。賽道全長……因為彎來彎去的，我也不清楚有多長。

不過，能圍住五十公尺泳池和二十五公尺泳池，應該相當長才對。

把水導進泳池……啊，用魔法注入水是吧。拜託了。

等到水夠深，就讓來泳池的大人們進賽道，朝同一個方向步行移動。

要形成水流。

等水流建立到一定程度，把游泳圈……有的話最好，可惜這裡沒有，所以就拿水桶和酒桶當替代品丟進去。

來泳池的村民們似乎不明白我這麼做的用意，但是烏爾莎有所反應。

她坐進浮在水流池上的桶子裡，遊覽賽道。

看見她這麼做之後，大家接二連三……坐進這麼多人可是會沉的喔。悠哉地享受吧。

這麼一來，就能將想要好好游泳的人和純粹想涼快一下的人分開了吧。

…………

水流池大受歡迎。呃，高興是高興啦。

座布團的孩子們，不必顧慮我沒關係喔。你們也去水流池……啊，要過去是吧。

…………

五十公尺的泳池裡，我悠哉地……覺得寂寞。

我也去水流池。

泳池周圍，蓋起了更衣間、廁所，還有幾個攤子，相當熱鬧。

顧攤的是鬼人族女僕和文官少女組們。

她們穿著泳衣配圍裙做料理。雖然看起來很涼快，不過用火時要小心。

攤子有咖哩、像拉麵的東西、像炒麵的東西、刨冰和果汁。

雖然也有酒，不過酒後游泳很危險，所以規定喝酒的人不得下水。

因此矮人們先全力享受泳池，再坐到攤位附近的桌子享受酒與食物。

唉，也算是意料之中。

最熱門的食物是咖哩。

我知道咖哩好吃，不過臉上沾到囉。記得先洗個臉再下水。

像拉麵的東西、像炒麵的東西，是靠我的記憶試著重現，卻沒能完全做到的料理。

說是義大利湯麵和義大利炒麵或許比較接近，但並不難吃。

已經受歡迎到能在慶典和武鬥會時固定登場。只不過在我心中，還是抗拒將它們稱為拉麵和炒麵。

「村長，醬油拉麵加肉，久等了。」

雖然村民們已經習慣稱之為拉麵和炒麵……

我不會在意的。嗯，好吃。

哈克蓮、酒史萊姆和貓，在池畔不會濺到水的位置乘涼。

有點奇怪的組合。

畢竟哈克蓮是孕婦嘛。注意別著涼了。

酒史萊姆……盡量喝。

貓在酒史萊姆旁邊伸懶腰。改天和加特商量一下，做個鐵製的貓毛梳吧。

蒂雅和格蘭瑪莉亞等天使族，以不太一樣的方式享受泳池。

首先，在泳池上空振翅飄浮，然後斜向衝進水面、潛水，浮上後又鑽入水裡。

就像水鳥一樣呢。

潛水時間有時很長，令人擔心。

小心別撞到池底。

咦？希望有個能當目標的東西？那麼，這顆布做的球拿去。

露待在淺水池，悠哉地看顧阿爾弗雷德和蒂潔爾。

在盡母親的職責呢。

我也想盡父親的職責呀。啊，是。我去拿果汁。

好一段時間，大家都在工作之餘到泳池玩，洗完澡後就待在家裡悠哉地吃飯。

用麥子釀的麥酒（Beer）冰鎮後大受歡迎。

矮人們要求我明年多種些大麥。

夏天就是這種感覺。

差不多快到秋天了，因此要關閉泳池讓人有些寂寞。

和文官少女組們商量後，決定舉行關閉泳池的活動。

雖說是活動，也只是全村參加的普通烤肉。這種活動似乎有助於轉換心情。

「感謝泳池讓大家涼快。」

明年見。

烤肉真好吃。

唉，雖然說關閉，不過因為是利用從蓄水池導回河川的水，水依然會流入與流出泳池，所以會當成蓄水池二號加以利用。

蜥蜴人們以管理蓄水池二號的名義在池裡享受。我當沒看見。

「烏爾莎不行喔。」

「噗～！」

閒話 沃爾古拉夫

我的名字叫沃爾古拉夫。魔王國貴族高弗利爾子爵家的嫡子。

不是我要自誇，我可是高弗利爾家的下任當家。還有同樣不是自誇，現在的高弗利爾家要說是我撐起來的也不為過。

父親不算無能，但是太溫柔。彌補這個缺點的就是我。高弗利爾家的嚴厲負責人。

話雖如此，身為嫡子，有些會議和派對非參加不可也是難免。

為了避免父親做些奇怪的承諾，與會前提醒他已經成了例行公事。

雖然父親也問過我要不要接家督的位子，但是他身體還很硬朗，做這種事會令我過意不去。

也不是沒有「怎麼能讓你一個人悠哉隱居」的心情。

我可是高弗利爾家的嚴厲負責人。

某天，父親回家時心情非常好。

今天的行程，是和克洛姆伯爵會餐。

菜色應該很好吧。他沒怎麼提和克洛姆伯爵談了些什麼，反而滿口都是這道菜很好吃、那道菜很好吃之類的。

不，我知道你很開心，但是這讓我擔心你有沒有好好和克洛姆伯爵談話啊。

啊，有做筆記呢。確認。

……話題對高弗利爾家沒什麼不利。讓我鬆了口氣。

不過，筆記上有一行不能漏掉。

「父親大人，這是？」

「哦哦，這個啊？對方強烈希望如此。雖然姑且算是沒有明講……不過大概非接受不可吧。」

「唔。」

我很困擾。

內容是相親。

就是「讓某個女孩當我的結婚對象如何」這檔事。

這種提議並不罕見。之前也碰過好幾次，沒談成而已。

只不過，這次有點麻煩。畢竟對方是魔王國四天王之一藍登大人的妹妹。

藍登大人雖然身為庶民，卻是以實力當上魔王國四天王的英雄。是一位可說魔王國內政是靠他撐起來的人物。

這種大人物的妹妹。

如果要相親，我方無法主動拒絕。想拒絕，需要相當的理由。

「不是貴族」這個理由怎麼樣？

不行。我很早就公開宣稱不在意這種事。

更何況，儘管藍登大人身為庶民，四天王卻視同公爵。

即使辭職，原四天王也視同侯爵。

若是他的妹妹，「不是貴族」這種藉口不管用。

那麼，年齡呢？和我相比，對方年長了三歲。

這也不行。

我很早就說過就算對方比較年長也不在意之類的話了。可惡。

嗯？怎麼啦，女僕？

結婚就好了？

說什麼蠢話。我早已心有所屬！

沒錯，我暗戀的對象。

就是克洛姆伯爵的女兒，芙勞蕾姆小姐。

實際做到文武雙全、才色兼備的女性，我這個世代的男性幾乎都對她有意思。

她突然離開學校，前往從未聽過的地方就職。雖然還傳出她已經結婚的謠言，但我絕對不相信！

我早已下定決心，總有一天要和芙勞蕾姆小姐結婚！

總而言之，我逃了。

只要我不在，想要相親也沒辦法。

就讓我在夏沙多悠哉一陣子吧。

正好，夏沙多正在舉行武鬥會。

派幾個部下出場，應該能當成停留在夏沙多的理由。

怎麼，女僕，妳那種不屑的眼神是什麼意思？

頂多用來爭取時間？只是把事情往後拖？

哈哈哈，我就送妳一句話吧。

「只要現在沒事，一切都沒問題！」

夏沙多在這幾年發展得相當快。

因為戈隆商會投資了大筆金錢。真羨慕。

能不能也來投資我們家領地的城鎮啊？就算金額只有這裡的十分之一也無妨，還請……

咳咳。

羨慕也沒用。反正我們家在戈隆商會那邊也沒有門路。

但是，我對戈隆商會的商品有興趣。據說這些東西也和芙勞蕾姆小姐有關。

不過，應該不需要慌張。

先找間旅……怎麼？便宜的旅店全都客滿？為什麼？

啊，因為有武鬥會。原來如此。沒辦法。

我們高弗利爾家雖然不窮，卻絕對不能說富裕。

這回的旅費全都是我的零用錢。不能浪費……但是非找間旅店不可。

即使多少貴一點也……唔。

如果是這個價格，會沒錢付你們女僕和隨從的房間。

總不能讓你們睡在馬廄。

咦？有親戚住在這裡？其他人也是？

啊，這回的隨從和女僕都是這樣。原來如此。不愧是我的家臣，了不起的判斷。

這麼一來，就只剩下我了呢。

總不能去你們的親戚家打擾。

這樣就等於我一個人去住旅店？沒、沒問題！我會自己想辦法搞定。

可惡，什麼都搞不定。

我根本沒折過衣服。隨從和女僕們雖然白天陪著我，但是晚上就不在了。真不方便。

不過，這點試煉我會撐下去的。沒問題。一、一個人也睡得著。

人家問我要在哪裡用餐，我回答餐廳。

如果送來房間，價格會略微提高。這種地方還是省一點吧。

儘管我好歹讓部下參加了武鬥會，可以期待獎金……但這種事不是絕對嘛。

唉呀。

別把我當成搶走部下獎金的小器鬼。

出賽部下的衣食我都有好好照顧到，武器防具也都有打點。

獎金也沒有要他們全上繳，只要繳一半而已。

這部分大家事先談過，是彼此都接受的契約。沒有任何問題。

餐點美味得無話可說。這麼美味的料理我還是第一次嘗到。

若是不久之前的我，會說：「食物只要能吃就好。」但是經歷過「聽到這種話的廚師只給我吃烤得硬梆梆的麵包」事件之後，我已經有所成長。

料理很重要。要遵守餐桌禮儀好好吃。

嗯～？那傢伙是怎樣？

好像死纏著隔壁桌的人要什麼東西呢。真丟臉。

怪了？有點眼熟耶？記得是某個男爵的兒子。

爵位雖然在父親之下，不過論財富是對方壓倒性占上風。

儘管如此，隔壁桌的人……就我看來，似乎不是他的熟人。

裝扮簡單的獸人族男子。來觀摩武鬥會的嗎？不，那種人照理說不可能出現在這家旅館。

應該是參賽者吧。若要找地方就職，碰上貴族可就沒辦法拒絕了。

沒辦法，由我出面制止吧。

如果這人夠能幹，由我們家僱用也行。

…………算了。

那個獸人族，吃著非常棒的料理。

大概是這家旅館最頂級的菜色。可惡。

夏沙多的武鬥會開始了。

失算。

這次大會是一年一度的特別大會。連魔王大人都在關注。

大概就是因為這樣吧，藍登大人來了。

糟糕。如果碰上他，就會提起相親的事。這麼一來就會一直線朝相親邁進。

逃？別說蠢話。

如果這段時間的住宿費和其他諸多經費沒有賺回來，我什麼都做不了。

出場的部下一共三人。只要任何一個進入準決賽就有辦法解決。

但是，優勝就麻煩了。因為要是贏得優勝，會由藍登大人頒發獎品和獎金。

「怎麼樣？像你這麼優秀的人才，願不願意為我效力啊？」

如果這麼說，部下們只能如此回應。

「在下已經效忠高弗利爾家。這次大會也是我主的公子……」

就會被他知道我在這裡。

一旦事情穿幫，人家會質疑我為什麼不去打招呼。怎麼辦？要部下們故意輸掉又對不起他們。

白擔心了。

我的部下，全都早早被淘汰。真是難以置信。

那些參賽的部下絕對夠強。在高弗利爾家也是名列前茅。

我根本已經認定他們能拿下優勝……

我重新認清了人外有人這點。

世界很大，真的很大……

有個人拿著木劍，輕輕鬆鬆就擺平那個打贏我部下的強者。而且他沒穿防具。

感覺上，與其說是來參加比賽，不如說是來散步的。

儘管如此，他卻輕巧地避開攻擊，然後朝對手有防具的部位揮出一劍。比賽就此結束。

之所以特地攻擊有防具的部位，大概是為了造成不必要的傷害吧。雖然看起來很昂貴的防具碎掉，對方大概會為了經濟上的理由流淚……

這個男人的比賽全都是同樣的發展，就這麼贏得優勝。

獸人族男子。

那個在旅館吃頂級料理的人。

可惡，如果我有那麼強，芙勞蕾姆小姐也……

太大意了。

被藍登大人逮到。逃不掉。

不該盯著優勝者看到出神。

藍登大人走近。

他和優勝者走在一起……兩人看起來交情很好，他們認識嗎？

如我所料，提起了相親的事。

沒辦法了，接受相親已成定局。之後就……只能賭上對方討厭我的可能性。

「我會在相親的宴席上準備好最頂級的菜色。格魯夫，你身上帶著醬油、味噌，還有美乃滋對吧？給我一半。」

「慢著，你……」

「我可是魔王國的大人物喔。你要拒絕嗎？」

「拜託麥可就弄得到吧？」

「預約塞滿了輪不到我啊。只有三分之一也好，拜託你體諒一下期望妹妹幸福的哥哥。」

「唔……只有四分之一的話。」

「感激不盡。用金幣支付行嗎？」

「用不著啦，反正那本來就是別人送的。」

交涉在我眼前展開。

這位優勝者帶著很棒的食材嗎？我很感興趣。畢竟料理很重要嘛。

雖然是場憂鬱的相親，不過有了能期待的地方令人高興。

日後。

我的婚事決定好了。

吃到相親宴席料理的那一瞬間，我的意識完全被帶走了。

以前從沒想過世上會有那麼美味的食物。

我專心地吃，事情不知不覺間就談成了。

相親之後，回到家的我跪倒在地。

唉，雖然我本來就認為和芙勞蕾姆小姐之間不可能……但是我還想再作一下夢啊。嗚嗚。

不過，既然已經決定了，那也無可奈何。

與其說是無可奈何……沒想到那麼美味的料理會是藍登大人的妹妹親自下廚……

這不是很光榮嗎？配我這種人是不是太可惜了？

…………

不，沒關係。

我會成為大人物！而且，我要當個配得上她的丈夫！

加油吧。

總而言之，結婚要等到我從學園畢業。

還有五年。

我的名字叫沃爾古拉夫．高弗利爾。

今年十二歲。

高弗利爾家的嚴厲負責人。

承擔魔王國未來的男人。

題外話。

大會剛結束時——

「沒有獎金嗎……我的零用錢消失了。」

「怪了？您沒有下注嗎？」

女僕一臉驚訝地問我。

「嗯？妳在說什麼啊？當然有下注囉，所以零用錢才會消失。」

「不，那個，下注押格魯夫先生……我沒說過要押在他身上嗎？」

格魯夫？是那個贏得優勝的獸人族男子對吧？但是沒人談起他呀？

「這樣啊。非常抱歉。請忘了這件事。」

「慢著。妳本來要告訴我什麼？」

「啊哈哈……贏得優勝的格魯夫先生，是以戈隆商會的推薦名額出賽的喔。然後呢，戈隆商會的會長先生說他是最可能贏得優勝的人，要賭就選他。」
「拜託早一點告訴我……真虧妳弄得到這種情報耶？」
「因為我哥哥在戈隆商會工作嘛。」
「是這樣嗎？」
「是的，他正在總店努力。所以，需要用到商會時請和我說一聲，會稍微便宜一點喔。」
「我會記住。話說回來，妳有下注嗎？那張笑臉……真羨慕。」
「啊哈哈。這段時間的點心就由我出錢吧。」

5 秋季與新居民

秋天，收穫的季節。
手邊有空的人負責採收。
「這次也是豐收呢。」
文官少女組之一這麼說道，並且開心地記錄收穫量。
我也很開心。豐收果然會帶給人好心情。
問題大概在於，又得增加倉庫了。

當成好事看待吧。

把需要脫穀的作物脫穀。

山精靈們動了很多手腳的水車大為活躍。雖然噪音是個問題。

為了釀葡萄酒需要先擠葡萄。

量很多。

感覺是一大產業。

造個超大酒桶是不是比較好啊？不，這樣會沒辦法搬運吧？

今年同樣是由僱用的半人蛇族幫忙去掉葡萄皮和葡萄籽來釀製白葡萄酒。

人數增加到二十人。

報酬和去年一樣，作業期間的衣食住與農作物。

嗯？想要去年釀的白葡萄酒？

畢竟誰都想知道自己努力的結果嘛。

矮人似乎也答應了，沒問題喔。

還有不算是今年新面孔的北方迷宮巨人族。

為了榨油等作業，僱了五人。

報酬和半人蛇族一樣是作業期間的衣食住與農作物。

本來有點煩惱住處該怎麼辦，不過他們表示洞窟就行，所以我挖了一個。

就和地下室一樣。可是在這裡生火沒關係嗎？啊，魔法？不，精靈魔法？

他們說會拜託風精靈保持空氣流通，所以沒問題。真方便呢。

還有，他們來的時候帶了罕見的東西。

居然是血腥腹蛇的蛋。

一顆蛋差不多有籃球那麼大。他們帶了大約一百顆。

因為受我們關照所以帶來。明明不必在意的。

啊～半人蛇族，沒關係。不用回去拿啦。

這要怎麼吃啊？生吞？

巨人族或許做得到，但是我們沒辦法吧。

好，普通地煮來吃吧。

先拿一個，煮完後剝殼，蹦出一個透明的物體。

蛋白沒有變成白色，而是維持透明凝固？但是沒有蛋黃啊？

總而言之實際吃吃看。

用湯匙刺下去的感覺，像是有點硬的果凍。

送進嘴裡……濃厚的蛋。令人嗚喔喔喔喔喔喔地嚷嚷起來。

好吃。非常好吃。

明明沒有任何調味，居然這麼好吃！

聽到我的感想，周圍的人也拿起湯匙參戰。

大家先是驚訝，接著全都吃得很高興。

話說回來，巨人族。

連你們也驚訝不是很奇怪嗎？咦？從來沒煮過？

還有生吞很腥，這樣比較好吃？原來如此。

你們就趁待在這裡的期間學會做菜再回去吧。調味料也會分你們一些。

啊，嗯，也會分給半人蛇族喔。

好啦，血腥腹蛇的蛋，就等晚餐等場合再端出來……繼續採收。

我拜託幾個高等精靈去採收蘑菇類。

雖然之前採收過松茸，不過我另外還種了很多種菇類。

香菇、秀珍菇、金針菇、鴻喜菇、舞菇……

雖然會用「萬能農具」再種，不過姑且還是留下幾朵。

我在有松露的地方做了記號，所以麻煩去挖那裡。如果帶一隻小黑子孫過去，牠會告訴妳們該挖哪邊喔。

麻煩順便砍些竹子回來。

這不是吃的，是冬天作業用的。

竹林的位置……知道吧？拜託了。

果實類的收成，由座布團的孩子們努力。

牠們接力傳遞和自己身體差不多大的果實，看起來很可愛。

如此這般，收成花了大約二十天。

釀酒、脫穀和搾油等作業需要多點時間。此外還要製作發酵食品，以及釀造葡萄酒以外的酒類。希望大家能努力。

這些結束之後，就要做過冬的準備。還有得忙呢。

今年拉絲蒂特別忙。

因為哈克蓮在懷孕期間沒辦法變身為龍形。

我拜託拉絲蒂將農作物運往距離較遠的德斯和萊美蓮那邊，附近的德萊姆巢穴則請半人蛇族貨運幫忙運輸。

問題在於和好林村的交易。

正當我思考該怎麼辦時，德萊姆來幫忙了。

「姊姊拜託我的。別客氣，盡量使喚我。」

謝謝。

於是我請他運送好林村的交易品。

交易代表是蒂雅。麻煩了。

在許多事要忙的同時，也不能不確認二號村和三號村的狀況。

我讓他們靠自己的力量務農，成果怎麼樣了呢？

我和負責照料二號村半人牛族的蜥蜴人娜芙，以及負責照料三號村半人馬族的文官少女組菈夏希進行討論。

「二號村的收穫量……比預期的少了點呢。不過我有接到報告，說是因為還不習慣。」

「三號村的收穫量不差。不過，有幾種作物的量比預期來得少。正在和二號村商量對策中。」

「原來如此。所以呢，這種收穫量能讓各村撐下去嗎？」

「二號村表示，照目前這樣會有些困難。勞動力他們會想辦法解決，希望可以擴大田地。」

「三號村也一樣呢。我們這邊也希望明年能擴大田地。」

「我知道了。明年就把田地擴大吧。」

目前，二號村和三號村種出來的農作物全都屬於大樹村……應該說屬於我。講得簡單一點，二號村和三號村的居民被當成我僱用的佃農。

現在是為了讓大家生活安定才不得已接受，但是我將來想讓各村獨立。為此，希望他們能夠有只靠自己就讓收支打平的收成。

「二號村和三號村的收穫作業都已結束，隨時都能運來這裡。」

「了解。那麼，運一半過來就好，剩下的直接當成各村的糧食。至於收下的那部分，大樹村會提供……有提出需求清單吧？」

「是的。」

畢竟各村種植的作物種類還少嘛。

「對了，除了需求清單之外，再追加提供食物。告訴各村可以舉行收穫祭。」

「這樣好嗎？」

「沒點樂趣可不行啊。」

雖然正式的要等武鬥會，不過大樹村也會舉行小規模的收穫祭。

「當然，一號村也可以喔。」

我告訴還沒正式開始農業所以沒參加的一號村負責人——獸人族的瑪姆。
「這樣行嗎？」
「被排除在外不是好事。而且大家都很努力吧？」
「是的，那當然。」
瑪姆談起一號村移居者們的努力。
成果雖然小，不過沒人放棄，個個都很努力，這點值得嘉許。

等到前往德斯和萊美蓮那邊的拉絲蒂，以及去好林村交易的蒂雅和德萊姆他們回來之後，就舉行之前提到的小收穫祭。
由於是慶祝收穫，所以主要是我將一部分收成奉獻給大樹神社。
不知為何始祖大人很努力地張羅。
這樣好嗎？您不是很累嗎？
他表示不用在意，我就請他努力幫忙了。
結束之後，則是有點豪華的酒會。
設在野外的會場擺滿佳餚，也擺了酒，同時也有表演。

首先，放煙火——其實是引爆小黑牠們的角——當成開頭的問候。

兼當武鬥會之前的排演。

七位天使族在上空排成一列。從右起依序是可羅涅、格蘭瑪莉亞、庫德兒、蒂雅、琪亞比特、蘇爾琉和蘇爾蔻。

琪亞比特是在收成期間來的。

蘇爾琉和蘇爾蔻是雙胞胎，與琪亞比特同行。

三人來這裡的目的是移居，似乎要住進大樹村。

雖然是單方面告知，不過我接受了。因為總覺得一展現出拒絕的意思，對方就會哭出來。

蘇爾琉和蘇爾蔻是先前格蘭瑪莉亞邀請過的天使族。

似乎是吃過琪亞比特帶回去的大樹村水果之後，就迅速開始作移居準備。

七人排列整齊，同時從高空俯衝而下。

目標是地上挖的七個洞。

她們同時往那些洞投擲。

全都漂亮地落入洞裡並爆炸，七道縱長火焰隨之噴出。

高度大概有一百公尺左右吧。

和單純砸在地面上相比，丟進洞裡噴出的火焰更高、更華麗，明白這點之後她們便熱心地練習。

我原本想說把洞挖大一點就好，不過這個提議似乎刺激到她們的自尊心。

她們自豪地表示，現在全員都可以分毫不差地扔進八十公分的洞裡。

呃，洞如果太小，火焰反而噴不高啦。

畢竟真要說起來，實驗結果已經證明大約兩公尺寬、五公尺深的洞最適合。

總而言之，名為煙火的爆炸火光漂亮地噴發之後。

下一個表演開始。

哈比族的排舞、獸人族的團體短劇、矮人的疊羅漢、小黑子孫們的踩大球、高等精靈運用全身表現自然、蜥蜴人的劍舞、座布團的孩子們帶來的皮影戲、酒史萊姆和貓的治癒時間、山精靈的合唱，以及文官少女組的創作舞蹈。

還有最重要的，以烏爾莎、娜特和獸人族男孩們為中心的戲劇。

那些充滿魄力的臺詞非常適合烏爾莎呢。娜特也很認真。獸人族男孩們，魄力輸給烏爾莎囉。

啊，露和芙蘿拉也出場啦？露是演反派呢。芙蘿拉……操縱露的幕後黑手嗎？

講述陰謀的場景意外地自然呢。

座布團和土人偶也參加啦？陣容真是豪華。

座布團扮演烏爾莎陷入危機時趕到的神祕神明。

土人偶的角色，似乎是坐在烏爾莎肩上的妖精。十分努力。

相當熱烈。

這次收穫祭，來了琪亞比特、蘇爾琉和蘇爾蔻三人。

此外，蒂雅從好林村歸來時，獸人族的格魯夫帶著太太與一兒一女同行，共計四人。

總共有七位新村民。

格魯夫表示想搬來這裡令我驚訝，不過既然好林村沒問題，我就接受了。

最高興的，莫過於格魯夫先搬來的女兒吧。

啊，達尬也很高興呢。尾巴啪啪啪地猛拍地面。格魯夫的太太也在，不可以強拉人家出去特訓喔。

不過我也很高興。

格魯夫的兒子，大概十五歲左右？

健康的獸人族男性！原本已經放棄的男性！謝謝！

你能過來真的是萬分感謝。

……咦？心上人在好林村？而且已經約好將來要結婚了？

這次之所以沒帶來，是因為沒說服對方的雙親？即使遠距離戀愛也會努力？

啊、唔、嗯。我支持你。

話說回來，第二個老婆……啊，不需要。

是，不好意思。

咳咳。

嗯，希望新居民能習慣這裡的生活。

七位移居者裡，除了琪亞比特和格魯夫之外的五人，已經昏倒和更衣好幾次。

小黑牠們和座布團的孩子們沒那麼恐怖喔。放心，很快就會習慣的。

沒問題，真的沒問題啦。

6 豬與新生活與爵位

「我也想參加啊。」

麥可先生揮舞叉子，就像要發洩無法參加收穫祭的懊悔一樣。

「因為端出了新菜色對吧。」

哈哈哈。我想，大概和血腥蝮蛇的蛋有關吧。

這些蛋大受好評，轉眼間巨人族拿來的一百個就消耗一空。

「下回要是進貨會送一些過去啦。」

「拜託了。不過這也是極品美味耶。」

麥可先生正在吃很像豬排飯的東西。最近他很中意這個。
雖然我個人希望大家吃丼飯時用筷子，但也不勉強。

麥可先生吃完之後，就和文官少女組們討論今年的採購事宜。
似乎是調味料很受歡迎，希望能多買一些。
除此之外，他也會大量購買其他商品。
感激不盡。
他為松露出了個很誇張的價格，沒問題嗎？

我看著和麥可先生一起來的那批小豬。總共二十隻。村裡的新伙伴。
很早以前就提要求了，只是這次才送到。
不過，這些豬和牛、馬、雞不一樣，基本上是養來吃的。
雖然知道豬肉好吃，可是我一旦飼養就會產生移情作用而吃不下去，這是對我的考驗。
…………
討論之後，決定交給一號村飼養。
這不是逃避考驗。沒有逃避喔。
大樹村靠小黑牠們和高等精靈們狩獵，就能確保肉量充足。

由小黑牠們守衛的其餘村子也一樣。但是，盡情狩獵真的沒關係嗎？
這些東西就和森林資源一樣，並不是還獵得到很多就沒事，必須連將來也一併考慮才行。
基於這種想法，我才會拜託麥可先生帶豬過來。
而且結論是飼養先交給難以靠狩獵維持肉類供給的一號村應該比較適合。
正好，一號村也希望再增加一些他們能做的事。

我向小黑子孫們與座布團的孩子們介紹新伙伴。
小豬們看見這些孩子就昏過去了。一點也不可怕喔～
我用柵欄圍出飼養場所，並且拜託高等精靈們蓋豬舍。
先以增加隻數為主。
等到數量增加，就讓二號村和三號村也飼養吧。

新搬來的格魯夫一家，在大樹村的居住區蓋了房子。
由於就在加特隔壁，所以我原本還擔心好林村的摩擦會不會對加特的太太造成什麼影響……
兩家似乎處得很好。太好了。
格魯夫的兒子雖然將心上人留在好林村，不過他表示希望有一天能把對方叫來這裡。這還真是令人高興。

然而，也有離開這裡回好林村的選擇。拘泥於要人家過來可不好喔。

不過，對方的雙親似乎不太容易說服……

他們贊成結婚？要住在大樹村也沒問題？這是怎麼回事？

…………

對方的雙親也想搬來大樹村，但是好林村的村長不同意。

啊，對方的父親是礦場領班之一，或者該說相當於總負責人啊？因為這樣才被留住？原來如此。

自己走不了的可能性很高，所以抗拒讓女兒一個人先出發……

因為女兒負責所有家事，離開之後雙親會無法生活。

那太太呢？加特離開村子之後，地位就相當於鍛冶場的總負責人……

真是對優秀的夫婦呢。

雖然能幫的忙不多，但如果有什麼需要，我會提供協助的。

好啦，格魯夫一家是獸人族，所以要歸賽娜管。

我起先還擔心這點會引發衝突，不過格魯夫表示自己能擔任隊長，但無法勝任領袖而拒絕當代表，因此由賽娜繼續擔任。

格魯夫的女兒，年紀比賽娜稍微小一點。

大家也算認識，所以她同樣沒什麼排斥就接受了。而且她很積極地融入這裡的生活。

如果有什麼問題，希望能盡早商量。

另外三位新居民琪亞比特、蘇爾琉和蘇爾蔻，則是住進我那棟宅邸的空房間。

因為她們過不了沒有隨從的獨立生活。

我原本以為是不會做家事，但是琪亞比特不但會做飯，還給人什麼都能做得好的印象。

實際上，她住進宅邸之後，一樣會幫忙打掃洗衣。

不好意思要間新屋子？不，如果要講不好意思，住進來當食客更不好意思吧？

目的是我家的飯嗎？嗯，似乎是。

吃飯的時候總是準時就坐。

蘇爾琉和蘇爾蔻她們也一樣。滿口都是「好好吃、好好吃」，眼睛閃閃發亮。

雖然是雙胞胎，但她們喜歡的菜色不一樣呢。

也對，畢竟只是長得像，各有各的人格也是理所當然的吧。

不行啊，怎麼能對雙胞胎有奇怪的幻想呢。無論如何，看樣子她們很快就會習慣這裡的生活。

目前，蘇爾琉和蘇爾蔻加入格蘭瑪莉亞、庫德兒與可羅涅她們的行列，主要負責帶領哈比族從上空進行戒備。

希望格蘭瑪莉亞她們能稍微輕鬆一點。

……蘇爾琉和蘇爾蔻渾身是傷耶？

露、芙蘿拉，治療治療。

似乎是飛得太低，於是魔獸跳起來襲擊她們。之所以沒事，則是因為有小黑的子孫們解救。

有幾隻小黑的子孫，露出一副「是我們救的喔」的得意表情。

我摸摸牠們，稱讚牠們幹得好。

差不多就在麥可先生採購完，比傑爾來了。

這回有點晚，出了什麼事嗎？

「貴族的應酬啊。雖然我的地位已經能推掉這些東西，不過要全部拒絕還是沒辦法。」

「真辛苦呢。」

「是啊。然後呢，在應酬當中，人家託我幫忙弄些東西……量有點多，可以嗎？」

哈哈哈。我避免把話說死，將需求交給文官少女組。

調味料真受歡迎啊。還有酒……我還在想怎麼這次指定得那麼細，似乎是同為四天王的荷拜託的。

其他還有魔王、優莉、藍登和葛拉茲拜託的。啊，葛拉茲有信要給蘿娜娜。替他轉交吧。

雖然部分品項比預定的少，不過比傑爾還是買到了能讓他滿意的量。然後我們談起關於新一批半人馬族移居的事。

目前，似乎有四十一人想搬過來。

人數比之前聽到的增加不少。

總而言之，我找來三號村的古露瓦爾德和負責人菈夏希，聽聽到底怎麼回事。

比傑爾說，除了「有熟人在」這個理由以外，似乎還有為了過冬而減少人口的意義在。

半人馬族從戰場逃難到其他的城鎮與村落，但是身體比一般魔族大，沒辦法住現成的屋子，也沒辦法和別的種族生育後代。

在忙碌的夏秋期間還可以期望他們成為勞動力，可是一旦到了冬天，在避難地點的人看來，據說就成了負擔。

雖然我覺得都把人家當勞動力使喚了還這麼做，也未免太自私……不過據說光是肯收留兩手空空的半人馬們就已經很不簡單了。是這樣嗎？

總而言之，那些想要移居的人也明白自己的立場，我方開出的條件基本上都肯遵守。

我方的條件，就是「遵守村子的規矩」與「種族代表是古露瓦爾德」這兩點。

不過，有個問題。

因為其中一人有爵位。

雖然似乎是男爵，不過在魔王國是貨真價實的貴族。古露瓦爾德則是子爵家首席從士的親戚，簡單來說就是庶民。

儘管男爵本人表示會服從，但將來如何依舊很難說。

那麼拋棄貴族身分如何？提議卻被駁回了。比傑爾講了長篇大論的理由，但是很難懂。

菈夏希簡單地替我統整。

這個爵位，讓魔王國有正當理由奪回已經成為戰場的地區，所以現在不能放棄男爵位。原來如此，真是麻煩。

順帶一提，這位爵位持有人是個十歲的女孩。只拒絕她大概也不行。

這麼一來…………

隔天──

「子爵就行了嗎？」

「只要比男爵高就可以。」

「嗯，那麼……咳咳。古露瓦爾德．拉比．柯爾。從現在起，妳就是魔王國的子爵。今後請妳好好努力。」

魔王展現平常看不見的威嚴，讓古露瓦爾德成為貴族。

「雖說是我們這邊的提議，不過當貴族這麼簡單嗎？」

「一般來說不行。」

菈夏希回答我的疑問。

「還有，當上貴族就會有貴族應盡的義務……一般來說也不可能全部免除。」

相對地，古露瓦爾德也放棄了大部分貴族的權利。

我之前不曉得，國家似乎會付給貴族類似薪水的東西。這個也婉拒了。

要的是能壓過男爵的地位。

「不好意思，讓你特地跑一趟。」

我端茶給結束工作後就開始放鬆的魔王和比傑爾。

剛才的授爵，是在我家大廳舉行。

「哈哈哈。唉呀，是村長你的請求嘛。不用在意。」

在我看來只需要文件上的地位就好，但是好像不行。

「村長，容我重申，我方不會要求柯爾子爵做任何事。真的只有名義而已。」

「我知道。」

我們也不想把事情搞得太複雜。

「關於這部分可能會有麻煩，請記得先解釋清楚。」

「可能會有麻煩？」

魔王伸出手指回應我的疑問，我順著他指的方向看過去。

德斯和始祖大人就在那裡，於是我向他們解釋。

話說回來。

還愣在大廳的古露瓦爾德沒事吧？

好像在喃喃自語耶……

「就我推測……大概是要阻止──『成為子爵』這件事讓自己的價值觀崩潰了吧。」

這件事就交給菈夏希了。

「我的價值觀也出現不少裂痕就是了。」

新一批半人馬的移居還要再等一陣子。

目前，手邊有空的高等精靈們正在三號村蓋新房屋。

德斯用有事找我當理由來看哈克蓮。

我原本以為這樣會惹萊美蓮生氣，不過萊美蓮似乎也在趕往這裡的途中。

簡單來說，就是差不多到預產期了。

德萊姆好像不久後就會帶幾位惡魔族過來作準備。

拜託大家了。

至於始祖大人，只是來泡溫泉而已。
由於溫泉地沒有住宿設施，所以他住在我家。
傳送魔法很方便，可是這麼一來回家不就好了……但我不會這麼無情。
啊，他也把擺明想看孫子的德斯帶去溫泉了。
生產前不能給準媽媽壓力。
魔王也同行？比傑爾也是？那麼，我是不是也去比較好啊……

到了溫泉區後，我嚇了一跳。
死靈騎士增為三個。
怎麼回事？
單純地湊到一起，所以讓他們幫忙管理？
這個嘛，既然沒有敵意就沒關係。
…………
大概是因為待在溫泉區，鎧甲損傷得真嚴重。也幫你們做套木鎧甲吧。
劍還是老樣子，閃閃發亮呢。特殊加工嗎？
不過，在管理溫泉時派不上用場……雖然對付魔物時似乎大為活躍。

眼前是堆積如山的魔物屍體……這麼說來，記得之前在這裡發現驚慌馴鹿……好運沒有再度造訪。

我、德斯、始祖大人、魔王，還有比傑爾，悠哉地泡起溫泉。

談起血腥蝮蛇的蛋之後，大家都跟我要。

反正麥可先生也提過，就拜託北方迷宮的巨人族多給一些吧。

7 投石器

秋天有許多事要忙。

因為收成結束之後，就要準備過冬，而且大樹村還要籌備武鬥會。另外還要處理半人馬族新移居者的事。

換句話說，很忙。

不過，愈忙碌就愈想把正事丟一邊去做別的事。這種感覺是不是很熟悉？

現在，我眼前有一臺很大的投石器。

當然，是我和山精靈做的。

一開始是在商量能不能有效利用水車動力。
目前，水車主要用來抽水和脫穀，不過村民們希望讓它有多些用處。
然後，在思考怎麼利用水車輸送空氣的階段休息。
就在這時候失控了。

怎麼會講到投石器我已經沒印象了，不過，我還記得有聊到該怎麼把貨物運往遠方的話題，或許就是從這裡扯過去的。
投石器早已存在，山精靈們也知道它長什麼模樣。
但是，我從來沒見過什麼投石器。這會不會就是失控的起頭啊？
雖然不曉得該從哪裡開始量它的全長，不過應該有個五公尺吧？
考慮到運輸問題，有附加車輪。一般利用重量的投石器似乎就是這種樣式。
現在，它就在我眼前。
大概用不著吧。雖然沒用，但是既然有了成品，就會想試用。
我知道現在正忙。
我和山精靈推著投石器移動到村子南邊。

我們將它設置在賽馬場，瞄準擺在南方那片森林前面的靶。

「距離靶約兩百公尺。打得中嗎？」

「我就打中給你看吧。」

山精靈臉上滿是自信。真可靠。

總而言之，先通知小黑的子孫們與座布團的孩子們。我不想引發事故。

烏爾莎和其他來觀摩的人也離遠一點。射線上當然不能站，但是正後方也不行喔。因為投擲失敗有可能往後飛。

因為是投石器，所以必須準備岩石，不過我們用木頭代替。

邊長一公尺的骰子狀木塊。

並且把角削掉讓它比較圓。

…………

骰子彈連預備的也算在內一共三發。

準備意外地花時間。

簡單來說，投石器就是支點位置比較怪的翹翹板。

如果將重物放在翹翹板比較短的那一端，長的那一端會彈起。

就是利用這種原理，將要扔出去的東西放在長的那一端。

「要上囉～」

第一發。

劃出拋物線……命中靶斜後方約十公尺處。

飛太遠了。

但是觀眾非常興奮。

不行喔，因為坐在那裡會飛出去呀～

好啦，要射第二發了，大家退開～

第二發。

大概是微調成功吧，骰子彈擦過靶。歡呼。

然而，山精靈們不肯妥協。默默地準備第三發。

第三發。

砸穿了靶的正中央。

山精靈們高舉手臂，非常高興。

當成靶的木板……碎了。

威力相當不錯。令人感到滿足。

不過，對於農家來說實在沒必要。

因為是攻城兵器嘛。

賣出去又不太好，正當我在考慮拆掉的時候，酒史萊姆出現了。

我可不會把你丟出去喔。

嗯？不是直接發射？

…………

把剛才投擲的骰子彈撿回來。

替它裝上降落傘。

酒史萊姆想表達的是這個意思吧？

試著讓木塊飛得高一點。

…………

往上飛了大約一百公尺後，開始往下掉。

降落傘張開。哦哦！好像很有趣。

雖然有趣，可是拋出去的力道很強耶？

發射生物還是不太好。

所以酒史萊姆，放棄吧。鬧脾氣也不行。

下次我會拜託拉絲蒂或格蘭瑪莉亞……琪亞比特正好在場，所以我請她把裝備了降落傘的酒史萊姆帶到上空。

他似乎玩得很開心。

啊啊！被風吹進森林了……啊，座布團的孩子綁上了絲線。

拉著。感覺就像放風箏呢。

酒史萊姆平安著陸，回收。

烏爾莎不行。鬧脾氣也不行。

要發射投石器倒是沒關係啦。

除了烏爾莎以外還有人想試，所以投石器開始射個不停。

放上好幾個標有分數的靶。骰子彈也量產。

附上降落傘的骰子彈，命中率意外地高呢。

真的沒有任何用途嗎？好比說，把便當送給遠方的人……不行吧。我腦中只有便當爛掉的畫面。

山精靈們，妳們好像在想投石器的改良方案，但是我可不會做喔。

要先想想怎麼利用水車動力喔。

突然變認真？

哈哈哈，因為文官少女組在對面瞪我嘛。好啦，回去工作吧！

咦？妳問我投石器就這麼放著不管好嗎？

確實沒錯。

不過，現在就算說要收，正在玩的那些人也停不下來吧？話雖如此，隨便他們玩又很危險。

需要有人看著。

知道了，工作就由我一個人回去處理吧。之後拜託了。

絕對不能發射活的東西。還有改良要適可而止。

琪亞比特。

降落傘不折好會有危險啊。

我知道妳很感興趣，但是別亂來喔。

酒史萊姆……啊，已經滿足了呢。

晚餐時，山精靈們討論起要準備幾臺投石器才能攻略城牆。

我可沒有預定要攻城喔。好了，吃蘑菇火鍋吧。

雙胞胎天使族與琪亞比特的對話──

「琪亞比特大人，這裡一直都是這樣嗎？」

「嗯，就是這種感覺喔。」

「突然搬出投石器，還以為出了什麼事……居然不是訓練，只是在玩。」

「畢竟沒有侵略目標嘛。話說回來，就算不用投石器，也有那種槍啊。」

「確實，庫德兒格外中意呢。」

「只有她的命中率高得亂七八糟嘛。唉……實在不想和這個村子作對呢。」

「咦？您打算當大樹村的敵人？到時候我會認真對付您的。因為我已經是這個村子的居民了。」

「假、假設啦。畢竟我也是這個村子的居民。」

「啊哈哈哈。話說回來，這個蘑菇火鍋……真好吃耶。」

「很好吃吧。得向人家學學怎麼做才行。」

獸人族兒子與父親的對話──

「爸爸，這裡一直都這樣嗎？」

「就是這種感覺吧。」

「我從來沒想過居然能摸到投石器。」

「感想如何？」

「要命中瞄準的地方很難耶。還有，我試著發射魔法做的水球，不過沒中。」

「原來會潑出那麼多水是因為這樣啊？砲彈需要能承受住投石器的力道呢。」

「嗯，學到不少。我也想試著做做看投石器。」

「哈哈哈。好像沒有預定要攻城就是了。不過嘛，你就試試吧。」

「可以嗎？」

「嗯。不過，要先把工作做完喔。還有……一開始就做真的有點難，先做個迷你模型，讓村長和山精靈芽小姐看，聽聽他們的意見吧。」

「知道了。我會好好做！」

「哈哈哈。好了，吃飯吧。今天是蘑菇火鍋喔。」

「嗯。」

哈克蓮要生了。

我很慌。雖然慌，卻什麼都做不到。

哈克蓮那邊，有二十位德萊姆帶來的惡魔族老手助產師。

由於二十人全都圍在那裡也會礙事，所以她身旁只有一、兩人。

其他人則教導村裡的女性助產。

這些助產師，以熟練的動作占領了哈克蓮的房間。

嗯，礙事的我該排除對吧。我不會抵抗。

好啦，我離開哈克蓮正在努力的房間，走出家門。

烏爾莎就在門外，和一個年紀相當的女孩子對瞪。

稍微有點距離的地方，德斯和一位沒見過的穩重中年男性坐在一起喝茶。

他們坐的椅子，是從我家拿出來的嗎？

「生了嗎？」

「不，還沒。快生了，所以我被趕出來了。」

我回答德斯的問題，並且看向他身旁的穩重男子。

「抱歉，介紹得晚了點。他是暗黑龍(Dark Dragon)基拉爾。」

「我是基拉爾，陪女兒來的。給你添麻煩了。」

聲音也很穩重。

陪女兒來，是指正在和烏爾莎對瞪的女孩子嗎？

「那是我女兒古拉兒。」

在我把疑問說出口之前，他先回答了。

這人不錯。

仔細一看，那個女孩和拉絲蒂一樣，頭上有兩根角。

屁股還有龍尾巴。

「所以，這個古拉兒為什麼會和烏爾莎對瞪？」

聽到我說出口的疑問，基拉爾別過頭去。德斯……也把臉轉開了呢。

我只是希望烏爾莎沒做出什麼失禮的行為……

就在尷尬時，德萊姆在稍遠處對我招手。

「那是……嗯，那個，算是龍族女性的本能吧。」

「嗯？」

「如果感覺到自己的伴侶誕生就會馬上趕往現場，排除其他人爭取到手。」

……………………………………

「換句話說……那個看起來和烏爾莎差不多大的女孩子，盯上了哈克蓮肚子裡即將誕生的孩子？」

「多半是。」

「還沒確定是男的耶？」

「古拉兒都來這裡了，一定是男的。」

…………

雖然半信半疑……可是德萊姆大概沒有說謊。

女生名字白準備了嗎？呃，這不是重點……

「這我知道了，但她為什麼會和烏爾莎對瞪？」

「這個嘛，一般來想應該是女人之間的戰爭吧。」

「……」

雙方外表都只有五歲左右耶？

更何況，烏爾莎真要說起來，應該是姊姊在保護即將誕生的弟弟或妹妹吧？

「無論幾歲，女人就是女人。不要隨便插手才是正解喔。」

這我感覺得出來。

之後德萊姆告訴我，雖然他老婆葛菈法倫年紀比較小，所以他在誕生的那一刻很安全，不過那樣也有那樣的辛苦。

原來如此啊。可是，母親們都沒意見嗎？

龍的模樣時，不是生產而是生蛋，生下的蛋就放著不管，所以不會特別在意。

反倒是有人替自己保護蛋可以省麻煩，所以歡迎的好像比較多。

至於人的模樣生產……因為很少見，所以德萊姆不太清楚。
還有德萊姆雖然是從蛋裡孵出來的，不過當時沒人來把守，因此大家以為又是女孩。
可是，這麼一來……拉絲蒂和哈克蓮又是怎麼樣？
難道將來會出現命中注定的對象嗎？啊，已經結婚就沒關係了。
龍族女性不會花心所以要我放心。原來如此。
「從她們黏你的樣子看來，沒有任何問題。特別是姊姊，簡直變了個人。」
德萊姆低下頭，拜託我務必讓哈克蓮保持這個樣子。
我回答他：「那當然。」

我和德萊姆一起回到德斯與基拉爾所在的地方，就在我煩惱接下來該怎麼辦的時候，古拉兒和烏爾莎有動作了。
兩人不發一語地接近，握手。
就這麼肩並肩走向森林。
……森林？喂！我說過不准一個人進森林吧！
啊，要搬出「有古拉兒在，所以不是一個人」的歪理嗎？
幾隻注意到的小黑子孫們追了上去。

我和德萊姆、德斯與基拉爾也追趕在後。

她們打算在森林裡做什麼啊？既然握手了，應該不是決鬥吧？

這麼一來……

追不上。古拉兒和烏爾莎的腳程比想像中還要快。

然後，德萊姆、德斯和基拉爾的腳程比我想的還要慢。

「上次用這個模樣奔跑，已經隔了幾百年啊……唔喔。」

德萊姆撞到林中的樹枝。

「我搞不好是第一次。」

德斯嘀咕。

「我也是。德斯的兒子，你是因為什麼理由而跑啊？」

基拉爾似乎還有些餘力呢。

「哈哈哈，和老婆有些小摩擦……請別讓我回想。」

「葛菈法倫啊？我替姪女向你道歉。」

基拉爾和葛菈法倫似乎是叔父與姪女的關係。龍的世界還真小啊。

追上前面的古拉兒和烏爾莎了。

兩人正在攻擊大野豬。

古拉兒雖然變成龍，但是不大。全長差不多五公尺吧？雖然比野豬大，卻一直被彈開。

烏爾莎用劍刺大野豬……但是解決不了牠。

呃，那把劍妳是從哪裡拿出來的？不，不對。

我用「萬能農具」解決掉大野豬。

然後訓斥兩人一頓。妳們在幹什麼啊？

替即將誕生的孩子準備禮物？這想法不錯，但是不要進森林。

不是一個人？好，妳試著把這句話告訴哈克蓮啊。

很好，乖乖道歉就對了。

不能讓現在的哈克蓮操心吧？

古拉兒變回人類的模樣……基拉爾很寵她呢。

「古拉兒好厲害呀～差一點就能打倒那隻野豬了對吧～」

用成熟穩重的聲音講那種噁心話……我實在不想聽。

我看向德斯。

他回了個「之後我會向那傢伙的老婆告狀」的眼神。拜託了。

不過，解決掉的大野豬，我就滿懷感謝地帶回去當成糧食吧。

用「萬能農具」拖走……基拉爾變成龍幫忙搬了。

雖然是載古拉兒時順便的，依然幫了個大忙。

回村的我們，在眾人盛大慶祝時抵達。

嗯，看來是平安生下來了。

男孩。

一群龍圍著他。

哈克蓮的母親萊美蓮、哈克蓮的妹妹絲依蓮與賽琪蓮、絲依蓮的丈夫馬克斯貝爾加克、馬克斯貝爾加克和絲依蓮的女兒海賽兒娜可、哈克蓮的弟弟德麥姆、德麥姆的妻子廓恩、賽琪蓮的丈夫廓倫、德萊姆的妻子葛菈法倫，以及德萊姆和葛菈法倫的女兒拉絲蒂。

再加上德萊姆、德斯、基拉爾、古拉兒，當然還有我。

嗯，是個健康的孩子。太好了。

哈克蓮雖然躺在床上……不過看起來很有精神。真的是太好了。

烏爾莎。

別顧慮太多，妳也過來看。

烏爾莎原本有些猶豫，不過哈克蓮招手後就靠過來了。

畢竟是姊姊嘛。

啊，既然和古拉兒有那番妳來我往……會當老婆嗎？不，應該是姊姊吧。現在就先別想那些。

為兒子順利誕生而感謝吧。

那麼，讓我抱抱嬰兒……被惡魔族助產師們擋住了。

我、德萊姆、德斯、基拉爾、古拉兒和烏爾莎被排除在外。

「麻煩各位先把身體洗乾淨再來。」

…………

這句話完全無法辯駁。

不久前還在森林裡的我們，立刻趕往澡堂。

關於名字。

龍族似乎有取名的規矩。

德斯的兒子開頭會是德，萊美蓮的女兒結尾會是蓮。馬克斯貝爾加克的女兒，名字結尾和父親一樣。葛菈法倫的女兒，名字結尾和媽媽一樣（註：原文裡馬克斯貝爾加克和海賽兒娜可的結尾都是「ク」，葛菈法倫和拉絲蒂絲姆的結尾都是「ン」）。

基拉爾兒子名字的開頭似乎為「基」，女兒名字開頭是「古拉」。我原本以為是兒子看開頭、女兒看結尾，但是這方面似乎沒有規定。

簡單來說，就是明確地區分兒子與女兒。

不過，這個規矩。

好像也不是非遵守不可。父母似乎可以自由決定。原來如此。

不過，就讓我參考一下吧。

按照這個規則……就是開頭要用我的名字——「火樂」的「火」或「火樂」取名嗎？

之前考慮過的男生名字幾乎全滅了。

剩下的是火一郎。保有前一個世界濃厚的色彩。

火一郎。

我將自己的提議告訴哈克蓮。

最終決定權交給妳。雖然交給妳了，但是可以晚點再決定喔？

還有，為什麼要和烏爾莎商量啊？烏爾莎喜歡的名字比較好？

呃，雖然或許是這樣沒錯……

如果不快點決定，德斯他們會參戰？萊美蓮意外地也喜歡對這種事插嘴？有可能因為是孫子所以不自制？古拉兒，為什麼妳已經加入了？

如果想嫁給我兒子，就先打倒我……我會不會被打倒啊？畢竟她是龍嘛。

不，兒子啊！只要我還有一口氣在……就會保護你！

還有基拉爾。拜託別因為女兒要出嫁就哭。我還沒接受啊。

真要說起來，當她以人質，不，龍質的身分留在德斯那裡時……啊，基拉爾也直接留在德斯那裡啊？原來如此。

命名，火一郎。

受到龍族盛大祝賀的兒子。

阿爾弗雷德與蒂潔爾也來看看。他是你們的弟弟。大家要好好相處。

利留斯、利格爾、拉提與特萊因。你們還小大概不會懂，不過他是你們的弟弟。好好相處啊，兄弟之間別吵架。

好，那麼就來吃烏爾莎和古拉兒獵的大野豬吧。

嗯？喔，不是我。

是她們兩個獵回來當賀禮的。

哈哈哈。阿爾弗雷德，你有這種志氣我很高興，不過要效法她們還太早喔。

莉亞她們以後會教你狩獵的。不要擅自跑進森林。

我知道你想讓我們高興，但是不可以讓我們擔心。

這天大家一直鬧到深夜。

我的名字叫基亞格。

我從懂事起就不服輸，小時候據說碰上大人也不退讓。詳情已經記不清楚了。

不過我還記得，小時候個頭很小，總是贏不了別人。

但是，已經長大的現在就不一樣了。我擁有人人稱羨的高大身材，而且好好地鍛鍊過。

不疏忽，也不大意。認真地面對勝負，無論碰上誰都全力以赴。

擅長使劍。

自從確立左右手各一把劍的戰鬥風格後，我再也沒輸過。

沒錯，因為我很強。

我在夏沙多舉行的武鬥會上輕易地輸掉了。

不是什麼差一點，而是被對手拿木劍單方面痛毆。

…………

這什麼鬼啊啊啊啊啊啊！

我在不知不覺間鬆懈了嗎？還是大意了？十天前不該偷懶混掉每天都要做的腹肌鍛鍊嗎？我到底錯在哪裡？

這樣下去我會懊惱得睡不著。

思考吧，仔細思考。就算覺得不可能，現實也不會改變。要承認。你明白吧？即使腦袋否定，本能應該還是會理解才對。

也就是那場比賽的對手，可能比我更強。

怎麼會有這種蠢事！不可能！在可以使用武器防具的武鬥會上，拿一把木劍、穿著便服就出場的鬼扯男人，怎麼可能會強！

但是，但是！

在能夠使用武器防具的武鬥會上，只拿一把木劍、穿著便服就出場，這種行為——

「感覺就像高手。」

……高手。試著說出口之後，突然能接受了。

這樣啊，那個獸人族男子是武術高手嗎？

碰上那種武術高手，我的力量就算不管用也不足為奇。

哦哦！可以接受。我能接受了。

太好了。感覺舒坦不少。這麼一來就睡得著了。

早上，一起床就無比懊惱。

笨蛋笨蛋笨蛋，我這個笨蛋。

怎麼會睡大頭覺呢？

比賽輸了很懊惱，就說對方是高手？哪有可能啊！假如是高手，應該更有名啊！那是個沒沒無聞的選手吧！

哼，既然如此……既然如此……既然如此？

怎麼辦？要怎麼做才好？以前從來沒有輸得這麼澈底，所以不知道怎麼應對。

總而言之，呃……先吃早餐。對，早餐。畢竟肚子餓，腦袋就不靈光嘛。

餐後，我又懊惱了起來。

笨蛋笨蛋笨蛋，我這個笨蛋。

怎麼會跟人家講再來一碗、吃了個飽啊！的確，我是個早餐會好好吃的人。畢竟這是一天的活力來源嘛。而且，一天只有兩餐，哪能省掉啊。

雖然似乎有些地方是一天吃三餐，不過我從以前就是一天兩餐。啊啊，這不是重點。

我明明輸了，為什麼還悠哉地吃飯啊？

總而言之，我付了錢走出店門。

…………

那麼，該怎麼辦？思考，用力思考。

思考半天也不知道答案，所以我找路人商量。

得到了「特訓」這個建議。

特訓啊？不錯耶。

可是，我平常的訓練已經很重了。特訓會有什麼用嗎？

…………

思考也沒用。總而言之，動起來吧。嗯，活動一下，腦袋也會跟著運轉。

首先重新檢討自己的戰鬥風格。

我用右手的劍攻擊，左手的劍防禦。左手的劍相當於代替盾。不過，對手並不知道這件事。我不讓他們知道。

所以，對手不知道攻擊會從左右哪一邊來，無法採取平常的行動。

但是這種方式對那個獸人族不管用。他避開我右手的劍，然後賞了我一擊。

……

把右手的劍練到人家閃不掉不就好了嗎？

哦哦！沒錯。這樣就對了。

虛弱到會被一招解決？被幹掉之前把對手幹掉就好。哼哈哈哈哈哈。

隔天，我照例練身體。嗯，要在被幹掉之前把人家幹掉，做不到啦，做不到。

老實說，我不覺得特訓就贏得了人家，但是或許能接近他。

我只要以那個獸人族男子為目標努力就好。

那個獸人族男子好像叫格魯夫是吧？

嗯。高手格魯夫。你等著！

…………

高手雖然聽起來很強，但既然要當成目標，還是希望他偉大一點。

換句話說……武王格魯夫，不，武神格魯夫！就是這個！

我高喊武神格魯夫之名，繼續在夏沙多訓練。

數日後，別人也開始稱呼那個獸人族男子為武神格魯夫。

嗯，大家想的都一樣啊。

那就好好努力，讓自己更接近武神格魯夫的強大吧！

異世界悠閒農家

Farming life in another world.
Final Chapter
Presented by
Kinosuke Naito
Illustration by
Yasumo
〔終章〕
冬季的準備與研究
01.家 02.田地 03.雞舍 04.大樹 05.狗屋 06.宿舍 07.犬區 08.舞臺 09.旅舍
10.工廠 11.居住區 12.澡堂 13.高爾夫球場 14.進水道 15.排水道 16.蓄水池
17.泳池與泳池設施 18.果園區 19.牧場區 20.馬廏 21.牛棚 22.山羊圈 23.羊圈
24.藥草田 25.新田區 26.賽跑場

1 新移居者與其他

格魯夫的兒子，在好林村時從事採礦相關的工作。

在大樹村雖然不是沒有採礦，但是比好林村來得少。

而且礦場在森林裡，基本上是由高等精靈們負責。

於是……格魯夫的兒子就沒工作了。

考慮過各種能做的之後，格魯夫的兒子開始當個石匠。

雖然是以雕琢石頭為主，不過目前正在切割石材做石板。

在計畫裡，似乎是要鋪在從我家往南延伸的直線道路，以及居住區的主要道路上頭。

目前，已經從我家門前往外鋪了約五十公尺。

雖然距離短，不過鋪上石頭之後，讓人有種文明程度提升的感覺。

但是最近都沒鋪……沒問題吧？如果需要幫忙就說一聲。

咦？正在做武鬥會舞臺要用的石板？將那邊換成石頭，不是會裂開嗎？裂開比較帥？

…………

的確。加油吧。

記得多做點備用的喔。

龍一家，或說一族，不是看不出有要離開的意思，就是離開後又跑回來。

嗯，沒人回家。

不回家的理由，表面上是武鬥會快到了。

私底下則是因為疼火一郎，還有食物和酒。

雖然給了他們食材，不過廚藝似乎還是大樹村比較好。

目前，那些以助產師身分來訪的惡魔族，正在向鬼人族女僕們學做菜。

至於服侍龍族的工作，則是交給那些惡魔族。畢竟人數實在太多了嘛。

雖然正好可以順便消化試做的新菜……但是部分人已經完全當成宴會了。

不過他們已經送來堆積如山的報酬……應該說新生兒賀禮，所以就算了。

畢竟我也有種拿人家東西拿太多的感覺。拜託麥可先生再帶點海產過來吧。

生完孩子的哈克蓮……

化為龍形到處飛，大概是先前不能飛累積不少壓力吧。

要到處飛是無妨，但是拜託別在村子附近低空飛行。

要是驚動魔物和魔獸，小黑的子孫們和座布團的孩子們就有得忙了。

雖然儲備糧食增加這點值得慶幸就是了。

蘇爾琉和蘇爾蔻這對雙胞胎天使族，似乎相當適應村裡的生活。

與哈比族合作得更順手了，很少遭到魔物或魔獸反擊而受傷。

小黑的子孫們與座布團的孩子們也鬆了口氣。

不過嘛，還不能掉以輕心就是了。

至於琪亞比特，有時和格蘭瑪莉亞她們一起負責警戒任務，有時和蒂雅一樣當我的副手。

某方面來說，就等於她什麼都能做。十分優秀。

所以在這個忙碌的時期，會有很多事找她幫忙。

此刻文官少女組就分了些工作給她。

「這些工作蒂雅也做過嗎？」

「是啊，蒂雅小姐也會做喔。結束之後，這邊的工作也要麻煩囉。」

「工作量相當大耶？」

「不用勉強沒關係喔，我會去找蒂雅小姐幫忙。」

「我沒說不做吧？這點小事輕而易舉，包在我身上。」

她似乎很努力。不過，別太逞強啊。

半人馬族開始移居了。

他們先以比傑爾的傳送魔法到大樹村打招呼。

「我是魔王國男爵，芙卡．波羅。感謝您願意收留我等。」

一個十歲的女孩子，代表四十個大人問候我。

「我是村長火樂，請多指教。這位是柯爾子爵，擔任男爵你們村子的代表。」

「我是魔王國子爵，古露瓦爾德．拉比．柯爾。請叫我古露瓦爾德，絕對不可以用爵位稱呼。」

「我、我知道了，古露瓦爾德大人。請您多多指教。」

「『大人』也別加。」

「好、好的。古露瓦爾德小姐。請叫我芙卡。」

「好的。芙卡小姐，請多指教。」

和古露瓦爾德見過面之後，則是和半人馬族的負責人菈夏希見面。

「敝人是菈夏希．德洛瓦。請多指教。」

「德洛瓦……？難不成是德洛瓦家族的血親？」

「我是現任當家的次女。」

「是，恕在下失禮了。在此問候德洛瓦大人安好……」

「年紀輕輕卻相當有禮貌呢……不過和伯爵的女兒相比，身為子爵的古露瓦爾德小姐地位更高。問候我時，不可以比問候古露瓦爾德小姐還要恭敬。」

「失禮了。呃、呃……」

「古露瓦爾德小姐、菈夏希小姐。請這麼稱呼。爵位在這裡沒有用處，請妳放輕鬆一點。」

「是。請您多多指教。」

「還是很生硬……不過就算了吧。然後，我想在來到這裡之前，克洛姆伯爵應該交代過不少事？」

「咦……啊！村、村長大人。實在非常抱歉。冒犯您的責任全都在我身上。」

拜託不要嚇人家啦，她都全身僵硬了耶。

她還年輕，溫柔一點啦。

他們來村裡時，準備了土產。

原本按照規矩，必須帶過冬的糧食來新居住地，但是我回絕了。

所以只需要兩手空空地來就好；但他們大概是過意不去。

以前，訪客有沒有帶伴手禮，會讓露他們的反應有所不同。這部分或許是一種禮節吧。

禮物是載貨馬車上的兩隻羊。隻數雖然少，不過是年輕的公羊和母羊，所以應該能繁殖。

我欣然收下，送往牧場區。

……和山羊、牛與馬待在一起沒關係嗎？山羊搞不好會欺負牠們。

小黑的子孫之一，露出「我不會讓牠們這麼做」的表情，所以就交給牠了。

等到數量增加，就讓三號村養吧。

當成新移居者們的工作或許不錯。

替半人馬族新移居者們介紹完大樹村的設施後，我直接讓他們往三號村移動。

之所以不用比傑爾的傳送魔法，是要讓比傑爾休息，以及與途中的一號村和二號村打招呼。

以半人馬族的腳程，這段路應該算不上辛苦吧。原本是這麼計畫的。

會嚇到人的小黑子孫們與座布團的孩子們已經見過了。

和古露瓦爾德打招呼之前，牠們就列隊歡迎。

這是菈夏希的提議，說是開場先來個下馬威會比較聽話。

雖然我不覺得和小黑的子孫們與座布團的孩子們見面算什麼震撼教育，還是照她說的做了。

嗯，正解。

與其每個人分別恐慌，倒不如開場大家一起來比較好對吧。

結束之後，本來以為能夠按照預定計畫進行，可是……

哈克蓮、拉絲蒂與古拉兒以龍形飛了過來。

新移居者們一副世界末日降臨般的表情昏過去了。嗯～意料之外。

古露瓦爾德和菈夏希看在眼裡，嘀咕了同一句話，令我印象深刻。

「我也習慣了呢。」

半人馬族回神之後，古露瓦爾德向他們說明。

「兩隻比較大的龍，是村長的妻子；第三隻則預定要嫁給不久前才出生的村長兒子。」

讓他們理解這番話的意思花了些時間。

「預定嫁給剛出生的兒子」這種事果然很難理解吧。

我想也是。畢竟他還不會講話就已經有未婚妻了。我也無法理解。

不過，倒也不是非結婚不可，所以多少能輕鬆看待。

不止火一郎，我希望兒子們都能自由選擇對象。

啊，雖說是自由，不過別人的老婆可不行喔。麻煩選個合乎倫理的對象。

人數？人數這部分不予置評。

這部分可不能效法父親喔。

我和比傑爾暫時道別，和復活的半人馬族一起途經一號村和二號村，然後往三號村移動。

那裡有幾棟才剛蓋好的新住家。

過冬的衣物……雖然以毛皮為主，但是數量充足，應該不用擔心，如果不夠請聯絡我。

有在聽我說話的只有一半。

剩下那一半，在等著歡迎他們的三號村居民裡找到家人、熟人和朋友後，紛紛衝向前去。

雖然菈夏希問我需不需要制止他們，不過我要她算了。
這樣未免太不近人情了吧。
我向留下來聽的那些人說明。
至於沒聽到的人，之後由古露瓦爾德告訴他們。

大樹村有許多地方正在籌備武鬥會，所以目前無暇舉辦歡迎會。
我想介紹就等到武鬥會再說。
所以不好意思，今天的歡迎會只能改成在三號村小規模舉行。
「咦？這是……一人份？可以全部吃掉嗎？」
「是、是完好的餐具……」
「麵包也是剛烤好的……」
「是肉，有肉喔！」
「居然有這麼多水果！」
大家似乎很高興。
儘管是小規模歡迎會，依然該有個樣子，所以我、露和菈夏希都參加了。
將他們帶來這裡的比傑爾也參加了。
「雖然有龍他們在的那邊比較豪華就是了，抱歉啦。」

「哪裡、哪裡，這邊比較能放鬆嘛。絕對是這邊比較好。千萬別有什麼奇怪的顧慮。」

雖然不太明白，但是他再三強調。

「爸爸，今天可以在有屋頂的地方睡覺嗎？」

「嗯，是啊。」

…………

雖然沒有什麼像樣的表演，卻是一場充滿笑容的歡迎會。

2 武鬥會前的相撲

武鬥會將至，來賓先後抵達。

首先是始祖大人和芙修。

「我今年也來觀賞囉。」

由於他常來，所以沒有好久不見的感覺。

「這不是基拉爾老弟嗎？你居然沒待在山裡，真是稀奇耶。」

始祖大人自然而然地坐到龍一家的席位上，就這麼開始享用餐點。看起來精神比先前好多了。

因為工作告一段落了嗎？

我問芙修，似乎是之前惹麻煩的國家滅了，所以麻煩也沒了。
國家滅亡不是大事嗎？居然會反過來變清閒……感覺真辛苦。
「芙修妳不加入他們嗎？」
我正準備把芙修帶往始祖大人旁邊，但是她以笑容婉拒了。
啊，是在意一號村居民的關係吧？不過，他們還沒來喔。

接著是麥可先生。
他帶著我加訂的海產過來。
似乎要順便看武鬥會。
移動則是靠拉絲蒂去德萊姆的巢穴迎接。
現在似乎跑去和格魯夫聊天了。

然後，南方迷宮來了三位半人蛇族。
北方迷宮來了十二位巨人族。
他們和在大樹村工作的人會合，在武鬥會開始之前各自行動。
武鬥會預定在三天後舉行。

武鬥會會場旁邊，突然辦起了相撲大會。
起頭是有人找我商量，想讓沒參加武鬥會的人有事可做，於是我提了個意見。
反正弄個土俵出來不難嘛。
採用不圍兜檔布的簡易規則。
原本以為這樣應該不容易受傷，然而並非如此。
大家弄得身上都是擦傷和淤青。武鬥會還沒開始，芙蘿拉就已十分活躍。
我建議他們盡可能和同族比試。
巨人族之間的對戰，成了超過三公尺級別的大魄力相撲，現場十分熱烈。
熱鬧氣氛吸引了觀眾，逐漸開始有武鬥會的樣子。
那群龍和始祖大人也邊喝酒邊觀賞。

還有三天耶？

半人蛇族的相撲……很難判定呢。
哈比族不用勉強也無妨。
還有，不可以飛喔。

武鬥會前兩天。
小黑子孫們之間的對戰，在武鬥會會場舉行。

似乎是決定誰能代表小黑一族出場的比賽。

即使沒有文官少女組管理，淘汰賽依舊順利進行呢。

繼相撲之後，這邊也很受歡迎。

不過，無法區別。

雙方一旦糾纏在一起，就分不出誰是誰了。

啊，座布團的孩子們開始替出場的兩隻著裝。

嗯，分得出來了。兩邊都加油。

還有，芙蘿拉，雖然很辛苦，不過就拜託妳了。

武鬥會前一天。

魔王他們來了。

這次來的是魔王、優莉、比傑爾、葛拉茲和藍登。

荷似乎來不了。

嗯？清單？是酒單呢。是想要土產嗎？拿給矮人吧。

總而言之，我帶大家去龍族和始祖大人那邊。

除了魔王以外的人，大家迅速散開。

優莉與比傑爾去找芙勞，葛拉茲去找蘿娜娜，藍登去找格魯夫和麥可先生。

葛拉茲和蘿娜娜我知道，藍登和格魯夫與麥可先生的交情是不是突然變好啦？

和藍登妹妹的婚約有關？哦～

總之我帶魔王去龍族和始祖大人那邊。

「呃……該不會是……暗黑龍？」

「你認識基拉爾嗎？那麼事情就簡單了。其他都是德斯的親戚。啊，那個小孩子是基拉爾的女兒，古拉兒。」

我原本想把後面的事都交給那群龍，但是魔王抓著我的衣服不放，所以我暫時被留在現場。

龍族的話題，主要是相撲哪一邊會贏，還有北方大陸的龍族相爭。

雖說是相爭，不過龍其實是德斯一族獨強。

基拉爾一族幾乎是唯一抵抗德斯一族的勢力，其他全都在德斯一族的支配下。

但是，基拉爾已經對德斯表示服從，所以龍族現在團結一致，和平安定……

如果是這樣就好，然而上頭的雖然已經和解，卻換成底下的在爭。

「德斯大人最信任我這邊。」

「胡說什麼，夢話去夢裡講。」

「就是說啊。」

小勢力之間似乎發生了爭執。

除了基拉爾一族之外，好像就是將廓恩與廓倫送進德斯一族的廓萊因一族勢力較大，但是廓萊因本身沒那麼強。

似乎還被以前襲擊村子那隻飛龍趕離地盤過。

原來如此，龍也分很多種啊？

「不，碰上那隻飛龍，大概只有父親大人、母親大人，還有基拉爾閣下贏得了。」

德萊姆替廓恩與廓倫辯解。

是這樣嗎？

「畢竟那隻飛龍，是飛龍一族也管不住的流氓嘛。他的天賦優秀到讓人懷疑他為什麼不是龍呢。」

…………

我只記得牠突然攻擊村子讓我很不爽，以及味道還不錯。

「你們認識牠嗎？抱歉。」

看見我道歉，大家紛紛笑了出來。

「我也想吃吃看啊。」

「是啊。」

「我也是。想必很好吃吧。」

弱肉強食的法則似乎相當澈底。

這就是龍的厲害之處吧。

總而言之，我趁食物和酒端上來時逃離魔王。

放心吧。

他們能溝通的。加油。

鬼人族女僕們全力運轉。

不是在準備明天武鬥會要上的菜，就是已經在做了。

畢竟那群龍已經開起宴會了嘛。

琪亞比特也在幫忙。

不是幫忙，幾乎是強迫？

這樣啊？因為妳很能幹，所以備受期待吧。哈哈哈，當然是啊。因為礙手礙腳會被趕出去嘛。

嗯，加油囉。

一號村、二號村和三號村的人也紛紛抵達。

要相撲是無妨，注意別受傷了。

露和蒂雅。

麻煩幫忙芙蘿拉。

雖然正式的比賽在明天。

武鬥會前一晚。

舉行了像是各種族決賽的相撲大賽，賽況非常熱烈。

葛拉茲一路殺進半人牛族的決賽，最後贏得勝利。

蘿娜娜的支持產生效果了吧。

別在土俵上相擁。

其他很像決賽的相撲也先後結束。

最熱烈的，果然還是巨人族。

嗯，魄力驚人。撞擊聲十分響亮。

在土俵中央比過力氣之後，就是技術較量。

由於沒有兜襠布，所以是手伸到對方腋下，將他摔出去。

三公尺的巨軀，摔在土俵上。

獲勝的那名巨人族，高舉雙臂。

歡聲雷動。

龍族也很開心。我說過很多次了，正式比賽明天才開始啊。

之後，開始自由相撲對戰……但是明天要出場的人請自制。
因為相撲是替沒辦法參賽的人安排的嘛。
等武鬥會結束之後要比倒是無妨。

3 第三屆武鬥會　開幕～示範賽

武鬥會當天。
七位天使族飛上藍天。
以盛大的煙火宣告開幕之後，則是龍族的編隊飛行。
十頭以上的龍以整齊的動作飛舞。
大概非常興奮吧。
居然還噴火。我沒聽說要這麼做啊？
不過她們為了避免燒掉森林是往上噴，可以允許。
開幕煙火與龍族的編隊飛行讓一號村居民和新來的三號村居民陷入恐慌。巨人族和半人蛇族也是。
「放心，很快就會習慣。」

周遭的關懷，讓他們勉強振作起來。

可是，三號村居民也就罷了，一號村居民沒見過龍嗎？

雖然哈克蓮先前懷孕，但是拉絲蒂應該經常變成龍的模樣啊？半人蛇族和巨人族應該也看了呀？

「數量的問題。」

原來如此。

順帶一提，芙修與麥可先生顧著和貓玩，沒在看。

我知道貓很可愛，但是好歹也看一下啦。

瞧，始祖大人在臺上問候大家囉。

武鬥會和往年一樣。

分為一般組、戰士組和騎士組等三組。

一般組只有一戰，所以籤運對勝負的影響很大。

雖然這部分還有改善空間，但再怎麼調整也無法讓每場比賽勢均力敵，交給運氣決定應該不壞。

交給運氣決定的結果，今年第一次參加的加特弟子之一，碰上格魯夫的兒子。

一番激戰之後，由加特的弟子勝出。

力氣應該是格魯夫的兒子占上風，但是他沒有專心比賽。

我想，他應該是在破壞場地上頭花太多心思了。
這東西沒那麼容易裂開吧？
…………
檢查場地。
啊，有些地方動過手腳比較容易裂。
我懂你的心情，但是你應該弄錯努力的方向了。
我要格魯夫的兒子收回動過手腳的石板。

一般組最優秀的比賽，是三年前出生的蜥蜴人對上獸人族男孩。
蜥蜴人雖然年輕，體格卻已成熟。
相對地，獸人族男孩則是在工作之餘向格魯夫學了不少劍技。
換言之是力量對技巧。
勝負遲遲難以分出高下，就在我認為體格占優勢的蜥蜴人會比較有利時，獸人族男孩使出了一直藏著沒用的投擲技。勝負就此決定。
不過輸歸輸，蜥蜴人終究是蜥蜴人。
他踏出腳步時，踩裂了一塊石板。
我確認格魯夫的兒子沒有忘記回收作弊石板之後，誇獎了蜥蜴人。

另外，一號村的男性有好幾人參加一般組，不過……

「是不是該設立初學者組？」

「列入考量吧。」

戰士組。

由比一般組更能打的人進行生存戰。

以連勝場數決定優勝。

這一組決定優勝的關鍵，在於半人蛇族。

也就是要如何對付兩位參加這一組的半人蛇族。

葛拉茲和藍登雖然參加了戰士組……

嗯，贏不了。

葛拉茲實力不足，藍登總是碰上體力還很充沛的半人蛇族。

順帶一提，漂亮地打倒她們的，則是矮人多諾邦。

多諾邦本來就不弱，之前沒贏是因為有山精靈芽和獸人格魯夫擋著吧。

那兩人本屆去挑戰騎士組了，所以輪到多諾邦拿下優勝。

「優勝雖然很開心……不過明年好恐怖啊。」

呃，沒規定優勝非去騎士組不可啦。

藍登就遺憾了。

「被半人蛇族玩弄於股掌之上……雖然看了人家怎麼贏的，但是我沒辦法照做啊。」

葛拉茲就……交給蘿娜娜。

要談情說愛麻煩到不會妨礙其他人的地方。

接著是騎士組！在這之前，先舉行示範賽。

雖然想參加的很多，不過今年只抽出兩組對戰。

因為上一屆的示範賽太熱烈，搶了騎士組的鋒頭。

重頭戲是騎士組。

這點可不能忘。

示範賽，第一場。

龍王（Emperor Dragon）德斯對上暗黑龍基拉爾。

觀眾席歡聲雷動。

嗯，雖然是抽籤決定的，但或許是最佳組合。

只不過，其他龍的臉色很難看。

「所有人張開護盾，觀眾席也要保護到。」

在萊美蓮的指示下，龍族、始祖大人、魔王、比傑爾、露和蒂雅開始施展魔法形成護盾。

「如果可以，遠離個十公里左右比較安全……」

…………

中止。

噓聲四起。

不不不。

兩位當事者也說這樣會克制不住。

糟了。真的糟了。

把武鬥會會場打爛還在預期內，村子可能受害就在意料之外了。

不能允許！那麼！

「由我決定較量方式！」

就變成這樣了。

至於較量方式，我希望盡量安全一點……

「比腕力！」

不行。噓聲沒完沒了。不得已。

「用龍形態比！」

噓聲停止了。

單就結果來說，相當熱烈。

由於要臨時趕工弄個東西來當桌子，原本以為這樣拖時間會有不良影響，結果並非如此。

兩頭巨龍比起腕力來，都是盡了全力要壓倒對方。

我原本打算當裁判，但實在是沒辦法，所以交給始祖大人。

戰況相當激烈。

雙方你來我往。

雖然基拉爾將德斯的手臂壓在桌上，但贏家是德斯。

因為基拉爾最後太用力，結果噴出了火焰。

犯規判輸。

「好好好，很好——！」

「大、大意了……」

德斯你好像非常高興，不過沒事嗎？剛剛火焰噴在你臉上吧？

啊，只有嚇一跳，沒什麼大礙？原來如此。不愧是龍。

第二場。

魔王　ＶＳ　座布團

「主辦單位，我感覺這籤有惡意！」

魔王舉手抗議，但是沒有做假。

「那麼，這場比賽也另外決定較量方式？」

他說：「請務必這麼做。」

座布團也沒意見，所以由我們決定。

「拔河！」

很單純地雙方拉扯繩子，將繩子中央的標記拉回己方陣地算勝利。

「援軍、請給我援軍！」

在魔王的提議之下，成為團體賽。

我原本以為魔王的援軍會是四天王，然而並不是。

而是德萊姆、德麥姆、馬克斯貝爾加克與廓倫四人。

這樣會不會太奸詐了？

魔王一臉正經地回答不會。

座布團的援軍是……

拉絲蒂、古拉兒、烏爾莎與諸多座布團的孩子。

呃……

古拉兒和烏爾莎參加沒問題嗎？

沒問題？不會讓她們受傷，要我放心？

既然座布團這麼說了，就交給牠吧……

算了，拔河應該沒關係。

不可以把繩子纏在身體上，很危險。

裁判繼續由始祖大人擔任，比賽開始。

純粹比力氣。

繩子被雙方拉扯到發出咕咕咕的聲響。

…………

沒有吆喝聲，還是大家不知道這招？

在我的印象中，拔河時吆喝聲很重要耶……

雖說這樣可能叫偏袒，我還是把這件事告訴拉絲蒂了。

拉絲蒂儘管半信半疑，仍然開始吆喝起來。

一喊之下，局勢開始微微傾向座布團這邊。

可能是感受到變化了吧，古拉兒和烏爾莎開始跟著喊。會場也呼應她們。

一體感。

座布團方離勝利愈來愈近。

但是，有個聲音打破了趨勢。

「魔王大人，上啊！」

三位四天王，當起啦啦隊全力加油。

德萊姆、德麥姆、馬克斯貝爾加克與廓倫的妻子們也跟著喊。

繩子中央的標記來來去去。

激戰到最後，由魔王方贏得勝利。

氣氛非常熱烈。

熱烈過頭了。

首先，對於古拉兒輸掉感到不滿的基拉爾要求再來一場。

然後他就這麼加入座布團方，德斯則是一句「既然如此」，就加入了魔王方。

觀眾見狀，紛紛加入。

第二次由座布團方勝利。

基拉爾和古拉兒先不管，這樣成了村民與非村民的對決，人數或許不太公平。

麥可先生雖然加入魔王方輸了比賽，卻嘀咕著：「這能拿來做生意。」

要在夏沙多舉辦嗎？

之後，拔河的熱情並未冷卻……不得已只好舉行村對抗賽。

雖說是村對抗賽，不過可以自由增援，所以平衡維持得還不錯。

比較像隊名之類的。

然後……

「照這個步調看，今天騎士組沒辦法比了呢。」

「延到隔天吧。」

這個決定一下，原先因為要比騎士組而克制的人也跟著參加拔河。

會場一直熱鬧到夜晚……

正式比賽沒問題嗎？

4 第三屆武鬥會　騎士組

早晨。

繼慶典之後，連武鬥會都變成舉行兩天了呢……腦中浮現這種念頭的我，開始作準備。

雖說是準備，也只是為昨天那兩場算不上示範的示範賽善後。

很快就結束了。

大家終究還是沒有亢奮到影響武鬥會舉行。

雖然格魯夫的兒子修理了好幾塊石板。

咳咳。

「武鬥會騎士組，開始！」

觀眾席響起歡呼。

今年的參加者很多。

吸血鬼露。

天使族蒂雅、格蘭瑪莉亞、庫德兒、可羅涅、琪亞比特、蘇爾琉和蘇爾蔻。

高等精靈莉亞。

鬼人族安。

蜥蜴人達尬。

惡魔族布兒佳與史蒂芬諾。

還有，來替哈克蓮助產那些惡魔族的其中五人。

獸人族格魯夫。

山精靈芽。

半人蛇族裘妮雅與絲涅雅。

巨人族兩名。

地獄狼派出烏諾、正行的兒子與吹雪的兒子共三隻。

惡魔蜘蛛派出半張榻榻米大小的四隻。

枕頭這回似乎沒有出場。

還有，死靈騎士一名。

始祖大人特地用傳送魔法帶他過來。

合計三十二名。

人數正好適合淘汰賽，不過以助產師身分前來的惡魔族們表示，她們是為了湊人數而參賽。

德斯他們保證這些人的實力參加騎士組也沒問題，所以我很放心。

對戰分組以抽籤公平決定。

沒有種子。

從早到晚，進行三十一場比賽。

第一輪十六場的感想，應該是惡魔族真的很強吧。

布兒佳、史蒂芬諾，以及五位助產師中的四位勝出。

輸掉的助產師是遇上死靈騎士。

死靈騎士雖然拿比賽用的木劍，依舊靠劍技封鎖了惡魔族助產師。如果他真要下手，大概一瞬間就會結束。

幸好是比賽。

然後有個意料之外的敗者，烏諾。

牠對上惡魔族助產師之一，遭遇幻惑系魔法而敗北。

同樣地，正行之子與吹雪之子也是第一輪淘汰。惡魔族能剋地獄狼嗎？

還是說，布兒佳與史蒂芬諾將小黑一族的情報流出去，我方卻不知道惡魔族的戰法而處於劣勢？

半人蛇族與巨人族的四人也沒突破第一輪。

格蘭瑪莉亞、庫德兒和可羅涅也遭到淘汰。

蘇爾琉和蘇爾蔻不知該說運氣好還是不好，一開始雙胞胎姊妹就對上。

經過一場爛仗，由蘇爾蔻勝利。

接下來，應該是露與蒂雅帶來的精彩對決。

不過出乎意料，這場也成了爛仗。

蒂雅勉強獲勝。
在我身旁觀戰的阿爾弗雷德顯得很遺憾。

琪亞比特與格魯夫交手。
雙方進行高速戰。
哪邊的攻擊先命中就能得勝，最後琪亞比特的膝蓋頂中格魯夫的心窩。
勝負分曉。

山精靈芽對上高等精靈莉亞。
芽很努力，可是莉亞以技術取勝。
第一輪的感覺大致上是這樣。

第二輪剩下十六人。
天使族蒂雅、琪亞比特和蘇爾蔻。
高等精靈莉亞。
鬼人族安。
蜥蜴人達尬。

惡魔族布兒佳、史蒂芬諾與四名助產師。

座布團的孩子三隻。

死靈騎士。

從目前為止的比賽看來……我猜死靈騎士會贏。

心情上比較想為蒂雅、莉亞和安加油。

啊，也會幫達尬以及座布團的孩子們加油喔～烏諾你們真是可惜呢。乖喔。

在那邊等的小黑三、正行和吹雪很恐怖？我會陪你們過去啦。這是全力以赴的結果對吧？放心、放心……啊～小黑三、正行、吹雪……麻煩手下留情。

正行沒那麼生氣呢。生氣的是正行之子的伴侶吧？

手下留情，別忘了要手下留情啊。

打起來總有一邊會輸呀。

不要太拘泥……啊～不過從野生的角度想，輸掉就等於死亡啊？

會嚴厲或許也是有理由的。

第二輪。

大概是倖存者過多造成的不幸吧，有兩場是惡魔族內戰。

史蒂芬諾戰勝同胞，挺進第三輪。

另一場是助產師之間的戰鬥，其中一邊出線。

布兒佳對上安。

她倒在安的連擊之下。

「每一擊的力道都好強……」

蒂雅大概是受到第一輪爛仗的影響而表現不佳，輸給座布團的孩子。

順帶一提，這時蒂潔爾睡得很熟。

達尬和琪亞比特的對決，等於格魯夫與琪亞比特那場的情景再度上演。

然而，贏家不是琪亞比特，而是達尬。

「那一招的軌跡，剛剛我已經見識過了。」

這句話真帥氣。

莉亞對上座布團的孩子。

她巧妙地避開絲線接近對手，並且騎到座布團的孩子身上，於是座布團的孩子棄權。

「雖然你大概是想模仿枕頭的動作，不過那樣符合你的特性嗎？」

輸掉的座布團孩子，聽了莉亞這句話似乎陷入沉思。

死靈騎士碾壓蘇爾蔻。

「我束手無策。」

最後剩下惡魔族助產師與座布團的孩子。

比賽一開始，我還以為助產師的幻惑魔法命中，勝利即將到手，不過那是座布團的孩子演的。

牠趁助產師掉以輕心時，以絲線綁住對方得勝。

「咦、咦、咦？怎麼這樣～」

就這樣，第二輪結束。

剩下八人。

高等精靈莉亞。

鬼人族安。

蜥蜴人達尬。

惡魔族史蒂芬諾與助產師。

座布團的孩子兩隻。

死靈騎士。

比賽到這裡，大家稍事休息。

由志願者表演加油的歌舞。

哈比族因為輪到自己表現而相當賣力呢。

芙修也唱歌啊？歌聲相當動聽。

麥可先生也是？雖然是陌生的曲子，但相當不賴。

葛拉茲和蘿娜娜也臨時加入，唱的是類似情歌的歌曲吧。

嗯，就像卡拉ＯＫ大會。

我就在這種溫暖的氣氛中吃飯。

好歹我也是武鬥會負責人，不能邊吃邊看。有點羨慕能自由飲食的觀眾。

擔任裁判的始祖大人也來吃飯了。辛苦了。

第三輪。

首先是莉亞與惡魔族助產師交手。

先前幾場比賽將底牌全亮出來的助產師，被莉亞玩弄於股掌之上，就這麼輸掉比賽。

幻惑魔法似乎還是用來對付沒見過的人比較適合。

接下來是座布團的孩子與史蒂芬諾。

原本以為座布團的孩子有利，但是史蒂芬諾避開絲線接近，騎到座布團的孩子身上贏得勝利。

「我們也是會變強的。」

安和達尬。

村內元老的對決。

達尬的劍招被躲開，安的拳頭則打得達尬身體浮上半空中。

嗯，從頭到尾都是這種感覺。

達尬雖然很努力，卻始終沒有辦法。

最後是死靈騎士對座布團的孩子。

死靈騎士邊揮劍邊慢慢靠近座布團的孩子，後者在距離被拉近後棄權。

就在我疑惑時，萊美蓮正好向廓恩解釋，所以我在一旁偷聽。

座布團的孩子好像除了絲線之外還同時射出絲塊攻擊，卻被對方用劍全部擋下來，因此感受到力量的差距而棄權。

絲塊……仔細一看，無數針狀物掉在地上。

是擲出那些東西攻擊嗎？真恐怖耶。

還有全擋下來的死靈騎士。真強啊。

準決賽。

首先是莉亞和史蒂芬諾。

由於先前都看過對方的比賽，所以接下來大概就是比誰藏的招多。

莉亞從弓箭轉為打擊技與投擲技。

還想用關節技……但史蒂芬諾全都技高一籌而得勝。

「這回就以優勝為目標吧。」

接著是安對死靈騎士。

安的拳頭與死靈騎士的劍擊較量。

和方才對上座布團的孩子時不同，儘管看得見，速度依舊令人吃驚。

雙方幾乎都是站在原地連續出招。

充滿韻律感的聲音響了一陣子，但是突然傳出「啪嘰」一聲而分出勝負。

死靈騎士的劍斷了。
斷掉的不是平常那把閃閃發亮的劍，而是比賽用的木劍。變成我做的木劍扯了他的後腿。
都怪我為了不讓對手受傷而給你這把劍。真是抱歉。
咦？劍會斷代表火候不夠，所以不用在意……
死靈騎士，謝謝你。下次我替你做面盾。
總而言之安進入決賽。

決賽。
惡魔族的史蒂芬諾對上鬼人族的安。
很遺憾，決賽並未將氣氛炒熱。
比賽一開始，安就快速接近。
她一腳踩裂石板，同時揮出正拳，然而史蒂芬諾避開後，對準安的下巴反擊。
安就此倒地，勝負分曉。
騎士組，優勝是史蒂芬諾。
「啊哈哈。優勝雖然開心……不好意思，麻煩替我治療一下。」
史蒂芬諾一隻手晃來晃去。
似乎沒能完全避開安的拳頭。

「沒有骨折，只是脫臼而已。」

芙蘿拉先治療倒地的安，然後治療史蒂芬諾的手臂。魔法真厲害。

倒地的安也醒了。

「那是我為了決賽而保留的招式……沒想到會被躲掉。」

我說：「妳已經盡力了。」然後摸摸安的頭……還是算了，改成摸摸她的背。

「您顧慮到我的心情雖然令我開心，但是在這種場面應該老實地摸頭。」

惹她生氣了。

接著是頒獎典禮。

就這麼進入宴會，武鬥會會場成了自由對戰的舞臺。

「要準備好裁判，不是雙方都同意就不行喔。不可以勉強別人。」

自由對戰也有規矩。

德斯他們說會當裁判、包在他們身上，所以我才交給他們處理……但是龍族之間請勿對戰。

文官少女組們則是喊著：「總算結束了。」開始放鬆地吃吃喝喝。

「啊啊……酒真好喝。」

「吃的東西也……總算吃到了。」

「是啊。在明天的善後工作之前，就悠哉一點吧。注意別喝過頭。」

看見她們這樣，我也開動了。

吃完飯之後，就回宅邸一趟，送阿爾弗雷德和蒂潔爾上床睡覺吧。

接下來……算了，到時候再說。

會場裡有一部分人在比腕力。

那樣應該不至於受傷吧。和平真好。

「手、手骨折啦啊啊啊啊啊，芙蘿拉小姐～」

…………

晚點慰勞芙蘿拉吧。

嗯，特別慰勞她吧。

今年的武鬥會結束了。

三號村的芙卡和古露瓦爾德在居住區周圍跑步。

速度不快，感覺是在慢跑吧。

「古露瓦爾德小姐。」

「怎麼了嗎，芙卡小姐？」

「這裡是神話國度嗎？」

「咦？」

「這裡是神話中的國家嗎？」

「慢著、慢著……呃，冷靜一點。」

「我很冷靜。」

「怎麼突然問這種問題？」

「因為……有好多龍。」

「很多呢。」

「又是比腕力，又是……拔河？是這麼稱呼嗎？我還參加了這種活動。」

「玩得很開心對吧？」

「是的，很開心。而且，這裡的東西非常美味。換言之，這裡是神話國度！」

「啊哈哈……或許非常接近，但不是喔。」

「古露瓦爾德小姐。長大以後我也想參加武鬥會。雖然可能要從一般組開始，不過我會加油的。」

「啊哈哈。為了參加比賽，要努力長大才行喔。」

「是，我會努力。」

獸人族格魯夫與蜥蜴人達尬，一邊做體操一邊回顧昨天的比賽。

「和琪亞比特小姐那一戰，我原本以為會表現得更像樣一點啊。」

「對於和天使族戰鬥的研究還不夠啊。」

「嗯，畢竟沒機會交手嘛。如果事先比個幾場……」

「這種話對方也會說吧？你的毛病被看穿不就結束了嗎？」

「毛病是指攻擊套路太固定嗎？我已經增加衍生招式應對囉。」

「就算增加衍生招式，基底還是一樣吧？會在變化之前被幹掉。你會輸給琪亞比特小姐，不就是因為這樣嗎？」

「那是因為沒想到對方會拿長槍當誘餌用踢的……」

「以天使族來說，琪亞比特小姐十分罕見，連格鬥技也會——這點我事前已經告訴過你了吧？」

「話是這麼說沒錯……唉，都是我實力不足啊。」

「唉呀，別這樣。好啦，身子也暖夠了，要上了嗎？」

「好。先去琪亞比特小姐那邊吧。」

「嗯，已經和她說過了。你就去捱打吧。」

「至少要贏一場回來。」

身為魔王國四天王的藍登和比傑爾，正在旅舍吃飯。

「今年也很精彩呢。」

「是啊。你也……就差一點。」

「籤運啊……算了，這種差距也不是籤運好就能彌補。」

「沒這麼嚴重吧？」

「不不不，大家都是以連戰為前提保留體力，但是我為了取勝必須全力以赴。即使能贏一場，也贏不了第二場。結果就是這樣。」

「講到單挑，你在魔王國可是名列前茅啊。」

「這種驕傲與自信已經粉碎了啦。話說回來，那個叫格魯夫的獸人族，能不能想個辦法拉攏到魔王國來啊？」

「不可能。他不久前已經搬來大樹村了。」

「慢了一步啊……在夏沙多碰上時，就算手段強硬一點也該把他拉過來的。」

「就我看來，他是個武者。應該不會答應當魔王國的將軍或教官喔。」

「唔……那麼，半人蛇族或巨人族呢？」

「可能性是有……但你認為半人蛇族和巨人族能夠率領部隊、教導戰技嗎？」

「沒試過不知道吧？」

「我姑且會試著問問看，但是別期待喔。」

「光是能問就不簡單啦。」

「因為我女兒和半人蛇族似乎關係不錯。這麼說來，你妹妹那件事好像很順利是吧？」

「哦？要聊這件事嗎？會講很久喔。」

「宗主大人，鎮靜祈禱結束了。」

芙修結束神社的祈禱後，向始祖大人報告。

「辛苦了。畢竟昨天氣氛很熱烈嘛。」

「是的。沒想到能觀賞到決定世界第一的比賽。」

「哈哈哈，如果要決定世界第一，德斯老弟和基拉爾老弟大概也想參加吧。魔王就不曉得了，不知道會不會展現一下志氣。」

「即使這幾位沒參加，參賽陣容依舊十分豪華，令人十分緊張。」

「血脈賁張嗎？」

「多少會。不過，我現在就算一般組勉強過得去……參加戰士組也贏不了。」

「我想也是。」

「目前就把希望寄託在部下身上。希望我的兒子將來能夠爬到那個高度。」

「哈哈哈。部下姑且不論，擅自決定兒子的人生不好吧？」

「沒問題，畢竟他是我兒子。要是看到那種武鬥會，一定會當成目標。」

「家務事我就不多嘴了，但是之後他離家出走可別哭喔。」

「屬下了解。不過，如果我兒子主動表示想變強，還請宗主大人幫忙。」

「這倒是樂意之至。」

「非常感謝您。那麼宗主大人，差不多……」

「也對。有七個地方，作好心理準備喔。」

「是的，我十分期待。啊，出發前我有一個問題。」

「什麼事？」

「行程表之中，排進了泡溫泉休養……」

「毛巾已經準備好了，可以放心。」

「不是這件事。有必要每去一個地方就泡一次溫泉嗎？」

「妳在說什麼呀，芙修。禮拜之前先淨身是理所當然的吧？」

「確實。恕屬下失禮。」

「知道就好。便當準備了嗎？」

「是，就在這裡。」

「那麼，出發吧。對了，還得送死靈騎士回溫泉才行，先去一趟溫泉吧。」

德斯和基拉爾大白天就在泡澡。

「古拉兒要怎麼辦？」

「我想把她留在這裡。」

「如果村長同意倒是無妨……但是你可不能常來喔。」

「我打算也在這裡住下呀？」

「怎麼可能准啊？你自己的地盤怎麼辦？」

「交給你。」

「居然說交給我……你之前不就是因為拘泥那塊地，才一直和我爭的嗎？」

「話是這麼說沒錯……但我也不知道自己為什麼會拘泥那塊地。」

「出了什麼事嗎？」

「這我也不曉得。某天腦袋突然清醒了。從此以後，不但不會成天煩躁，還變得非常健康。以前一看到太陽就不爽，最近曬太陽變成例行公事了。」

「屬性變啦？」

「不，還是闇。」

「這樣啊？不過，無論你要住在這裡或是丟掉地盤，我都不同意。」

「不能只有我輕鬆？」

「嗯。」

「你也退休怎麼樣？」

「之前我這麼告訴萊美蓮，結果惹火她了。」

「哈哈哈！」

「這一點也不好笑。她說：『退休代表你用不著這條命了對吧？』我當時真的以為自己沒辦法活著離開耶。」

「看樣子萊美蓮比你更適合當龍王呢。」

「我也這麼想……但龍王必須是男的啊。」

「那是你們自己決定的規矩吧？」

「話是這麼說沒錯，但是長年遵守的規矩實在不好打破。」

「這倒也是。乾脆把龍王讓給這裡的村長怎麼樣？既然是哈克蓮的丈夫，應該有資格當龍王吧？」

「別開玩……或許意外地是個好點子。」

「哦？」

「改天和萊美蓮商量一下吧。提議者是你喔。」

「喂，別這樣。她會盯上我耶。」

「不不不，可以告訴她，如果村長繼位，下一任就是火一郎。這樣萊美蓮也比較容易接受。」

「火一郎當龍王？雖然我不願意去思考這種事；但如果古拉兒嫁給他，又生了孩子……龍王與暗黑龍的血統和稱號就要合一了呢。」

「暗黑龍王可不行喔。聽起來就很土。」

「龍暗黑王怎麼樣？」

「不要插進中間。」

「『龍王暗黑龍』不是很怪嗎？」

「畢竟是第一次嘛。好好想一想吧。」

「嗯。啊，不過其他人沒意見嗎？如果德萊姆或德麥姆想要繼承龍王的位子不就麻煩了？」

「每次問他們都說絕對不幹……我也試著問過絲依蓮的丈夫，但是他笑著拒絕了。」

「……泡完澡之後，去喝兩杯吧。嗯，喝吧。」

「魔王大人，剛剛好像有段十分不得了的對話……」

「葛拉茲，我們什麼都沒聽到。沒聽到。」

「……哈哈哈。說得也是。剛剛是幻聽。那麼，把身體好好洗乾淨吧。我替您沖水。」

「喔，不好意思啦。」

麥可先生與文官少女組抱著帳本傷腦筋。

「再這樣交易下去，整個魔王國的金幣都要集中到這裡了。」

「我們明明也花了不少啊……」

「完全不夠。講得難聽一點，現在等於是個只進不出的存錢筒。如果沒有相應於收入的支出，正常來說經濟會停擺。」

「正常來說？」

「嗯，因為這個村子能夠自給自足……所以損害會由魔王國承擔。」

「這並非我們的本意。有什麼對策嗎？」

「如果能夠大量採購是最好……可是，一來已經買了不少，二來村子也有極限。提議的話……我建議在村外建設用來花錢的設施。」

「用來花錢的設施？」

「是的。比方說，在我開店的夏沙多蓋食品工廠或娛樂設施之類的。」

「食品工廠……就是之前提過的，用來生產芙蘿拉小姐的那些調味料對吧？可是設立那種東西，不是會成為你的競爭對手嗎？」

「我在其他地方已經賺得夠多了，所以沒關係。當然，如果需要通路，我也會提供。」

「既然你那邊沒問題，我們當然沒意見……不過娛樂設施是指怎樣的設施？」

「競技場、舞臺、讓觀眾見識魔法的魔法小屋、讓人聽趣聞的故事小屋等。雖然對女性講這種事不太好，但是性服務之類的也行。對了，不限娛樂設施，餐廳之類的也可以。」

「這些與其說是花錢的設施，不如說是讓人花錢的設施吧？如果太便宜，周圍的店會倒喔。」

「價格需要麻煩你們考慮一下……不過姑且不論餐廳，其他設施單靠便宜，是沒辦法做生意的。」

「嗯……外行人虧損的可能性很高，不過我們資金充裕，所以很難倒……就成為你口中花錢的設施了呢。」

「是的。」

「不過，這麼一來就變成村子單方面虧損了呢。這樣對村子有什麼好處嗎？」

「可以介紹村裡的作物和商品……不過最重要的是賺取名聲。」

「賺取名聲？」

「是的。目前，大樹村幾乎是默默無聞。只有少數知情的人曉得。」

「畢竟村長不怎麼需要名聲嘛。」

「這當然是無妨……不過總有一天會傳開吧。這麼一來，有人惡意造謠的時候會難以應付。」

「惡意？有敵對勢力嗎？」

「現在只是舉例。不過，光是有錢就可能遭人怨恨。當然，戈隆商會有站到前面扛下來的準備，但還是有極限。」

「意思是說，為了抵銷大樹村將來可能遭遇的中傷，從現在開始準備嗎？」

「這也是其中一個原因，不過請將主要目標當成建立隱藏大樹村的組織。」

「……原來如此。這是最不會替村子添麻煩的方法。」

「是的。此外也能當成蒐集情報的據點。目前，大樹村情搜的對象是我、魔王大人、龍王大人、德萊姆大人和科林教宗主大人……這麼說雖然像是在自誇，不過陣容非常誇張。恕我直言。各位不覺得就算把我包含在內，目前的情搜速度還是有問題嗎？」

「如果要讓人常駐夏沙多……原來如此。」

「戈隆商會將會全面協助。」

「知道了。會由我們這邊整理，再向村長提議。到時候，可以對他說是你提的意見嗎？」

「無妨。有勞了。」

「那麼，就這麼處理。再來是……目前的消費狀況吧。」

「有這次帶來的海產，冬季應該沒問題吧。」

「是的。啊，村長想要大量蝦子。」

「蝦子嗎？」

「對，蝦子。不是小的，要大的那種。他說比較吉利。」

「知道了。我去收購，會在入冬前送到。再來就是……」

「嗯……」

「請各位努力。這回要是不帶金幣回去，夏沙多就危險了。拜託各位。」

「最糟糕的情況下，我們可以提供不收利息、不用擔保的貸款。」

「得到各位的信任雖然令我很高興，但是身為商會會長不能點頭。拜託，請買點東西。要什麼我都會進。」

「嗯～」

小黑的子孫們，罕見地集體行動。

在村子周圍全力奔跑。

從一大早到現在……太陽馬上就要下山了……沒問題吧？

「村長，這裡差不多也要麻煩你了。」

「嗯，了解。」

我和芙蘿拉窩在小屋裡。

她在武鬥會時連發治癒魔法很辛苦，所以要慰勞她。

我原本以為會是按摩，或是做她喜歡的菜，結果是要我用「萬能農具」的杓子促進發酵。

「這麼一來，之前村長說的那種叫『納豆』的東西就……呵呵呵。」

「我不太能接受納豆耶。」

「但是喜歡的人就很喜歡對吧？」

「是這麼說沒錯……以起司為主啦。」

「起司已經有了。從來沒見過的食物比較重要……呵呵呵。」

「芙蘿拉可不見得會中意啊。」

儘管這麼說，我依舊有納豆會完成的預感。

要怎麼做才能抑制它的臭味啊……

…………

武鬥會順利結束，來賓也先後回去。

扣掉去溫泉的始祖大人和芙修，留到最後的是萊美蓮。

她始終離不開火一郎。

最後甚至想把孩子帶走。

雖然哈克蓮和拉絲蒂勉強把她勸回去……不過感覺馬上又會來。

明明孫輩還有拉絲蒂和海賽兒娜可在。

因為是孫子才這麼重視嗎？我問哈克蓮後，據說拉絲蒂和海賽兒娜可誕生時，萊美蓮也相當關心。

原來如此。

基拉爾的女兒古拉兒留在村裡。

哈克蓮和拉絲蒂說沒問題，於是我便同意了。

暫定睡在我家的客房。

工作……嗯，應該暫時和烏爾莎一樣，只要上學就好。

武鬥會的反省會完畢，剩下就是盡量作好過冬的準備。

像是食品加工、打獵，以及確保冬天的柴火。

這麼說來，目前柴火大半是由我準備。

死亡森林的樹很難砍下，而且很難燃燒，似乎不太適合當柴火。

只是因為用我的「萬能農具」砍伐、加工過，所以才沒有那種感覺。

我也考慮過將死亡森林的樹加工成木材賣給麥可先生，改向麥可先生買柴火；不過麥可先生那邊的流通量少，交易會被柴火占滿所以作罷。

跟柴火比起來，我比較想要海產。

半人蛇族居住的南方迷宮再往南走，似乎還有適合當柴火的樹木，所以我請她們幫忙砍樹並弄乾。

希望有一天能建立起一個不用我準備也沒關係的環境。

把確保其他燃料也考慮進去會不會比較好啊？

開會。

村子代表、種族代表與文官少女組齊聚一堂。

主要議題是冬季的工作分配。

「克洛姆伯爵下單，訂了二十組麻將牌。」

「二十組？真多啊。」

「似乎正好適合邊閒聊邊玩。而且在牌局途中難以抽身。」

貴族的閒聊……大概會聊些重要的話題吧。

「還有，幾位受到遊戲吸引的貴族想要擁有一副……」

「這我懂，不過在魔王國做我也不會生氣啊。」

「詢問工匠後，工匠表示要用相同規格製作一百三十六張牌極為困難……」

「啊……」

那是我用「萬能農具」簡化的部分。

「折疊桌、記點棒和盒子之類的會在魔王國製造，所以麻煩村長製作牌。」

「了解，我會加油的。」

「拜託您了。再來是戈隆商會下單，要再訂十組馬車用的懸吊系統。」

「現在已經訂了二十組對吧？」

「是的，合計三十組。好林村那邊表示，如果可以每次交十組就做得到。」

因為懸吊系統的關鍵——彈簧是好林村製造的。

「既然好林村說沒關係……」

我看向山精靈芽。

「沒問題。請接下來。」

真可靠。於是我們接下訂單。

「科林教訂了兩尊創造神像……似乎想把一尊放在溫泉區。」

「既然想放在溫泉區，代表有一尊不能是木像，對吧？」

「不，似乎不限材質。如果用這附近的樹，就算放在溫泉區也不容易受損。」

「了解，記得確認一下交貨時間。」

「關於這點，他們說做好再交就行了。相對地，希望靈感來了才動工。」

「這就難了……」

就像這樣，決定冬季活動時，會以外界委託為優先。

當然，前提是不會影響村民的生活。

「雖然這件不會只是今年冬天的工作……魔王國的荷大人，委託我們釀酒。」

「委託釀酒？」

「是的。荷大人希望我們以她指示的穀物和方法釀酒。」

簡單來說，就是她會在還是穀物的階段就買下，希望我們釀成酒賣給她。

「嗯？這樣的話不用拜託我們，在她自己那裡釀就好了吧？」

荷是魔王國四天王之一，而且是貴族吧？就我之前聽的，她似乎有領地，那裡也有釀酒業者才對。

「說是不想找不懂酒的人。」

嗯，這麼一來應該是村裡的矮人最適合，不過自家領地的釀酒業者會哭喔。

我看向矮人多諾邦。

「明明酒有可能釀不好……既然人家這麼信任我們，也就不能不做了吧。」

「我知道了。關於穀物收購這部分留到下次收成之後……這封信是什麼？」

「荷大人的請願書。」

「難道說，是要我們從今年收成的份開始賣她？」

「是的。雖然已經透過克洛姆伯爵拒絕過一次了……」

我確認信件。

內容很長而且十分有禮，不過簡單來說，就是「請把今年的紅甘蔗賣給我」。

既然是用紅甘蔗……蒸餾酒嗎？之前來的時候，她似乎相當中意。

需求量是三桶。

…………

我請文官少女組去確認庫存。

「那傢伙懂酒，賣給她吧。」

由於還有多諾邦的保證，所以我接下了。

這件事就交給多諾邦。

「還有，這個要給多諾邦先生。」

「嗯？」

「武鬥會結束後，克洛姆伯爵回去時，你給了他一批酒吧？是不是為此致謝？」

「真是個重禮數的人……嗯嗯嗯嗯嗯嗯嗯嗯嗯……」

多諾邦一讀信就皺起眉頭。

「信上寫了什麼怪內容嗎？」

「不，是感謝信。只不過……畢竟沒有把對方要的酒全部給他嘛。這上頭寫了一大串『為什麼沒有那種酒』。」

我瞄了一眼感謝信，裡頭充滿怨念。

「『那種酒』是指？」

「之前用蜂蜜釀的……」

用村裡蜂蜜釀的蜂蜜酒嗎？那個確實很好喝。

「給他喝的時候，我可是講過『沒那麼簡單就能喝到』啊。」

多諾邦嘴裡嘀咕，看起來卻很開心。

畢竟那封充滿怨念的信，換個角度看代表對方渴望他釀的酒嘛。

之後，又討論了許多事。

三號村新移居者的餐具不足；一號村做竹藝品的竹子不夠；替古拉兒蓋新家的計畫。

等到古拉兒的家蓋好，她似乎會像拉絲蒂一樣帶傭人過來，還有基拉爾來訪時想住在那裡。

同樣地，德斯他們也希望有間房子。

要在冬天蓋是沒辦法……雖然感覺加把勁就做得到。不，不能逞強。

現在就專心準備，盡量做到春天一來就能馬上動工吧。

此外，還有「今年也要賽馬嗎？」、「泳池有沒有什麼用途？」、「開闢道路增進和北方迷宮巨人族與南方迷宮半人蛇族的交流」等提議。

種類繁多，不過大多數都不能立刻決定。

大家就在冬天各自思考怎麼做吧。

……得好好想一想才行。

自己總是心血來潮就動手這點要好好反省。

會議之後是簡單的餐會。

這麼說來，我想起了不久前的納豆騷動。
我在芙蘿拉的拜託下製作了納豆的原料，矮人們連忙趕來。
據他們說，讓大豆發酵的東西是釀酒的天敵。
這麼說來，我好像在哪裡聽過納豆菌的強大。
說是釀酒和製作起司時，嚴禁接觸納豆菌。
我心想事情不妙，卻看見矮人們開始在發酵小屋周邊動起手腳。
「這是什麼？」
「讓發酵精靈安分的咒語。」
正當我表示佩服時，才曉得這似乎是矮人在蓋發酵小屋時就設置好的。先前都不知道。
納豆原料使得咒語效力到達極限、觸發了警報，矮人們才會急忙趕來。
「好，這下子暫時沒問題了。如果會對其他發酵食品造成影響，大概就該為那種讓大豆發酵的東西另外蓋間小屋了吧。」
雖然不曉得是什麼原理，不過似乎是用來避免細菌擴散。在這個世界，細菌也歸精靈管嗎？
「你說的那個咒語，是誰在研究啊？」
「誰知道？咱們只是很久以前就在用而已。」
「芙蘿拉知道嗎？」
「一種古代的精靈魔法吧。它已經荒廢多年，研究的人應該很少。」

「妳原本就知道有這種東西？」

「因為是我的研究領域嘛。只是沒想到納豆會強得觸發警報。真的很抱歉。」

「不，我也大意了。能防患未然太好了。」

真的太好了。

可是，封住細菌我大致上還能理解，然而把發酵食品拿出來不會有事又是什麼道理？

連附著在衣服和身體上的細菌都不放過，讓我感受到前人的執著。

不，對食物有所堅持是生物的天性吧。

我看著眼前的餐點和酒，嘆了口氣。

原本不是簡單的餐會嗎？變成宴會了耶。

算了，平常也是這樣。

沒參加會議的人們也開始聚集過來了。

7 村長與露營馬車

之前提過該怎麼稱呼我的事。

由於建立了其他村子，稱呼會和各村村長重複，所以希望想個辦法——這件事已經解決了。

稱呼我「村長」。照舊。稱呼其他村長為「代理村長」或者「代理」。

不過，這只限公開場合，或者該說來大樹村以及有訪客時。

在各村時喊他們村長應該沒關係吧。

這是在種族代表會議上決定的。

問題已經持續了很長一段時間，卻解決得非常乾脆。

大家真的覺得這樣就好嗎？我姑且也是有想個稱呼耶？這回我很有自信喔。

嗯？安要聽嗎？妳真是善良。那麼，咳咳。

「村長長」。

如何？

…………

為什麼只回我個笑容？為什麼不看我？覺得不行可以直接說不行喔？

宅邸的工房裡，有三輛馬車。

麥可先生和比傑爾送來的，想知道除了懸吊系統之外還能不能改造什麼地方。

其中一輛我可以自由運用。

可以自由運用的馬車。

接著我腦中浮現的詞，就是露營馬車。

老實說吧。我以前很嚮往這種東西。一個能移動的家真棒啊。感覺很浪漫。

沒道理不動手對吧？

馬車裡意外地寬敞。

有兩張面對面的三人座長椅。

但是這種長椅，讓三個大人坐會有點擠。兩個人坐得悠哉一點最好。

換言之，這種馬車是以四人悠哉乘坐為前提設計的。

然而，我的構想是露營車，不對，露營馬車。

說是這麼說，不過實際上馬車裡應該根本不能用火，要設置取水處和廁所也有困難。

所以目標是單人乘坐的舒適空間。

首先將兩張長椅都撤掉。

準備單人用的扶手椅取代。整張椅子都鋪上座布團織的布和毛皮，能夠調整靠背角度，也能伸展雙腿……嗯，還可以當床呢。

呵呵呵。

將它擺在靠中央的位置，避免調整角度的功能受影響。
馬車的出入口在正中間，出入有點麻煩。
所以我改到後方。
唔，沒辦法將靠背完全放倒變成床……
沒、沒關係，有椅子的功能就夠了。

有人覺得周圍開闊才自在，也有人覺得周圍要有很多東西才自在。
真要說起來，我是周圍有東西會比較自在的人。
不過，我希望減少壓迫感。
所以……
我在椅子兩側擺了高度和椅子扶手差不多的箱子確保收納空間。箱子頂端有可以開關的箱蓋，用來代替桌子。
於是我試坐椅子。
嗯，感覺不壞。
不過，考慮到吃東西的情況，會希望正面也有張桌子呢。
既然如此……
我裝了可以從椅子側面拉到正面的可動式迷你桌。

這裡的機關花了兩天。

差不多就在這時，發現不知不覺間已經有幾名山精靈開始幫忙。

我直接請她們留下來協助。

接著是……窗戶吧。

現在，窗戶位於馬車的兩側和正面。正面的窗戶，是用來和車伕聯絡的小窗。一旦坐到椅子上，它就會直接映入眼簾。不好看。

把窗戶擴大如何？以馬車的結構來說，放大正面的窗戶也只會看見車伕的背和後腦勺。不行。

那麼撤掉窗戶？坐在椅子上盯著牆壁看？

試著想像一下。

……中斷。這樣不行啊。

和山精靈們商量後，決定改變椅子的方向和位置。

改成朝向馬車側面，然後為了讓窗戶在椅子上面，將椅子移往馬車後端。

雖然這個位置也不能讓椅子往後倒，但是還不壞。出入也比較容易。

那麼，就在另一邊擺架子。

變得像書房了。

試著坐到椅子上。

正面是窗戶。椅子旁邊是能拉出來的桌子和架子。

嗯，這樣不是很好嗎？

這輛馬車當然已經裝了懸吊系統。既然如此……

就會想實際乘坐看看。

一名山精靈自告奮勇擔任車伕要去叫馬。

途中似乎被半人馬族攔住了。半人馬族帶著滿面笑容過來。雖然也無妨就是了。

立刻出發。

…………

椅子朝向馬車側面。

架子擺在這張椅子旁邊。說得簡單一點，架子靠近車伕，椅子靠近後方。

在馬車出發瞬間，架上的東西有三分之一掉下來。

該抱怨半人馬族起步太猛嗎？不，是結構上的缺陷吧。

而且，明明沒移動多少距離，架上的東西就全都掉下來了。

我明白為什麼以前馬車內都不太放東西的理由了。反省。

該改良架子吧。

像是船上之類的場所，會替架子安裝防止東西掉落的護欄。我該做成有護欄的架子才對。還有，架子的角度也要調整。

同時，或許也該換一下椅子和架子的位置。

果然實際乘坐就會發現許多問題。

這是好事。

這時山精靈們提出疑問。

「這輛馬車要用在什麼時候啊？」

「當然是移動時呀？」

「您要一個人移動嗎？」

⋯⋯⋯⋯

我原本的目標是露營車，不，露營馬車。

移動住家。

有廚房、淋浴間和廁所那種感覺。然而，卻因為現實考量改為單人乘坐的舒適空間了。

這會不會是個錯誤？

我會一個人搭馬車移動嗎？不會吧。

而且，就算馬車裡只有我一個人，也會有車伕或半人馬族同行。

…………

我發現自己搞錯了。

不該忘記一開始要的露營馬車。

移動住家。

需要廚房、淋浴間和廁所。

該省掉的是舒適空間。省掉我坐的地方。

我搭別的馬車。

不，至少該有坐在駕駛座也無妨的認知。

重新來過。

不以人搭乘馬車移動為前提，而是以「讓馬車同行提供舒適旅程」為構想。

「這不就表示……現在的車體不行嗎？」

我點頭同意山精靈說的。

「麻煩把手邊有空的高等精靈找來。」

「……要做嗎？」

「要。車輪的部分就交給妳們了。」

我們開始製造車體。

十天後，一輛馬車完工。

外觀是普通……稍微加長的四輪馬車，裡面沒有乘車空間。

頂多坐在駕駛座或後方的平臺上。

這輛馬車的功能，在於停車時的變形。

沒錯，變形。

首先駕駛座和前輪會往前移動，後輪會往後移動，同時車體會下沉。

然後，在幾乎貼地時會伸出腳固定車體。

再來車體會縱向分割，左側張開九十度。

張開的左側會亮出收納在狹窄空間裡的廚具。拿出組合式的桌椅，再拉開並撐起馬車頂端的遮陽布，就能成為完整的廚房。

雖然終究沒辦法搭載爐灶，不過只要能在野外生火，做菜應該綽綽有餘吧。

然後是剩下的右側。

這邊裝了食材與八塊縱長木板。

食材是拿來吃的。

八塊縱長木板是四塊為一組，隔出淋浴間和廁所。屋頂是布，可以拆卸。

淋浴間以竹製水道從裝在馬車頂部的儲水槽引水，使人得以淋浴。

底部用竹子拼成相當於防滑踏板的東西，不會積水。

另外為了避免入浴時被看到，還準備了各種繩子與簾子充當臨時更衣間。

麻煩的是用來淋浴的水會直接流掉，所以必須注意設置地點。

廁所的本體，則是裝在馬車外側的攜帶式便器。

雖然直接使用就可以，不過考量到衛生層面，還是希望有隻史萊姆同行。

也準備了上廁所用的洗手區，以及存放擦屁股用樹葉的空間。

儘管也有直接設置在馬車上的提議，不過離廚房和食材儲放處很近，所以被駁回了。

這輛馬車花最多心力的地方在於變形；不過抬起下沉車體的升降機構，以及將水送往用車體頂端儲水槽的小型手壓幫浦，也令人十分自豪。

馬車變形，以及設置淋浴間與廁所，只要有三個熟練的人，五分鐘就能搞定。

恢復原狀比較花時間，需要十分鐘。嗯，完成度讓人相當滿意。

「完全是貴族用的呢。」

「不讓廚師一起上路就不行吧？」

「最好還有個專門管理廁所的人呢。」

「頂端的儲水槽要裝廚房用的、淋浴用的、廁所用的……重量上只靠一匹馬拉可能有困難吧。」

文官少女組的批評雖然嚴苛，我還是很滿意。

「技術上有許多值得參考的部分。特別是變形太棒了。」

山精靈們能夠理解。謝謝妳們。

「有升降機構和小型幫浦不就好了嗎？」

露說了些一點也不浪漫的話。

我明白。因為我中途就發現了。這種馬車再怎麼說也不會拿去量產。但是……

「既然做了就試用一下吧。反正食材等東西都裝上去了嘛。」

由於預定當天來回，所以用不到淋浴間，廁所倒是相當活躍。

廚房則是我和鬼人族女僕負責。

「要應付將近百人是不是太嚴苛了？」

原本只徵求志願者，不過同行的人比想像中來得多。

餐具用完馬上洗，全力運轉。

如果擔任護衛的小黑孩子們沒有獵些野味回來就危險了。
由於水邊很近，所以不用擔心水。
而且矮人們喝的是酒。
算了，反正大家看起來很開心，馬車運作起來也沒問題。
而且阿爾弗雷德、蒂潔爾、烏爾莎、娜特、古拉兒與獸人族男孩等小孩子看見馬車變形時眼睛發亮，這一趟算值得了。

「那個，村長？大家聚集在這種地方……是要幹什麼啊？」
定期在各村間移動的半人馬族詢問。
「郊遊。」
地點鄰近大樹村與一號村之間那條河上的橋。
離村約五公里。
因為馬車能到的地方有限。

冬天來了。好冷。

但是屋裡很溫暖。

今年似乎也有幾十隻座布團的孩子在宅邸裡過冬。

雖然我覺得座布團明明也可以和大家一起待在屋裡，但是不強迫。春天再見。

小黑、小雪。

你們去外面玩也沒關係喔。有毛皮吧？

窩在我的暖桌裡是怎樣？進暖桌之前先把腳洗……好像已經洗過了。很乾淨。

好吧。但是頭要露出來，不要全身都縮進暖桌裡。

小黑的子孫們在外頭排隊，都是一如往常的冬天情景。

我已經做了給你們用的暖桌吧？你們有在用？

既然如此就不必堅持跑來我的暖桌……拜託別把進我的暖桌當成什麼榮譽。

我找露商量有關魔法道具——魔道具的事。

據說，封有魔法的道具數量似乎不少。

只不過由上流階層獨占。

一般庶民幾乎沒機會接觸魔道具。

這樣啊，真可惜。

正當我這麼想的時候……

「龍王和始祖大人拿了一些過來當土產和新生兒賀禮了吧？」

……………

這麼說來，之前曾經收過管理迷宮用的物品「迷宮輝石（Labyrinth Stone）」。

還有其他這類的東西嗎？

我想要類似爐子或冰箱的。

因為在製造露營馬車時，我腦中閃過「如果有那種東西就好了」的念頭。

「的確有生火的魔道具和出水的魔道具……不過要用來做菜就難了。」

「是這樣嗎？」

「因為魔法基本上只能做一件事，所以魔道具也只能做一件事喔。舉例來說，生火的魔道具，只能在一定時間內提供固定的火力。它的火力無法調整，我想要用來做菜大概有困難。」

「是這樣嗎？德斯給的『迷宮輝石』不是能做很多事嗎？」

「那是傳說級物品，例外中的例外喔。」

「原來是這樣嗎？」

「對。」

「但是我借給半人蛇族了……」

「反正拿著也不能怎麼樣，人家有好好利用就沒問題吧了？」

確實如此。

聽她這麼說，感覺魔道具派得上用場的情況有限。碰到需要的場合時，似乎非常有用。

不過，大樹村的魔道具……幾乎都是攻擊魔法和防禦魔法。

也對。只能做一件事，自然會往這種方向發展吧。

沒有我想要的東西。

「沒辦法了。這麼一來，只能委託會做的人了嗎？」

「你要委託怎樣的魔道具？」

「剛才說過了吧？能用來做菜的。」

「不是說了無法調整嗎？再怎麼說也沒辦法用固定的火力做菜吧？」

「這倒不盡然。一來可以透過調整和火源的距離來解決這個問題，二來如果需要，也可以同時擺好幾個。」

「同時擺好幾個？」

「是啊。像樂器一樣，將火力不同的魔道具依序排列，每個都相差一點點。」

「這……還真是不簡單呢。」

「應該已經有人這麼做了吧？」

「製作魔道具不但花錢，還需要貴重材料，這麼浪費的事沒人會做啦。應該說用魔道具做菜這種想法就很怪。」

「是這樣嗎？」

「嗯。實際上，說到做菜……雖然在這個村子會下很多工夫，不過外面可不會花這麼多力氣。」

這麼說來也是。

「而且，與其找人製作能用來做菜的魔道具，還不如僱用廚師再給他普通的道具比較便宜。」

「啊……的確是。」

「你對現在的屋子也沒有什麼不滿吧？有那種需求嗎？」

「妳這麼講就尷尬了……但是就算不用來做菜好了，妳不覺得能在馬車裡喝到熱茶很棒嗎？」

「在馬車裡……會燙傷喔。」

……的確。

「不過，既然你想要，我就努力一點吧。我寫個清單給你，拜託囉。」

「嗯？」

「你想要魔道具吧？」

「是沒錯……咦？」

露除了魔法和藥學之外，似乎在製作魔道具這方面也很有名氣。

她給我的清單上，寫著材料的名稱和數量。

「我想應該能透過戈隆商會弄到。還有，會消耗掉幾個村裡的魔道具喔。」

「我知道了。」

麻煩妳了。

我在木材前集中精神。

現在，我腦中的預定表上頭，有些非做不可的東西。

我要一口氣做完其中一個。

不是由我賦予外型，而是讓木材化為它想要的形體。僅此而已。

於是做出了直徑約一公尺的圓盾。

嗯，不錯。

「麻煩了。」

我將做好的盾交給在旁邊等待的山精靈。

她在盾的內側裝上皮帶，再替皮帶加上握把，然後就完成了。

之所以沒將握把固定在盾上，是要讓使用者能夠調整持盾的位置。

這麼一來最低要求就完成了。

「那麼，要怎麼做？」

我問山精靈。

「加入變形機關，改變盾的大小如何？」

「強度不是會打折扣嗎？」

「能擋下一次攻擊不就綽綽有餘了？」

「問題是會變重呀？」

「挖洞減輕它的重量。」

「原來如此。」

我製作了第二面盾。

外觀和第一面類似。

不過，厚度是先前的兩倍。果然比第一面重了點。但是，應該沒有重到拿不動。

山精靈裝上皮帶和握把。

接著，在握把上附了一條細帶子。這條細帶子就是開關。

「真想試試看耶。」

因為是冬天，所以外面很冷，但不至於動不了。

應該說還是有人在外面活動。

那就是蜥蜴人達尬和獸人格魯夫。
他們原本在我家大廳練劍，不過被鬼人族女僕安瞪，逃到外面去。
我找他們兩個測試。
達尬拿盾，格魯夫用劍攻擊。
「可以認真地出手嗎？」
「達尬不介意嗎？」
「當然。」
「那就麻煩你認真。達尬，雖然我希望你用盾接招，不過別太相信盾喔。」
「這話是什麼意思？」
「盾有可能當場碎掉。」
「那還真恐怖耶。」
「畢竟是做盾的實驗，所以盾一壞就結束。別忘記了啊。」
順帶一提，機關的事只有告訴達尬，沒告訴格魯夫。
實驗開始。
對於格魯夫的攻擊，達尬先是正常地閃避或用盾擋住。看來沒問題。
格魯夫逐漸加快攻擊速度。
達尬閃避的次數減少，用盾擋住的次數增加。

然而，達尬也不是單方面捱打，偶爾會用盾還擊。
格魯夫會避開，不過到後來終於還是沒躲過而中了招。
他大概因此完全進入戰鬥模式了吧。
格魯夫的攻擊有如怒濤洶湧，達尬無暇以盾還擊。
格魯夫揮出一劍，將盾稍微彈開。
他看見達尬的身體從盾後露出，於是瞄準位置一劍劈下。
在旁觀看的我和山精靈，同時這麼想——
就是現在！
達尬應該也有同感。選在最佳時機啟動機關。
盾的側面，有三個地方彈出木製的眉月形刀片。
其中一枚擋下了格魯夫的劍。
格魯夫大吃一驚；達尬則是慘叫一聲。

盾的機關，是在中央安裝齒輪，藉由齒輪轉動讓連動的刀片張開。
不是什麼複雜的機關。
雖然只有短短一瞬間，卻能帶來增加防禦面積的效果。
這部分很順利。

出乎意料的地方在於，利用這項功能的達尬，沒弄清楚增加後的面積有多大。
眉月形刀片之一，刺中達尬往前伸出的大腿。
「抱歉，你還好吧？」
我和山精靈向達尬道歉。
並且趕緊找來芙蘿拉施放治療魔法。

達尬的治療結束後，我問他們感想。
「嚇了一跳。」
格魯夫直說。
他表示，在比賽之類的場合大概不管用，但在實戰中說不定會有效果。
達尬的意見也差不多。
「雖然因為是第一次使用，所以沒搞清楚會張多大，但是相當有意思。刀片不能改成鐵製的嗎？」
「有重量上的問題啊。」
「我覺得相當輕耶？」
「是這樣嗎？」
我讓格魯夫拿拿看。
「和鐵盾比起來輕得多。我想就算重量加倍也拿得動。」

原來如此。我問他們有沒有別的意見。

「有個令人在意的地方——希望盾的表面能加些東西。劍會從表面滑過，所以容易隔開，但它不適合正面頂開對手的劍。」

「啊，負責攻擊的我也這麼認為。因為不用擔心劍卡在上面導致折斷，所以能放心出手。」

是這樣嗎？我還以為盾光滑一點比較好。

「雖然也有用這種盾的種族……因為像這樣舉盾碰上攻擊時，假如劍直接往內側滑會砍到腳。」

「相對地，盾會承受衝擊，所以需要相當的腕力。」

上了一課。

總而言之，讓盾的表面有突起就好了對吧？

「沒錯。但是，不需要弄得非常粗糙。好比說……替這東西加上村長擅長的雕刻。」

我並不覺得自己擅長雕刻，原來大家這麼認為嗎？

「不過，希望盾的邊緣可以加個倒鉤。用來應對剛才提到那種劍滑動的狀況，要卡住對方的劍時也可以利用那裡。」

我將他們的意見聽完，回到工房。

改造。

把刀片改為鐵製的提議不壞，但是沒辦法馬上做，所以保留。

盾的表面加上雕刻。為了威嚇對手，我試著雕出憤怒的龍。
山精靈負責改良機關。因為他們表示眉月刀片只有三個地方，能用來接招的範圍太窄。
所以改造成會彈出六枚刀片。

完成。
會彈出六枚刀片，而且雕上怒龍的盾。
然後達尬對我低下頭。
「怎麼了嗎？」
「請讓我用這面盾。我會發揮它的威力給您看。」
…………
這面盾是要給把守溫泉區的死靈騎士用的耶……
「拜託您。」
…………
還是不行，這面要給死靈騎士。畢竟眉月刀片也是木製的嘛。
我決定日後另外給達尬一面裝上鐵製眉月刀片的盾。
「非常感謝您……咦？問我對雕刻有什麼要求嗎？請、請讓我想一下。」

在煩惱的達尬旁邊，格魯夫思考自己是不是也該拿盾。

「格魯夫先生應該比較適合裝在護手上的小盾？」

山精靈給了建議。

第一面盾倒是沒人……啊，死靈騎士也可能排斥裝有機關的盾。我先前都沒想到這點。

第一面盾也加上雕刻和倒鉤作好準備吧。

如果第一面盾多出來，就交給格魯夫。

如果多出來的是機關盾呢？

達尬說不行，所以不能給他。我會另外做一面新的。

閒話　名字研究者

大家好。

我是雷蒙德．戈爾畢克，在魔王國進行有關名字的研究。

容我今天在此稍微發表一下自己的研究內容。

這個世界決定小孩的名字時，大致上有三種法則。這點不限魔王國。

第一種，領受雙親名字的一部分。多數情況是兒子承襲父親，女兒承襲母親。

舉例來說，如果父親的名字是戈爾迪亞斯，兒子就叫戈爾迪耶斯、戈爾多多斯之類的。如果母親的名字是娜塔夏，女兒則是娜絲塔夏、娜塔莉那等。

優點在於容易分辨親子關係與血緣關係。缺點則是一代代傳下去，大家的名字都差不多。

除了自家親戚之外，很難記住每個人的名字。入贅或嫁進門的人，往往一開始就會面臨這個問題。

其實我也是入贅，曾經因為名字犯過好幾次錯。

到妻子、岳父和岳母為止我還願意努力去記，但是要記住四位大舅子、三位小舅子、兩位大姨子和六位小姨子的名字，實在是有點辛苦，或者該說你們是在考驗我嗎？當初我還懷疑，這些人會不會是為了整我才取差不多的名字。

還有，既然有這麼多兄弟，不就沒必要讓我入贅嗎？只是岳父不願意讓女兒出嫁而已？也對，畢竟我老婆很漂亮，所以我能明白這種心情。

抱歉，離題了。

第二種，則是借用歷史人物的名字。這就簡單易懂了。是希望孩子效法那些強大或聰明的古人。

不過有趣的是，沒什麼人會直接套用。

可能是出於對名人的尊重吧，大家習慣稍微作點改變再使用。不過，也有厚著臉皮直接拿來用的人就是了。

優點應該是取名簡單……更正，應該是能看出父母希望孩子成為怎樣的人。至於缺點，則是同一個村落或城鎮可能會有許多人崇拜同樣的對象。再來大概就是孩子不見得會如自己的期望成長，因此有名字致敬知名武人的學者，也有名字致敬賢者的竊賊。輸給自己的名字了呢。

然而，也有按照期望長大，成為該領域新王者的案例，因此不必拋棄希望。

在魔王國，很多人會借用魔王大人的名字。其次應該是四天王吧。其他還有人類國家的君王、將軍或神話裡的人物等，取名非常多樣。

第三種，則是自由。

沒有任何原因，只是取個自己想到的名字。

會讓研究者掉眼淚。

咦？這個名字是以前的名人嗎……結果是個隨便取的名字。怎麼會這樣！這種事發生過好幾次。

替自己的孩子取名總不會想隨便應付吧？但是兄弟姊妹一多，名字往往會愈來愈簡單。

我也體驗過。不，這並不是因為我對孩子的愛變淡了。我愛他們。不過到了第四個、第五個之後，取名字實在很麻……失禮了。我是發現：與其將心力花在取名字上頭，不如在育兒方面多下點工夫……

唉、唉呀，家家有本難唸的經嘛。

好，回歸正題，重點只有一個。

不要對別人家的名字有意見。

珍惜父母為自己取的名字吧。

名字是自己取的？沒問題。請以這個名字為傲，好好努力。

「呃，可以問個問題嗎？」

哦？我還以為所有人都睡著了，居然還有人醒著呢。真令人開心。是什麼問題？

「我聽說現任魔王的名字，是他當上魔王時才這麼自稱的，您知道他是依據怎樣的法則取名嗎？」

好問題。

現任魔王自稱加爾加魯德。這個加爾加魯德，就是直接沿用目前魔王國王都所在地的地名。源自數百年前那個叫做加爾加魯德王國的國家。

「魔王大人都會以王都所在地的地名自稱嗎？」

並非絕對，不過大致上是如此。因為按照慣例，新魔王上任會搬遷王都。之所以用地名，大概也有讓新魔王之名早點深植人心的用意在。因為好記嘛。還有其他問題嗎？

「請您提供幾個名字被致敬的名人範例。」

也對。那麼就從名氣比較大的開始。

魔王國畢竟還是致敬魔王大人的名字比較多。像是征服王戈傑爾烏斯、破滅王加爾佐那、森林王亞克利修與文化王芙拉米拉，這些大家都知道的歷代魔王。

我想，這一班應該也有幾位名字致敬古人的學生。

再來，就是傳說中的吸血鬼維爾格萊夫。人們稱他為原始吸血鬼，活上數千年的傳說。

烏爾布拉莎。千年前的人類大英雄，英雄女王。

她雖然和當時的魔王同歸於盡，在魔王國的支持度卻難以動搖。畢竟魔王國有不看敵我，只以強弱評價的一面嘛。

順帶一提，我其中一個女兒的名字也是致敬烏爾布拉莎。希望她將來要是碰到丈夫出軌，能夠下手討伐那個不忠的傢伙。

我不會介紹我女兒喔。敢對她出手，我會殺了你們喔。

接下來……則是故事裡的三惡魔：古吉、布兒佳與史蒂芬諾。沒聽過？他們很有名耶。雖然是講給小孩子聽的，不過情節相當痛快，有機會的話請讀一下。

其他……唉呀，差不多該下課了呢。今天就到此為止。

下次談談關於禁忌之名的事。畢竟替各位的孩子取名很重要嘛。

拉絲蒂變身了。從龍形變成人形，又從人形變成龍形。做得很漂亮。

質量守恆定律之類的東西有沒有發揮作用啊？龍形和人形的重量差異呢？
全部用一句魔法打發也太混了吧？
啊，抱歉。畢竟談起魔力的性質我也聽不懂。別放在心上對吧。
知道了，我不會放在心上。
突然對變身感興趣的理由？哈克蓮在懷孕期間不能變成龍對吧？

生完孩子的哈克蓮在天空自由翱翔。
我暗自反省，這段時間是不是悶壞她了。
雖然當事者似乎不太在意。

回歸正題，談談關於龍族變身的事。
拉絲蒂變成人形時，會保留角和尾巴。
不過，只要認真起來就能讓角和尾巴消失。
她能讓外表再成熟一點，似乎也能變成小孩。
這部分應該和露的變身一樣吧。
我稍微思考了一下。

我找露來確認。

妳能變出角或尾巴嗎？可以？不止角，像獸耳之類的……哦哦！

半人蛇族、半人馬族和半人牛族也行？好厲害。

嗯？啊，不不不，平常的樣子最適合妳喔。當然，大人模樣和小孩模樣都是。

接下來，我們繼續實驗。性別呢？

努力一點就做得到，但是沒意義？這話是什麼意思？

「因為，應該會變成非常像女性的男性。」

總而言之，我讓露變身為男性。

…………

啊，嗯，可以變回去囉。抱歉。謝謝妳。

露變成男性的模樣，十分不對勁。

確實是男性，不過該說微妙地帶有女人味還是……

「與其說我學藝不精，不如說我的本質沒有改變，所以不行。」

本質？

「剛才我變身成半人蛇族、半人馬族和半人牛族的時候，全都是女性，而且認得出是我對吧？」

的確。

「這是因為，雖然外表可以改變，本質卻沒辦法改變。不過，這部分如果要詳細解釋會搞得很複雜……簡單來說，要改變性別非常困難。」

這樣啊。

「就是這樣。拉絲蒂也做不到吧？」

「嗯，做不到。也不會想這麼做。」

原來是這樣啊。

露為了研究魔道具而回房間，我繼續和拉絲蒂聊。

她在人形時可以作各種細部調整，但是龍形的時候似乎沒辦法。

「這就要回歸剛剛提到的本質。因為龍形是所謂的本質。」

嗯？等一下。

既然如此，龍化身為人，不就是偏離本質的變身嗎？

「這副人類模樣，也是本質的一部分，所以沒問題。要問為什麼我也很難解釋，因此請當成就是這麼回事。」

我會的。

「話說回來，拉絲蒂，可以問個問題嗎？」
「什麼事？」
「那邊的美女是誰？」
「……是我奶奶。萊美蓮奶奶。」
「咦？為什麼？咦？」
「呃……不久之前，哈克蓮姊姊向火一郎介紹奶奶時說她是奶奶，可能讓她不高興了吧。」
「所以才變成年輕時的模樣？」
「我想應該是。」
如果沒問拉絲蒂，我就要把她當成陌生人了。

「話說回來，拉絲蒂，可以再問妳一個問題嗎？」
「什麼事？」
「那邊的怪人是誰？」
「……是我爺爺。德斯爺爺。不是扮女裝的中年男子。」
「為什麼穿成那樣？」
「我想，大概是因為奶奶不讓他來找火一郎吧。」
「只因為這樣，他就要來個違背本質的變身？」

「他很努力呢。」

「違背本質的變身，會不會對身體不好啊？」

「不，只會累而已。啊，他被奶奶發現了呢。變回龍的模樣逃跑……被打下來了呢。」

「攻擊火力很強耶。」

「要是看見自己的丈夫男扮女裝，我想都會像她那樣。」

「說、說得也是。」

我絕對不會男扮女裝——我在心裡如此發誓。

Farming life
in another world.
Presented by Kinosuke Naito
Illustration by Yasumo

04

登場人物辭典

Characters
Isekai Nonbiri Nouka

◉人類

【街尾火樂】
穿越者暨「大樹村」村長，在異世界努力從事過去夢想的農業。

◉地獄狼族

【小黑】
村內地獄狼的代表，也是狼群的首領。喜歡番茄。

【小雪】
首領的伴侶。喜歡番茄、草莓與甘蔗。

【小黑一／小黑二／小黑三／小黑四 其他】
小黑和小雪的孩子們，排行一直到小黑八。

【愛莉絲】
小黑一的伴侶。優雅恬靜。

【伊莉絲】
小黑二的伴侶。個性活潑。

【烏諾】
小黑三的伴侶。應該很強。

【耶莉絲】
小黑四的伴侶。喜歡洋蔥。性情凶暴？

【吹雪】
小黑四與耶莉絲的孩子。是變異種的冥界狼。

【正行】
小黑二與伊莉絲的孩子。有多位伴侶，是隻後宮狼。

◉惡魔蜘蛛族

【座布團】
村內惡魔蜘蛛的代表，負責製作衣物。喜歡馬鈴薯。

【座布團的孩子】
座布團所生的後代。一部分會於春天離家旅行，剩下的留在座布團身邊。

【枕頭】
座布團的孩子。第一屆「大樹村」武鬥會的優勝者。

◉諾斯底蜂種

【蜂】
村裡飼養的蜜蜂。與座布團的孩子維持共生（？）關係，為村子提供蜂蜜。

◉吸血鬼

【露露西・露】
村內吸血鬼的代表，別名「吸血公主」。擅長魔法，喜歡番茄。

【芙蘿拉・薩克多】
露的表妹。精通藥學，正在努力研究味噌與醬油。

【始祖大人】
露和芙蘿拉的祖父。科林教的首領，被信徒稱為「宗主」。

◉鬼人族

【安】
村內鬼人族的代表兼女僕長。負責管理村裡的家務。

【拉姆莉亞斯】
鬼人族女僕之一。主要負責照顧獸人族。

◉天使族

【蒂雅】
村內天使族的代表，別名「殲滅天使」。擅長魔法，喜歡黃瓜。

【格蘭瑪莉亞／庫德兒／可羅涅】
蒂雅的部下，以「撲殺天使」的稱號聞名。不時要負責抱著村長移動。

【琪亞比特】
天使族族長的女兒。

NEW【蘇爾琉】
雙胞胎天使。

NEW【蘇爾蔻】
雙胞胎天使。

◉蜥蜴人

【達尬】
村內蜥蜴人的代表。右臂纏有布巾，力氣很大。

【娜芙】
蜥蜴人之一。主要負責照顧半人牛族。

◉高等精靈

【莉亞】
村內高等精靈的代表。以旅行兩百年所培養出的知識，擔任村子的建築工作（？）。

【莉絲／莉莉／莉芙／莉柯特／莉婕／莉塔】
與莉亞有血緣關係的族人。

【菈法／菈莎／菈露／菈米】
跟莉亞她們會合的高等精靈。

【菈菈薩】
跟菈法她們有血緣關係的族人。擅長製作木桶。

◉加爾加魯德魔王國

【魔王加爾加魯德】
魔王。照理說應該很強才對。

【比傑爾・克萊姆・克洛姆】
魔王國的四天王之一，負責外交工作，封伯爵。勞碌命。傳送魔法使用者。

【葛拉茲・布里多爾】

魔王國四天王之一，負責軍事工作，封侯爵。雖是軍略天才卻喜歡上前線。種族是半人牛。

【芙勞蕾姆・克洛姆】

村內魔族暨文官少女組的代表。暱稱「芙勞」，是比傑爾的女兒。

【優莉】

魔王之女。擁有未經世事的一面。曾在村子住過幾個月。

【文官少女組】

優莉與芙勞的同學兼朋友。在村裡擔任芙勞的部下非常活躍。

【菈夏希・德洛瓦】

文官少女其中之一，是魔王國德洛瓦伯爵家的次女。主要負責照顧半人馬族。

NEW

【荷・雷格】

魔王國四天王之一，負責財務工作。暱稱「荷」。

龍

【德萊姆】

在南方山脈築巢的龍，別名為「守門龍」。喜歡蘋果。

【葛菈法倫】

德萊姆的夫人，別名「白龍公主」。

【拉絲蒂絲姆】

村內龍族的代表，別名「狂龍」。是德萊姆和葛菈法倫的女兒。喜歡柿餅。

【德斯】

德萊姆等人的父親，別名「龍王」。

【萊美蓮】

德萊姆等人的母親，別名「颱風龍」。

【哈克蓮】

德萊姆姊姊（長女），別名「真龍」。

【絲依蓮】

德萊姆姊姊（次女），別名「魔龍」。

【馬克斯貝爾加克】

絲依蓮的丈夫，別名「惡龍」。

【海賽兒娜可】

絲依蓮和馬克斯貝爾加克的女兒，別名「暴龍」。

【賽琪蓮】

德萊姆的妹妹（三女），別名「火焰龍」。

【德麥姆】

德萊姆的弟弟。

【廓恩】

德麥姆的妻子。父親是萊美蓮的弟弟。

【廓倫】

賽琪蓮的丈夫。廓恩的弟弟。

NEW

【古拉兒】

暗黑龍基拉爾的女兒。

NEW

【火一郎】

火樂與哈克蓮的兒子。人類與龍族的混血。

NEW
【基拉爾】
暗黑龍。

●惡魔族

【古吉】
擔任德萊姆的隨從，也是相當於智囊的存在。

【布兒佳／史蒂芬諾】
古吉的部下。現在擔任拉絲蒂絲姆的傭人。

●獸人族

【格魯夫】
好林村來的使者。應該是一名很強的戰士。

【賽娜】
村內獸人族的代表，從好林村移居至此。

【瑪姆】
獸人族移民之一。主要照顧樹精靈族。

●長老矮人

【多諾邦】
村內矮人的代表。最早來到村裡的矮人，也是釀酒專家。

【威爾科克斯／庫洛斯】
繼多諾邦之後來到村子的矮人，也是釀酒專家。

●夏沙多市鎮

【麥可．戈隆】
人類。夏沙多市鎮的商人，戈隆商會的會長。極其正常的普通人。

●？？？

【阿爾弗雷德】
火樂與吸血鬼露所生的兒子。

【蒂潔爾】
火樂與天使族蒂雅所生的女兒。

●山精靈

【芽】
村內山精靈的代表，是高等精靈的亞種（？）。擅長建築土木工程。

●半人蛇

【裘妮雅】
南方迷宮統治者。下半身為蛇的種族。

【絲涅雅】
南方迷宮的戰士長。

●半人牛

【哥頓】
村內半人牛族的代表。是身軀龐大而且頭上長牛角的種族。

【蘿娜娜】
派駐員。魔王國四天王之一的葛拉茲為她著迷。

◉半人馬

【古露瓦爾德・拉比・柯爾】
村內半人馬族的代表。是一種下半身為馬的種族，腳程飛快。

【芙卡・波羅】 NEW
雖是男爵，卻是個小女孩。

◉樹精靈

【依葛】
村內樹精靈族的代表。是一種能變成樹樁和人類模樣的種族。

◉其他

【史萊姆】
在村子裡的數量與種類日益增加。

【牛】
分泌牛奶，不過牛奶產量不像原世界的牛那麼多。

【雞】
提供雞蛋，不過雞蛋產量不像原世界的雞那麼多。

【山羊】
分泌山羊奶。一開始性格狂野，但後來變乖了。

【馬】
為了讓村長移動用而購買的。對古露瓦爾德抱持競爭意識。

【酒史萊姆】
村內的療癒負責人。

【死靈騎士】
身穿鎧甲的骷髏，帶著一把好劍。劍術高手。

【土人偶】 NEW
烏爾莎的隨從。總是努力打掃烏爾莎的房間。

【貓】 NEW
火樂撿回來的貓。充滿謎團的存在。

◉大英雄

【烏爾布拉莎】
暱稱烏爾莎。原為死靈王。

◉巨人族

【烏歐】
渾身長滿毛的巨人。性情溫厚。

Farming life
in another world.
Presented by Kinosuke Naito
Illustrated by Yasumo

後記

大家好，我是內藤騎之介。

這是第四集。已經出四集了。真令人開心。

不過，這一集的變動很少。不，有很多變動，所以應該說變動很小吧？不過，這就是《異世界悠閒農家》。真要說的話，出大事才奇怪。因為這樣就不悠閒了嘛。悠閒地過吧。

每年都重複同樣的事。這樣才好。千篇一律？老套？我不在意。

那麼，請容我換個話題。我想在這次的後記，告訴各位讀者修正書中錯字漏字的方法。不是指這一本書喔，是所有的書籍。

首先，假設已經發現錯字漏字了。不要驚慌、不要著急，先翻辭典查閱，確認那是不是真的錯字漏字。即使碰上「不管怎麼看都是錯字漏字嘛」的場合，也先翻一翻吧。可以讓心情平靜下來。

確定毫無疑問是錯字漏字後，再買一本同樣的書。是的，買書。然後，尋找能夠修補錯字漏字的文字。沒錯，新買的那一本，是用來擷取文字的。

也有人表示，用印表機印出來不就好了嗎？我懂。如果能用印表機，用印表機也無妨。雖然就我個人的立場，會希望再買一本就是了。

找到能用來修補的文字後，就把它貼在有錯漏的地方。如果塞不下，就貼在旁邊吧。

這麼一來，一本獨一無二、專屬於你的書完成了！真是太好了呢。如果是電子書？請等作家和編輯修正。以上。

咦？用筆寫上去不就好了嗎……也有這種方法呢，哈哈哈。

雖然沒有錯字漏字是最好的，不過世事難料嘛。

在此向各位謝罪。對不起。問我針對什麼謝罪？請別在意。是的，不可以在意。

最後，這一集也承蒙照顧的編輯大人、校正與校閱的負責人、負責插畫的やすも老師、繪製漫畫版的劍老師，還有拿起這本書的你或是妳。《異世界悠閒農家》的世界並不是我一個人創造的；而是大家共同創造的。

今後也請多多指教。

那麼，祈禱下一集還能與各位見面。恕我先告退了。

內藤騎之介

作者　內藤騎之介

Kinosuke Naito

大家好，我是內藤騎之介。

一顆在情色遊戲農田裡收成的圓滾滾鄉下土包子。

過著有大量錯字與漏字的人生。

還請多多指教。

插畫　やすも

Yasumo

有時玩遊戲，有時畫圖。

是一位插畫家。

希望自己能創作出更多元的題材。

異世界
悠閒
農家

04

下集預告閒～聊

大家好，我是樹精靈依葛。

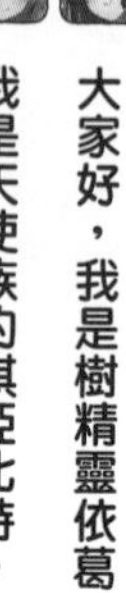

我是天使族的琪亞比特。

雖然這是下集預告，但是由第四集沒什麼戲分的我負責好嗎？

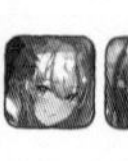

應該沒問題吧？反正是封面。

連為什麼會上封面都很不可思議耶。

角色設計的勝利？

原來如此，這樣我能接受。那麼，就認真地來個下集預告吧。

雖然是我講的，不過妳就這麼接受還真令人不爽。

是是是，要下集預告囉。不得了，大樹村居然在下一集遭到某個勢力進攻！

真是愚蠢呢。

然後大樹村贏得勝利。壓倒性的勝利。

咦？說這麼多好嗎？

05

即將發售！

Next
Farming life
in another world.

因為是意料之中的發展，所以沒關係。重點在後面，要去夏沙多開店了！

妳說夏沙多，就是戈隆商會所在的城市對吧？

沒錯。要在魔王國名列前茅的大城市開店。似乎是賣吃的。

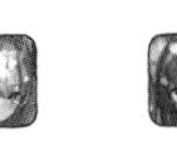

賣吃的？咖啡廳嗎？

應該是那種感覺吧？真期待。雖然我不能去就是了。

雖然不能去，不過我們會在大樹村吃吃喝喝，所以也沒差吧？

這麼說來也對。

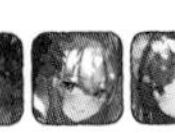

第五集預定會是這種感覺！敬請期待！

如果第五集有我的戲分就好了呢。

異世界悠閒農家 05

國家圖書館出版品預行編目資料

異世界悠閒農家 / 內藤騎之介作 ; Seeker譯. -- 初版
. -- 臺北市 : 臺灣角川, 2020.05-
冊 ; 公分
譯自 : 異世界のんびり農家
ISBN 978-957-743-760-0(第4冊 : 平裝)

861.57 109003329

異世界悠閒農家 4

（原著名：異世界のんびり農家 4）

2020年5月7日　初版第1刷發行
2023年3月16日　初版第2刷發行

作　者：內藤騎之介
插　畫：やすも
譯　者：Seeker

發行人：岩崎剛人
總編輯：蔡佩芬
編　輯：彭曉凡
美術設計：莊捷寧
印　務：李明修（主任）、張加恩（主任）、張凱棋

發行所：台灣角川股份有限公司
地　址：104台北市中山區松江路223號3樓
電　話：（02）2515-3000
傳　真：（02）2515-0033
網　址：www.kadokawa.com.tw
劃撥帳戶：台灣角川股份有限公司
劃撥帳號：19487412
法律顧問：有澤法律事務所
製　版：巨茂科技印刷有限公司
ISBN：978-957-743-760-0